人の道御三神といろはにブロガーズ

笙野頼子

河出書房新社

目次

原始千五百年序曲、「人の道へ」

昔、昔、それは、千五百年よりも、もっと昔。

国を奪われ、
名前を奪われ、
来歴を隠された、三柱の女神がいた。

それが、わが、人の道御三神、追放された神々。

愛する宇佐から彼女らを追放したのは、新しい神々、偽物の神。この、徴税だけする神は、
わが、真の神々をあざ笑ってその追放の日、このように言い捨てた。

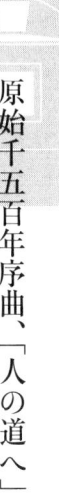

――さあお前たち、お前たちはこれからはもう神でもなんでもない、故にお前たちは……

これからは神の道を行くな、国の道を行くな、広い道を行くな、平らな道を行くな。

路地を歩くがいい。端を行くがいい。山道でこけて死ね、海際の崖から落ちてしまえ。

そうだ、お前らの行く道は人の道だけだ。

人間の背に背負われて、また、人の足や、人の荷物や、人の夢見や、人の連れている生き物にしがみついて、そうして喘ぎながら、一歩一歩、落ち延びて行け、わはははは。


こうして、彼女らはあたかも、そう、手塚治虫のヴァンパイヤの歌詞のように、追われ追われた。そして、「追われ追われて（引用）」、追われ追われた。時も流れ過ぎた。

千五百年が過ぎた。さらに時が流れた。

ところが、ある時、われらの神は気付いた。人の足より早いもの、それは車。人の耳より早いもの、それは、コルトレーンの「和音」。あっ！　そして、「天」の命令より速いものがっ！

それは、……ネットの声。

ま、けして正しいとは言い難い声もあるけど、ね。


「えっ？」


だから何？

でも世界中のたった五千人程もまたふっと気が付く。そう、そう、世の中っておかしいね、ただね、――。
だからって？　このサイトも？　大分？　おかしくない？　だって、そもそも、読んでも、読んでも……。

――われは、ぶすの神、なり。

とかそんな事ばっかり、書いてあるもよう、であると、思え（略）。
しかも日本史と内容は真逆であり、正史には文句ばっかり、言ってるっぽい。
その上にワンクリック？　千七百八十円だって！
（ま、でもこの本一冊でそのすべてが……）。

人の道御三神といろはにブロガーズ

人の道御三神

そこは、縦書きになっていて水中画像しかない、おかしなサイトだった。一見神社の公式ページのように見える体裁であったが、結局、いちいちと変だった。リンク先が四十八箇所、プラス二十五箇も、ある！　しかもクリックしてみたらその先にあるのはブログだけで、しかも――。

　その殆どが更新を停止したものに見えた。中にはページそのものが消えているのもあった。他には、絵だけが残っているものもあった。書き手本人が行方不明とやらのもの、文が支離滅裂になって残っているものも……まあおおむね、どのブログも荒廃しスパムコメント、スパムＴＢが百はたまっていた。またこのおかしなサイトに貼ってあるリンクの、全部に、不自然にお隣ブログの表示がしてあった。そのブログ名は、いろは順だった。でもそんなサイトもぱっと見には、まったく普通の文句で始まっていた（つまり）。

ようこそ。

（なーんちて。）

トップ動画はまず、ウィキペディアの神社の項目にあるような感じの、嚴島神社の鳥居部分「らしい」ものから始まっていた。

「らしい」、というのは、つまり、その鳥居をモザイクで消した状態になっているためで、本当に嚴島神社かどうかが判らなくなっているからであった。だって、モザイクがなければ、そこには多分、水中鳥居を有する神社画像がある。なのに、鳥居本体がどうもタブーとして隠されている（らしい）。画面はただ、水中に映るその影だけ、水に揺れる柱の、影、だけなのである。

中央の矢印をダブルクリックで動画が始まる。おっ、モザイクが消える。あっ、鳥居がなくなっている。但し鳥居が落としていた影だけは残る。その、残った影のところの海水がふいにぐっとくぼむ。竜巻が上がる。つまり二本盛り上がる。すると真っ白の水柱である。水柱は見ている間に凍結する。氷柱になる。

そんな氷の表に不自然に色の濃い虹が浮かぶと、竜巻の氷がクラッシュし、ざっと溶ける。溶けた水は虹の色を残したままで、ＣＧ加工らしいワニ、天使、天狗、ウサギ、蛙、海蛇、翼のある蛇等の水紋になって、やがて、それも飛び散って、消えてしまう。というわけで、――。

ここまではあやしいヒーリングサイトによくある感じの普通のＣＧと思う事も出来る。ただ消えると、そこはもう海底である。海底の水は濁っていて、白く細かいものがいっぱいに散っている。

そんな海の底をいくつかの生物が這い回っている。大きさに差もあるし色彩もまちまちだが、それはどう見ても同族の群に見える。だってどの姿も、海底にしては、色彩や細部がはっきりしすぎているから。目の痛いときに瞼の裏を走る光のように、「この世のものとも思えない」のに生命に溢れた色。

そんな生命の色とは例えば、朱色と金色。それは毒茸《どくきのこ》の朱が野ばらの実の内側を占拠したような朱に加わる、毒蛾の鱗粉が夏の日の出の下で変異したような金色である。あるいは桃色と紺。それはイモリの腹の上にびっしりと張りついたギョリュウバイのような緋桃色《ひももいろ》と、熱帯雨林の蛙がその中で眠っているソーダライトのような、紺色である。その紺色の上にはまた、ラピスラズリと金茶を碧と翠が取り巻く、釉のような雲型が飛び散っている。さらにはその雲を切り裂き、銀とオレンジの亀甲が続いている。つまりは交合中の蓬莱の亀と、極楽鳥のようだ。と、同時に、――。

結局はあらゆる色彩が濃度や大きさを刻々と変え続けている。その度、そこに宿る輝きを移動させている。なおかつ、その移動は規則性を見せたかと思うと、たちまち人の目をはぐらかしすり抜けて行く。それは、――。

豪奢で淡々としていながら生物そのものとも言える。呼吸し続ける、極彩色の群れだ。その「色」は、桃山時代の打ち掛けのように、水中を滑り、その形は、大きさも定かでないままに海牛《うみうし》に似ている（ということは拡大した動画なのか？　海牛というのは、小さいものだそうだから）。むろん、そんな、「海底生物」のはい回る海底牧場で、彼らはけして列になっているわけではない。だがその一方で、勝手な動きに見えても、実は必然的なコースを動いている。

各々の体からふいに色のある触覚が伸び上がる事も、どこかにある共通の決まり事を元にしているようだ。但しその生じ方さえ結局、様々である。

あるいは、火のように、羽化のように、噴水のように、イソギンチャクのように、凜々としてまた飄々として出現する萌黄《もえぎ》、または真紅、または純白、またはオレンジと銀。それは山王鳥居もしくは明神鳥居の形に似て、とはいえ、随分、柔らかい鳥居でもある。形を保っている事は短時間だけ、すぐに崩れ、あるいは、折れ、時に巻き上がり、伸びて引っ込み、またくにゃりと撓《しな》い、という事になって……。

ひとつの体にふいにいくつもの鳥居が現れる事もある。それが消えた後に大きい鳥居が生ずる事もある。鳥居が大きくなりすぎると本体がへこむ。そんな、各々の個体の上に、――。

カーソルを移動すると文字表示が現れる。文字表示はどれも、どこかに現実世界の神社の名前を使っている。しかしそれはそのまま、各々の生物達の名前らしいのだ。

比較的大きい個体の名は、海底八幡宮。その横を這っているものが野生金毘羅宮。海底、といい、野生といい、どの表示も必ず、地上にあるその神社と関係はない、という否定的意味でその字を被せられている、（らしいのである）。中に離れてひらひら水中を移動する個体もある。そこに、海底正倉院・隠れ宗潟之《ムナカタの》宮《みや》、という名前が現れる。

そのひらひらの文字表示のすぐ側には、「人の道御神宮建設予定地」とも浮かび上がる箇所がある。それは海底正倉院・隠れ宗潟之宮というひらひら海牛の頭、または尻、というか体の一方の端の上に出てくる文字なのだが。というわけで、さて、今度はそこをクリックする、と。

ようこそ、ひとのみちへ。

(こうしてついに文章が出る。しかしそれも、ほら、このようにいちいちと変な文章なので……。)

☆

ここはネット内神社、人の道御神宮の、トップページです。

☆

ここでは人の道御三神の、サイトの概要を御紹介します。

人の道御三神（長女あおり姫、次女かづき姫、三女ばらき姫）は古代、九州、大分の宇佐地方を守っていた三柱の神様です。五世紀よりも前の歴史ある神社の、最古の神々です。千五百年前、周防灘《すおうなだ》という湾の目印山、それは、航海や漁の目標になる山の事ですが、この、今は御許山と呼ばれ、古代は馬城峰と呼ばれたお山に、彼らは鎮座する神様でした。またこの、御三神の事を今の民俗学の言葉では原始八幡、と呼んでいます（というのは微妙に嘘です巻末注参照）。

原始八幡は古代、海の神であるとともに山や里、農業、交易、言霊、芸能等、宇佐地方の全てを守る、濃い、全能の神でした。

しかし、そんな神々も、ある日、（本作中では）天孫と呼ばれるヤマト政府の神から、神社を奪われ、追い出されました。その追い出した神とは、――。

Ⓐ応仁《オウジン》天皇・ホンダワケノミコト、Ⓑ神宮《ジングウ》皇后・オキナガタラシヒメノミコト、Ⓒヒメオオカミ・宗潟《ムナカタ》三女神、という、この宇佐地方とはあまり関係のない神々です。

特に、ⒶとⒷはばりばりの天孫で、この宇佐にとっては「なんばしょっとか・しらんもののありよる」等の印象しか持てない、不毛な神々でした。というか特にⒶなど、国史、神話特有のつくりこみにより、九州出身を自称しているもののお墓も河内にあるし、実はヤマトの支配者の御先祖に過ぎない、赤の他人でした。でも、にもかかわらず――。

彼らは、要するになんのかんのと言って、宇佐にやって来たんですね。そしてわれらが御三神を追放しこの地に居すわってしまったのです。つまり当事件の背後には実を言うと、古代日本における様々な事情があったという事なのです。

ただしその事情とはひたすらヤマト政府側の勝手な御事情でした。

つまり向こう様の御都合だけというお話ですね。

それは例えば、当時のヤマトが自分たちの国、というものを強固にしようとしていた時期だったという勝手な御事情です。その上そんなお国は「国防への危機感」を「高め」、宇佐を豊かにしていた「精銅利権の追求」、をも「必要」としていたとか。さらにはまあ元々からのお約束としてヤマト側から見た「九州経営の必要性」があったとやら。加えて当時ヤマトより思想的に優れていた宇佐独自の信仰も連中は「危惧」し始めていたし。そうそう、どれもこのように古代ながらもカギカッコ付きの御事情ばっかりであったという事です。無論これらカギカッコの全ては、そんなの自己都合だろ、ふん、というような批判の意味のカギカッコであります。こうして宇佐にも災難が巡ってきました。

つまり、ヤマトは今までだって、ずいぶんあちこちの神を脅したりすかしたりして自分達の傘下に組み込んだり、また徹底して滅ぼして神社の建物は使っても名前を残さない等の処置を取る事をやってきたのです。加えてこの原始八幡に対してはもっと陰険でいやーな方法をも取る事にしました。それは追放の後を自分達の神で埋めてそこの来歴から八幡という名前まで全パクリするという方法でした（例えば、Ⓒのこのヒメオオカミ、という名前までも実は御三神からの全パクリです）。そればかりかその後、――。

この自分達パチ物の方に御三神からひっぱがしたロゴを縫い付け、大量コピーして全国にばら撒き、コピーこそ本物という印象を国民全体に徹底させた。以後千五百年以上もの間、ばっくれ続けたのです。ね、普通、ここまではしないと思います。でもなぜかヤマトのこのいやーな方法はねちこく続けられた。これはやはり、他の土俗のおとなしい神々と違って、この御三神が独自の強烈さを持つ、あまりに生命力の強い、侮れぬ神々だったからではないでしょうか。

それ故ヤマトはこの神々を投降させる事も系列化する事もせず、また皆殺しにも出来ずにただ追放したのです。つまり、それ程までに他の地方よりも彼らは強固で独自な濃い神様であったのです。そこでヤマトは、御三神の後も、わざわざ政府代表、みたいな神で埋めざるを得なかった、というわけですね。

この乗っ取り以後の、新人入店的八幡の事を、これも民俗学の言葉で応神八幡と呼ぶ場合があります（これは本当です）。また、ご存じのように応仁とは天孫の王の名前ですが、それがこの乗っ取り時はなぜか、「地元の出身でございます」って、「お話」にふいになったもので。え？　天の孫なのに？　ね、それが日本の南端の随分遠くまで？　いやーこりゃまた随分な大物がやって来て仕切ったものだ。そしていろいろあって、結果原始八幡は本質を失い、というかこの人間の本質達は追放された。結果宇佐はこの時から応仁の、つまりおかみの所有になってしまったという事です。は？　何か御質問がございますか？「いえいえいえいえ、つまりあの先生は元から、地元のために」まあ、まあ（笑）、そう言い張るだけの御当地にはすごい価値があったのでしょうね。

　しかもそれは経済や軍事の利用価値だけではない。国家を転覆する程の高度で恐ろしい精神的価値であった。でもね、これって、古代における宗教というものの重要性が判らないと、想像出来ない事です。うーん、すごいね、この原始八幡って。

　さて、だったらば、このすごいっ、原始八幡とは、ほんとのところ、何か。

それはこの島国の反抗的核心である。心の王にふさわしい魂である。

というのも、原始八幡は実は日本で最初に仏教や道教の影響を受けた神社だったからだ。日本初の神仏習合神社だったのです。ん？　神仏習合とは何か、ですって？　ちょっと見慣れない言葉ですか？

　さて、そろそろ難しくなってきたでしょうか？　でも大丈夫ですよ。というのもこの言葉は歴史の教科書に出てきたりして、いろいろ説もあるが、このサイトではそれを大変偏向した意味で勝手に使っています。だから知らない言葉が出てきても怖くないのです。

文脈に付いていけば少しずつ判ります。

まず、この神仏習合とは、ようするに矛盾した人間の欲望や錯綜した難解な問いに答えるのにふさわしい宗教です。ここを押さえてください。つまり古代の神道はまじない中心で、共同体の物質面しかケア出来なかった。ていうかね、「わしらの暮らし」しか対応できんかった。ところが文明や技術が発達するとこの「村」の中に、ええ別に近代じゃなくても個人と言える存在が出現してくる。王に貴族に金持ち。そう、経済の発展段階において自我に目覚めた個人の、心の問題が誕生したのである。ね、自我の苦悩。ところが古神道は、レベルが低かった。ええええ、でも海外を見渡せば、いやーあるところにはあるもんだ。東アジアだとね、それは仏教です。おしゃか様って実は苦悩する自我だったの。でもねこれはこれでちょっと「高度」過ぎるって言うか、ほら、彼ぼんぼんちゅか王子様だから。つまり当初の、エリート用小乗仏教は解脱ばっかり死後ばっかりで生きている人の肉体の問題や目の前の苦しみを置き去りにしたって事さ。ま、すべての人間を五十六億七千年もかけてその内面まで魂まで全部救いたいという大乗仏教もその後で発生したけどね、でも、それだけではひとりあがいている個人やひとつの村だけを深く救うには器が大きすぎた。また、中国の土俗である道教は風水の役にはたったけれど、人の心の内面を通り過ぎるだけだった。でね、ほどほどのところで対応出来るすぐれもの、オールインワン、これをまあ、仮に「神仏習合」と今呼びます。但し、——。

ここでご注意です。

日本において神と仏の関係性を論じ人間個人の祈りの中でこの二者のバランスを取り、完結しようとする、つまり歴史の中にすでにきちんと位置付けられているタイプの神仏習合はこの原始八幡よりもずっと後の事です。だけれどもそんな理論、構造以前に、この宇佐では既に五世紀より前、それが存在していた。神、仏、道教、またポリネシアあたりの土俗までも参入して、個人の全人的問題に応えるための宗教が、個人輸入的に、自然発生していたという事なんですわい。そこには神と仏の関係性もへちまもなく、人の道御三神のお姿、あり方そのものが個人の内なる、神、仏、道、俗、を溶かし合わせた、つまり自我の辿る、祈りへの道そのものであったということです。故に、――。

ここを天孫が乗っ取った時、天孫はすでにこの特異な原始八幡信仰を、政治の道具に使う事を考えていました。

要するに原始八幡は個人の内面に重きを置く国家対抗的なローカル神社で、その上に理論水準が大変高く、高度な海外の文明と同行していたのである。故にこれを掌握しないと国家に背き勝手な事をするに決ってるとヤマトは考えた。というかこんな内容は王者本人やその周辺しか持っていてはいけない、つまり一般人ごときには勿体ないであろう、と思ったのです。そこでこの神社の神を自分達の神という事にしてしまったの。つまり八幡神の正体は自分達の先祖応仁だと言い張ってね。

そう、そう、ヤマトは結局宇佐になりたかったのだ（あっ、今なんか宇佐にぶんがくってルビ振りたいでしょ）。しかし憧れてファンクラブに入るのではなく、アイドルを追い払ってコスプレをした。虚しいか？　そんな事はない、え？　なんで虚しくないか、ですって？　そんな事はないってば。だって、――。

権力とは虚しさを黙殺するものだからだ。

というか、平気だったんでしょ、さぞ？　嬉しかったんでないの？　というか計算済みの上、「細かい事は気にしないで前向きにやった」のだ。そして八幡を国家鎮護の神に作り替えた。王の先祖という事にしたのも、その布石です。

ヤマトはさらには華厳経《けごんきょう》という当時の国際的仏教をまた、自分達の国家鎮護と国威発揚のための、島国的な独占劣化物に作り替えようとした。そのために建立したのが東大寺の大仏です。なるほど当時の王には仏教への理解があった。しかしこれも国がらみの権力主導です。結局なるようにしかならなかったのね。ま、でも一方、その学問、美術としてのレベルは異様に高く、「世界に通用した」。まったくありがた迷惑のワールドワイドです。

当時アジアはほぼこの華厳文化圏が主体であった。でも華厳はそこのみに止まらず、キリスト教の儀式にも影響を与えています。ライプニッツ等西洋的世界観の中で発生する特異な哲学は、通時代的に華厳に似た形を取る、と華厳研究者の中村元も書いているようだ（てことはドゥルーズもか）。

そんな国際社会で当時のヤマトは、この東大寺の大仏開眼により対外的な「アカデミー」デビューを果たすつもりでした。また国内対策ではこの「思想的根拠」を国家接収して、その対抗性を奪うつもりだった。

ま、それは対華厳だけに限らぬ事である。すべてを網羅したと見せかけて全てを潰す、そして一枚岩化する。これが当時の、ヤマトのマニュアルです。故に、この八幡のようなコアなものをも自分達で名乗り、「原始から応仁へ」と紛らわしくし、主体を混濁させる事も大切だったのです。なんでもかんでも手元に握り込んだ上で、混ぜっ返す事ね。こうした、もっとも巧妙な（というよりも無防備であつかましい）方法によって、原始八幡は見えなくなった。

そしてヤマトはさらに、その東大寺と八幡宮を、この時にはもう応神八幡になってましたが、結び付けました。それは宇佐八幡から持って来た神様を東大寺大仏の鎮守・守護神社にするという選択であった。とどめにこの東大寺のコピーとして作られた国分寺が全国にばら撒かれた。つまりはその国分寺の守護神社として各地に（応神）八幡神社もばら撒かれた。日本の神社の中で八幡神社が多いのは実は、この時のばら撒きが一因というわけです。

さあ応神八幡とは何か、それは原始八幡の高度な信仰を変形というか劣化させたものです。

当時原始八幡を支えていた、王の魂を持つ、海の民達、彼らは自分の祈りと現世利益の両方のために、この華厳経の影響も受けた原始八幡を個々に信仰していた。しかし、ヤマトはこの自己判断力や高い知性の必要な原始八幡信仰の、まさに支えでもあった華厳的世界観における、内面や祈りの解釈についてさえ、国家に帰属させ一通りにしたかった。結果、国分寺八幡つまり応神八幡の大量コピーは、錯綜した内面や複雑な世界観を失っていきました。しかし全国に国分寺という建物は残ったのです。また信仰の形骸も残りました。要約します。

貴族よりもはやい、海外由来にして自然発生のオリジナルの神仏習合、これをパクリ、国家視点で薄め、劣化コピーをばら撒いたもの、それが応神八幡の神仏習合です。これは神仏習合の本質である国家対抗性を消毒するための対策であった。しかし、だからと言って今の八幡神社がそのまま劣化しているかというと。

そんな事はない。

どこにも自然な治癒力があるものです。というか、もともと自然発生のオリジナルなものを国家のフレームに押し込んだのだから、またそこから自然発生して様々な回復が起こってくるし、土地の要素と溶け合って独自の発展を遂げる事もある。何よりもその後、原始八幡に遅れる事二百年（くらいかなあ？　というのもスタート地点が判らんから）、貴族階級を先頭にして、新たに自然発生の神仏習合が出て来た。それはまた天孫に対する古い神々の巻き返しをともなっていた。つまり誰も神仏習合を止められないのである。人の中で神と仏が、幻と現実が、現世と解脱が、様々の矛盾が溶け合ってそうして人が生きていく事を。人の内面を、え？　誰が止められる？　その「真実」を。

柄谷、喪前は判っていない！

だからさあみなさん。

勝手に祈りましょう、土俗系神社へ数珠持って行き反戦等も、読経して来るのです（笑）。

え？　嫌だって、何か変ですって？　そうですか、じゃあいいです。

好き好きですからね、ま、気持ちの問題で。

ですのでね、結局この話はこういう話です。

最初にこんな乗っ取りが行われた。そして真のオリジナルは今、ついに居場所を失い、彷徨《さまよ》っていると。だけど自然の治癒力で勝手に祈る人にはちゃんと応えてくれると。とはいえめちゃめちゃ心配なのが、実は、現況です。先に述べた、つまりこの天孫に抵抗するための神仏習合は、実は、建前上、ある時からなくなってしまったのだ。ええ、割と「最近」ですけどね。そうそうそれが、明治維新です。各地で勝手にやっていた神仏習合の主要なところが根こそぎにされてしまったので。

教科書にありましたね、神仏分離って。明治の神、それは国がこしらえた偽の神である。このパチ神を人の上に置く。本来神って人の心の働きなんだけどね。でもそれをパチ化して個人の体と同行させず、お国が管理した。これじゃ人間はからっぽになりますわ。そしてまた来世へのイメージ、高度な抽象的思考、つまり国家に対抗するオレ的感性である仏教を、というか仏性を抑制した。それが廃仏運動。加えて修験道禁止令。これで人の内面を国家神道に帰属させられると国は考えたのだ。つまりは魂の自然な治癒力を奪った（つもりだった）のである。その後は個人の信仰や政府がうっかりと分離しもらした、聖域や土俗が、ひどいリスクしょって細々と残った。まあ最近これを文学の中に公然と持ち込もうとした作家がいました（誰や）。というか文学がする事（のあまりに大事なひとつ）といったらまさにこれだ、と思ってやったらしいです（ふん、陰ではもう普通かもね）。でもその人もなんとなく追われ追われて少しずつ居場所がなくなっていますけれど（まあでもここにはまだ元気にいるわけで）。要するに、――。

近代国家から権力はむしろ「古代化」されたのだ。それは天孫そのものというより天孫的な視点の固定化になった。いくら政権が交代しても、視点が変わらない。ずっと天孫の世の中のまま。戦後はその上神社というものにもっとも凄い困難が発生している。というのも前の戦争の時の責任を神社は引きずっているので、信用がないのです。

そこで御三神が巻き返しを図られる可能性もますます少なくなり。

でもまあそんな中で、むしろこれは気楽というべきなのか、――。

つまりこの御神宮には現実世界の、ネット外世界の、

お宮がありません鳥居もありません。大戦中どころか昔からないのです。

ですのでね、そのためトップページに御拝殿、御参道、御奥宮等の、画像を貼れません。海底画像はあくまでも建設予定地です。お含みおきください。

また、この御神宮には人の世界における住所もありません。ただここのURLがあるだけです。もしこの御神宮にお宮、鳥居、住所が必要とお感じになる方がいらっしゃるようなら、どうかご自由にこの世間に現実世界に、ご勝手になんなりとお作りになってください。許可はいりません。名乗り無料、建設フリー、無願神社おKです。

でもまあ、いくら作ったって無駄というものでございますよ。だって、もし、――。
鳥居、お宮を仮に建てたところでそれは国家から接収されるだけです。
また、人の世界にもし住所を置いたところで、その住所は天孫側に、僭称《せんしょう》されるだけです。
あるいはのらりくらりとされて、登記出来ない、だけですから。
そしてそのうち誰かが地権者になってしまうだけの、事ですから。ま、――。

要するにね、もし御三神の名を掲げた上で神社を建てたとしても、いつのまにか他の神の神社にされてしまう確率が高いのです。そしてその際に乗っ取りにくる御祭神は、ただ名を名乗るだけでそこを乗っ取れるので。しかも、その名は多くの場合、すっごくありふれた神様であり、でも平凡というのではなく、数で勝っているというべきものなのですわ。例えば、――。

港々に古代の「元軍港」の証拠としてある、あの、三韓侵攻の主（神宮皇后ですね）の社。

本来抵抗するはずの被征服側海民神に生まれながら、父スサノオの処分にも平気でいて、神宮皇后に率先して「協力」した「海の防衛庁」、宗潟三女神。
天孫好みの美しい妹娘・コノハナサクヤヒメ。

そしてまさに天孫当事者アマテラス・サッチャー・オオミカミ。おやおや、誰も彼も女神そして美人揃いですね。ただね、みんな同じような顔していますわな例えば、ビビッドカラーの議員スーツとか似合いそうな感じの顔。

一方、われらが人の道御三神ときたら……（ええ、迫力あります。いい表情してますとも）。

なんにしろ要するにこの御三神は、天孫に蹴りだされる運命なのだ。そしてもし今からでもネットの外に出れば人の道神社は結局は消される宿命である。かつて、少しはあったというか

「不法占拠」してきた「自分達」の御社もとうとう全部失ってここまで来たのです。でもだからといってそれは天孫の美人に苛《いじ》められるけなげなブスなどという、昭和四十年代の少女マンガ的な図式ではありません。だってね、そもそも神の性別なんて、ほんっとええ加減ですよ。おまけにその「苛める美人」側の中にひとり、けして天孫ではない、しかも代表的男神がいる程なのだし。その上、これがなんと、オオクニヌシノミコトなんですよね。つまり天孫美人の他に、投降で成り上がった「昔の仲間」までもね、やっつけに来るの。結果、このオオクニヌシにも勝てない、というのが実は御三神の運命です。

え、オオクニヌシってダレー?って?

あ、知らなくってもいいですよ、別に、その時々で使うパーツは説明しますのでね。

でもまあ、一応御説明いたしましょうか?

オオクニヌシノミコト、それは日本の神話の中でもっとも重要なポイントにいる神であった。というのも支配とは何か投降とは何か、投降して生き残るとはどういう事かを表す神話の、主要キャラなので。記紀によると彼は、地上の英雄である。だって彼こそは「国の礎」、そして自分で平定した日本の国を、その後「空から来た支配者」、天孫にそっくり差し出し、祭祀だけはまかされるという名誉職についた。代償に大きな神殿を建ててもらい隠居したのである、そう。神話によると。でも、神話によらないと、え、本当かよ? という事になってしまうのですが。

だって変じゃないですか自分で平定しといて、人に譲るなんて。ああなるほど、――。

古事記にはこの時天孫、空から攻めてくる人らに対し、オオクニヌシ側も、いろいろ抵抗したとか、確かに書いてありますよ、つまりそれが平定して差し出すまでの経過及び根拠ってわけですかね。だけれどもやっぱ、いちいちとなんか、変な事ばっかりです。まず天孫側のですねえ、態度が変、ていうかこの戦いなんか慣れ合いぽい。不可解です。例えば攻撃の時も、Ⓐ一旦攻めてきてから、まだ国がまとまってないからと言って天に帰って行ったり、あるいは、Ⓑ姫に接待されてつい仲良くしてしまったり、んでⒸ強硬策取ってみても代表キャラだけで軽く勝つだとか、なんか、余裕かましているのか体裁つくろってるのか、よそ事やってるのか、ま、「がっついてない」のですわ。え？ 国土欲しいんでしょ、征服側なのでしょ。一方オオクニヌシの方は対抗側にしては妙に下請けぽくてですねえ、ともかくがしがしがし地上げ固めにいそしんでいる。そして天孫はあたかも大企業、「まとめといてくださいよ後で取りに行くから」って。丸投げ状態。つうか天孫は見せ場だけ出て来てさ、地上を対等には相手しない。そもそも対オオクニヌシ戦の時は、台本ありますよ。なんたって「正義の味方」はいつも空から来るし。ですので、例えば、こう考えてみますね。

　公称は地上平定者のこのオオクニヌシ、実はただ機を見るに敏でしかも誰とも喧嘩しない事を自慢にしてるような単なる、嫌な一地元神だったと。別に地元の総代でもなければリスペクトもされてないと。ただ天孫の世の中になる事をいちはやく見越し、持ってる人脈で両方の利益調整を図り、代表面でうまく立ち回って他国を売っただけ。で、「おい、あれいつからあんなに偉くなったんだよなんでオレたちの……」って役回りだった。結果、自分だけ残してもらったおタヌキ様だったと。例えば神話上の彼には天孫に反抗した息子と従った息子がいるじゃないですか。だけれども本当に本当に息子なんでしょうかねえ？　実際は売られた「仲間」と子分になった「仲間」がいるだけなのでは？
だって神話中のオオクニヌシのパーツで表されている日本の国の歴史というものは、結局、これだけのものなのだからそれは、――。
「空から来た」人たちが「余裕で」勝ちました、彼らは「正義」です、ただそれだけ。いやー、えっげつないですねえ、オオクニヌシ、でもなんたって悪いよね、天孫。ね、とんでもない酷い歴史でしょう。そうして人の道御三神、可哀相でしょう。
ほら、みなさん！　あっという間に御三神のファンになっちゃったでしょ？

えっ？

べ、「別に」だって。

はぁ？

「それが？　どうした？」だって？　その上に、ん？　なんか判りにくいって？
そうですかねえ、だって今説明し尽くしましたよ御三神の受けた被害。そして彼らがどんなに重要な神か、うちらがサポートするべき存在であるか。その上、天孫は御三神を追い出した側ですよ。ほーら、悪いのはどっちですか。

ええええっ？　こいつら、千五百年も、しつこいって？

うううう、説明が足りないのかな？　けど、どこが、判らないんですかぁ？　う？

御三神だかなんだか知らないけど、そんな昔からもう追われていないのなら、別に代用品でもなんでもそれで天下はまにあったのだろうって？　じゃあそれでいいやって？

は？　そして私の言う事自体がなんかうさん臭い？　むしろ、天孫の方がまともに見えるって？

ふーん……、「だったらなんでそんなに天孫は余裕で勝てたんですか？　大物だからでしょ」と。「ならどうしてその天孫のやり方はずーっとずーっと今まで続いてきたのかなあ？　必要だからじゃない」と。つまり「もう伝統でしょ、デフォルトでしょ」と。

要は「そんなに続くくらいなのだからむしろ、その天孫とやらの方が正しいのじゃないの？」って。

「いやっだなあ、その御三神ってただただメジャーな天孫に要するに恨みでもあるんでしょう」って。「感情的になってる方、それは悪者」、だって？　ふーん……。

つまりは勝つ者が今あるものが図太いものが正しいってか？　ふんそれこそが天孫思考ですよ。

つまり、――。

人間が住み続け、こうしてここにあるその現実を、長き歳月を肯定すべきだといいたいのですね。

はいはい、なるほどね。そりゃあ私たちはこうして長きに亙りずーっと現実を生きては来た。だけれどもね、私が今解説した天孫というもの、だからそれはけして続いてきた現実ではないのですよ。必要とされた本質でもないのですよ。そもそも天王星ですらないものなのですよ。それは一貫した権力者や代々の家系、伝統的団体でもなかったわけでしてね。ならば、天孫とは何か。それは常に変わる政権動く思想、その中にいつも一点いた、悪しきウィルスです。

実を言うとね、それが、さっき少し言いましたあの、「視点」なんです。

ええ、空から下を見るというその視点ですね。今だったらよく言われる上から目線、あれの一番質の悪い長くこじれたやつ。けして現実でもないし現実的でもない、ただの、視点。それが天孫と呼ばれたものの正体である。

またそんな視点は、むしろ現実や本質に寄生しているだけで。

つまりね、そこに気がつけばいいのです。さあご説明いたしましょう。今からたちまちに。

え？「どうでもええ」……うーん、あなたのような人多いですな。ですのでね。

ああ、ここから先実はこのサイト有料になります。だけれどもね、判りの悪い方はここで何ら興味持たずに帰ってしまいますから。御三神について知ろうとか応援しようとも思わないまで。故に、私共ではそのような方にさらなるサービスでですね。

ええ、有料サイトにお入りになる前に、この、一番初歩的な天孫の正体、つまり勝った空視点とは何かについて、またそれがどんなに乱暴かについて、またそれがどんなに嫌な努力をさせて来るかについて等々お教えいたします。また同時にその空視点から、制圧された海視点がまた人の道視点が、どんなにいい奴かについてを当時の歴史に即し、無料レッスン、御説明サポートをして差し上げているのですわ。ですのでね。
あ、じゃあ取り敢えずその、御目次をば。

ええ、目次ですが。

トップページ・サイト概要の御紹介
0－1　人の道御三神、その海視点の弱み
0－2　天孫、その空視点の発見、権力の「根拠」
0－3　わが、御三神の御受難、その構造について
0－4　ネット外神社建立者へのさらなるご注意
0－5　人の道御三神のなさらぬ事、嫌な努力について
1　人の道とは何か、その御紹介と、ある不思議について
2　御三神の御続柄、その諸説について、御由緒を添えて
3　人の道御三神様正式名諸説と、少し不良化しちゃった御事情について

4　さてここより、お待たせの人の道御神宮御縁起、S倉「出沼際記」です
5　またウィルスにならせ賜う御三神様縁起、「その時作者は、あばら家降臨」
6　そしてお楽しみ人の道御三神いろはに巡行記、これは御三神達の御ブログとその交遊録です。そしてその結末は（7）に
7　本読みの隣人須礼戸美春の事、「普通」の隣人寸志暮夫の事。——御三神の御短気
8　さて大事です、人の道神社、今後のスケジュールとお願い
9　おまけ、何が出てくるやら判らぬ珍しい「幸福」の詰まった福袋です

そうそう無料のところが０番になっています。ここまではご自由にお読みくださいませ。

その上で決心なされば、１番より先にお進みくださいませ。ふん、お高いですよ。

いえいえ、今はまだ０番なので大丈夫ですが。

さて、

——０－１　人の道御三神、その海視点の弱み

さてそもそも、本朝でございまするが——。

地図を見なくても分かるようにこの海国は本来海民の国であった。海に囲まれ、海際から文明が発展し、隼人《はやと》とか安曇《あずみ》、と呼ばれる海の部族が各地にいる海視点の国。しかしこの海の一族をある時、さる山の部族が征服してしまった。ただそれはけして、海対山というような二項対立、スポーツ観戦的な勝負ではなかったのです。というのも彼らは別に普通の山の一族ではなかったから。故に海の武器でもなく山の武器でもないものを持っておりました。また、その武器の故に彼らは勝ったのだ。つまりそれが、――。

空からもたらされた武器であった。その名を空視点と呼ぶつまりは天孫効果、ですな。そしてこれこそ、「上から目線」、「国家視点」などと呼ばれる、物の見方や、考え方をこの島において可能にした、最初の一歩であった。この目線をしかし彼らはどのようにして獲得したか、彼らは――。

その視線をも、空から持ってきた。いやーよく借りて来ましたねえあんなお高いところから。でも「出来ちゃった」。どうしてか。それは御先祖が「空の民」だったからだ。「もともと住んでいたから」。故に、空から下見て暮らすのが「普通」だった。「山の民」でもなく「海の民」でもない。まさに天孫である。お特別である。結局、国を「平定」したのはオオクニヌシなんかではなかったのだ。だってね、いくら平定したってそんなの端っこの方からボロボロ崩れるから。ほら、ひとつを平定している間に前のが反いてくる。ひとつに号令してたら、うしろでさぼっている。ところがね、この天孫の、「空の民」だったら、「統一」が可能なのよ。つまり上から下を見て一気に全部を管理支配出来るのだ。え、観念的過ぎ？――。

しかしそう考える以外辻褄があわないじゃないですか。

だってもともと日本は海の国じゃないですか。だったら王だって海の王がなればいい。或いは海と山で棲みわけたとしてですねえ、山の王と海の王とふたりでやればいいよ。なのに、そこになんで、わざわざ、天孫などというものが必要なのか。それはね、海と山との両方を上から「大きく纏める存在」がその不毛さの故に、結局は他を支配出来る、というバカのひとり勝ち的法則が「真理」だったから。だってもしそうでなければなぜヤマトなんてものがふいに現れ、なぜまた勝手放題のフィッシャー集団や掟に厳しい山人集団から、一斉に王と仰がれたのか？　つまりあらゆる困難の中でついに頂上を極めたオオクニヌシがなぜわざわざ天孫に国を差し出すのか？　という話ですよ。それは、だから、ひとつにはその天孫が実は地上をけっこう動いてもいてですねえ、どろどろの戦争とか嫌な組織力で勝ってきたからじゃないんですか。それもあっちこっちにいちゃもんを付けていいがかりレベルの事ばっかり言って、例えば、――。

「ほほー理由とか怨恨がなきゃ提訴しちゃいかんのか・オレは崇高な目的で打算してるんだよ・俺に論争で勝ってみろ・勝ったら仕返しに乱訴してやるからなあ・どうだ無責任左翼よりずーっと潔癖だろ」みたいな「高度な」自己都合を振りかざして、勝ち進んできたから。しかもその一方でまったく無責任で空虚な空視点という武器までもあった。だからオオクニヌシも「今のうちについとこうっと」って思ったんですよ。次自分のところに来たら終わりだとか思って。

また、その一方、そのオオクニヌシがこのように投降を許されたのもですねえ、やはり誰かが征服の下請けをした手を汚したというふうにしたい、天孫側の事情もあったのだと思います。

だってそもそも空から来る程生活感のない、「淡々とした、無欲な」自分達にとって、そんな日本征服ごときで対等な喧嘩なんてカッコ悪いと、思ったのでは？　いつも上から目線で黙殺または圧勝って事にしたかったのですよ。一方たまに負けたらそれは天孫の熱意のなさというか相手をなめている（または寛容である）証拠という事に見せかけたかったのでは？　その上で一切手を汚してないふりをし続けながら、「仲良くする気はあったのよでも」、「神意ですもの」、で、「トップをちょっといわしてね」、天の「パパにお願いして」、すっとこの地上に下りてきたというふうに作りたかったのでは？　要は自分の欲望を押し隠して、最初から「恵まれていた」ように見せかけたのだ。つまり、——。

「ミスコンはぁ、ママがぁ勝手に応募してくれてぇ、恥ずかしかったけどぉ、一位になっちゃったぁ、玉の輿はぁ、お友達のパーティにひっぱっていかれてぇ、お友達よりあたしの方がぁ、美人じゃないけど変わってておもしろいってぇ」。そう、そこまでして、この空から視点を、連中は守りたかったのだ。「そう、あの時は出物をひとつ、譲ってくれる方があったんですのよ、ええ、私はどうでもいいんですけど、欲しいものの回って来る、そういう時期って、あるみたいですね」。なーんかいいつつ結局、ずるずるずると空の上から国を「譲って貰った」わけでね、つまり下から差し出す手としてのオオクニヌシを「一応お受けしましたの」。そういうわけで、未だにこの国は誰かから見下ろされ続けてる。ま、このような態度って、必ず勝つからね。ええこれが魔法の空視点国家視点ですが。そんなに？　有効？　うん、「権力」的にはこれさえ守ってれば、大丈夫、という事だったらしい。

但し、お間違えなきよう、これと良く似た上から視点に華厳視点というものがあります。これは仏が上から下を見てひとりひとりの人間の内面の底の方まで下りて、ひとりひとりの違いを全部睨んで、しかも下にいる人間全員の都合に合わせながら時には地上に下りて来る、という大変な事である。それは現実世界にはとてもあり得ないような、つまり、手が汚れる事もいとわない当事者意識の固まり、である。それでも上から視点が出来るのはそれは超越者だから。つまり架空だから、フィクションだから。そう、本来、あり得ないからね。小さい集団とかごく一部限定で、絶対に絶対に、「国家はまねしちゃいけません」。

まあ共同体の長でもひとりひとりの顔が見えればまた頭数《あたまかず》が小さければ、期間、テーマ限定の上で例えば猫十匹に対してこれをやってみている人ならいるわけだが、そんなの「空の民」には一匹だって無理、だって土台連中は海どころか地上なんかも「知らない」のだもの。一方仏は人間を知らないはずがないでしょ。だって本人が元人だから。天からいきなり下りてきたわけではないから。

ま、「空の民」だっていきなり下りてきたわけではないですけれどね。ともかくね、上から下を見てるやつは強いですよ。だって何にも考えてなくても上から見るだけで何でものっぺりと見えるからね。ふんいやな連中だねどっから出て来たのか、ってことでまず、じゃその発生について。

――0－2　天孫、その空視点の発見、権力の「根拠」

それは本州の中央あたり。

ちょっと前までそこには海外を知ってる人々の連合があった。ヒミコのような単なるイメージキャラがいた。各部族の首長の内面に気を遣った託宣で、連合の「総意」を発表していた。要するに弱くて八方美人、一見まとまりだけがいい、アナウンサーミコがいた。その時人々はまだ、全員等しく、地上の子だった。

でも実を言うとここにひとつの、いわゆるひとつの、三輪山の西の麓に暮らす一族がいた。無論当時は連合の一員に過ぎなかった。

それはヤマト村という「海知らずの人々」の村であった。

このヤマト村には彼ら村民の祭る「王の山」があった。それは三輪山の近く、半分以下の高さ。三輪山は四四六メートルでも彼らの王の山はたった一五二である。

でも、さてある時からそこの村長は、自分は海の人なんかより、ずっと高レベルだと言いはじめた。なぜなら、彼らは空から来たからなのだと。そして急に強気になり周辺の葛城あたりからどんどんと、征服して行った。自分達は普通の山の人とも違うのだから、と。本当は元々三輪山の人だったというわさもあったのに、でも言い続けた。なんたってうちらは「空の民」だと。

故に彼らの神様は雲に乗っているだけで翼もないんだと。翼もないのに雲の上に家があって、結婚もしてるんだと。え？　でもその空の高さはたったの一五二メートル、なのに――。「世界中」の系図を辿ると、実は自分のところが本家なのだ、とさえ「空の民」は言いはじめた。だって「俺達は空の民」、そう信じて以来、なぜか彼らはどんどん戦争に勝ちはじめたから。同時に「自分のやる事には自信が持て」るようになり、「少しくらいでは落ち込まなく」

なった。「いつも正しくて公平な基準を持てた」、「自分の欲望なんか意識する事もなくなった」、「政治とか経済とかはたいした事じゃないと思えてきた」、「くだらない事は気にしなくなった」。つまり彼らはこの空視点によって不老不死になりサクセスもしたのである。権力者になったのだ。というか権力者になるような運命になったのだ。勝ちへの一本道を与えられたのだ。だってもう彼らは対等な部族連合のひとつなんかじゃない、そんなもの真白にリセットだよ！　それも。

「空の民」なんていない、と言った人を追放出来る程に。だって、彼らは、――。

海を「忘れた」から海をスルーしたから、海をシカトしたから。それが彼らの「強み」で、これで怖い事はすべて「忘れた」事になった。するとなんという事か、彼らの「歴史」はどんどん「良い変化」を始めた。嘘つき野郎のブログのように修正されてきた。例えば彼らがつい最近、九州まで戦いに行った事はとりあえず大昔の話になった。妃が海の人だった王が同じ連合の、よその部族にいたのも、ずっと前の自分たちの神話って事になった。歴史が空白になっている日本の四世紀、そこがなんだか都合良く働いた。例えばそうして応仁も筑紫の出身にと、うまくはまっていった。それは何から何まで「正しい」彼らの征服の「根拠」を示す歴史だった。さて、その上で彼らはカマトトを始めた。ナラの盆地の外を「ない事」にした。どこも「神代」から自分たちの領土だったと。ただある時から「中央」に住んで統轄するようになったのだと、昔っから自分らは海の主だったのだと。それも、余裕で。

こうして、彼らはただひたすら上から見た。すると、なんという事か！　見下ろすだけで人は人に勝てる。空から見るだけで彼らは海の民に勝ち（偉くなったもんだね）、海の神に勝ち、海の先祖に勝ち、海の精霊に勝った。ついに彼らは海のトーテムを奪い、海の芸能をあざ笑った。やれやれ「海知らず」一族は、とうとう、この海国をおさめる事になった。だってそうじゃなけりゃ、誰が「信じ」ますか、空から来たなんて、ワンダースリーかよ。

ね、「我々は海の民だ」、「里の民だ」、「山の民だ」、「太陽を拝む民だ」そんな事だったら誰でも素直に言うよ。但しその時には自分達が個々の勝手な事情で、あるいはせいぜい村で相談しあって、上向いて、空を見て言ってるだけなのだよ。つまり空を見上げている自分は下なのだね。そして上には自分達の神がいるだけでですねえ。でもそういう普通の体感とまるで逆行くようにですねえ、言うに事欠いてですねえ、ええ、「空から、来ました」だなんて、「空の民です、空の方から来ました消火器買ってください」なんて。

ふぅ、それだけで権力を握るなんて……そうです、他には何もしていないと思いますよ少しの「努力」の他は、だって、その証拠に、――。

外国に認められ海を知っていたあの部族連合、つまりヤマタイ国さえも、消えていますよ今、……連合「七万戸」ってスケールだったのがあとかたもない。それなのに標高一五二メートルの山を根拠に海知らずのカマトトを武器に、連合の一員でしかなかったヤマトは、国になった。「真の国」に。

こうして、この「空の民」的視点は後々ヤマト村の村長が権力を失い、「人間」になってしまってからも、歴代の「上」が人々を支配する時には常に用いられた。その結果、現代に至るまで、まるで読まず評論家の読めず評論みたいな「海」についての「海」知らず統治が今でも続いていて、なんと、権力的にはそれは「成功」している。しかも時代が下る程それは強固になった。だって今や世界市場経済が国知らず、事情知らず、個人知らずな「支配」を始めているから。それはこの「空の民」視点、天孫視点と相性いいものだから。そう、そう、だけれどもこの逆にね、つまり人間、自分の上に本当は何かある、それを知ってしまったら、もう「破滅」だから。だって……。

　歴代、天孫の癖に上を見上げてしまった王は出家しています。まあ院政はポーズだけという出家もあるけど、でも本心から空を見上げて出家した王、この王は何を見ていたか、けして空に自分らの先祖がいるなどとは思えなかったのだ。つまりそれは空に神ではなく、仏を見ているのである。自分よりずっと偉い上を。例えば神仏習合の巻き返し構造もここを始点にして発生しているのですわ。王本人の負け感、王でさえ死ぬという仏視点の、発生である。

　あるいは自分ごときはとてもミロクのようにはちゃんと出来ないのに、それなのにずっと王をやっているしかないという、上から下見た時の、不全感、劣等感との対峙ですね。まあこの時代、空視点に勝てるのは仏くらいでしょうね。それも王が自分の肉体を超越出来ぬ弱さを認めた時のみにね。つまりは神仏習合の権現視点に、目覚めた時だけね。

　権現、というのは仏になりたい神様の事、または仏が人間に判って貰いたくて、神の姿を借りて現れた状態です。というか苦悩する人間の矛盾だらけの内面が求める、様々なレベルのまた雑多な要素を含んだ信仰の対象です。

　だけれども、それは信仰としては良くても現実の王の支配力を弱めます。つまり、そういう下から視点さえ持たなければ、人間、それより「強い」状態はないのだから。「成功」し権力を握る方法は仏を見ない事、人の道も見ない事、空も見上げない事だ。まあそんな権力って要は、横車的で嫌な権力だけどね。というか権力とは周囲の人間から見ても、多くは、嫌な、ものなのですけど。

でもね、同時にこの四行前の「成功」という言葉のカギカッコも、外せば、それは無論、嫌な成功、とか変換されるものなのです。という事はこの「空の民」の正史も嫌な歴史というやつなのであろうしですねえ。えええええ、そういう嫌な彼らは本当に「目の付けどころ」が「良かった」からこそ「成功」したのです。結果嫌な目の付けどころが嫌に良くってですねえ、それでさらなる嫌な成功を、だって、――。

一体またどうして自分たちの空だけが他の部族と違う特別な抽象的な全網羅的な空であると言い切ったのか。中国なら皇帝が天ではあるけれど、でもちょっと前まで国際派のヤマタイ国はそこをわきまえつつ、「世界国家の道」を歩んでたのにですねえ。でもいつしかそれは消え、古事記も日本書紀も神代はやたら九州にちょっかい出しているのに、ある（リセット）時点からふいにそれもなくなり、結果――。

奈良盆地中華視点は狭く狭い、山国の上の空から生まれたのだった。しかもこの嫌な発見に他国が驚き呆れ、うんざりしている内に彼らは、のしあがって行った。実を言うとここには、秘密があったのです。古代の発見、それはしばしば、夢見から来ます。

彼らの王の山わずか一五二メートル。それがヤマトである。ある日そんなヤマトの村長は夢に女子アナの姿を見た。歯並びの良い彼女は判りやすいマスコミ語でこう告げていた。

「あなたの王の山あの山に登り、頂上の土を取って土器を作りなさい。するとこの世の中に国家というものが発生しあなたは国中の王になれるのです。但しその際にずっと下を向き土を掘るだけで帰ってくるのですよ。またそれで作った土器は空から落ちてきた天の器だと信じなさい。つまりその器のあったところが空の国なのだと」

目を覚まし急いで、村長は登った。他の山よりも、登るのは楽だった（低いからね）。頂上にうずくまり、彼は土を掘った。そこまで彼は、空を見なかった。頂上でふっと山の下だけ見た。すると、空がない！　上もない！　小さいスケールの閉じた体感の中、狭い全能感で、彼は「天上」にいた！

狭い視野、小さい景色、オレの空の国。この国の起源なんてこんなもんですよ、ま、その上で彼らは――。

次々と大きい事を言うようになった。例えば、――。

「私たちは空から直に下りてきて人間世界を今後は支配する」、と言ってみたりした。また、――。

「空は我々の領土だから（だって一五二の空だし）、今後は喪前らがいくら見上げたって喪前らの神なんかあるはずもないから」、とも付け加えてみたり。すると、――。

それは古代世間で通ってしまった。だって、――。

誰もそんなひどい事自分達ではとても信じられないもの、つまり恥ずかしくてマネ出来ないんですよ。ところが一方、世間知らずの故に本当に、ひどく本当にそんなバカな事を信じてしまった空の民たちだけは実に「強くなった」。人々の空を勝手に自分達のジャーゴンで覆ってしまう程に思い上がってしまったら、なんか「売れちゃった」の。それが、タカマガハラという名前の、標高一五二メートルの空であった。そして、――。

それ以外の土地は全部下の世界、自分たちのレトリックがそのまま現実として通用して当然な世界だと、まるで読まず評論家の嘘文学理論が全部の小説に適用出来ると思ってしまうかのように、彼らは思って、しまった、わけである。視界の限られた「空の民」はね。でも地方の、多くの目印山は五〇〇メートルはあるよ。

しかもそんな目印山の上、古代日本にはいくつもの空があったからね。それは各部族が持っている空でもあったしねえ。ほらアマ族の空、アズミ氏の空、隼人の空、エミシの空、各々の土地から自分たちの先祖が来る空を各々で眺めていた。なのにそれがいつしかひとつの部族の所有に統一されてしまった。えええええ、ヤマトがウチの空だって決めたせいでですねえ。それ以後金星人は金髪で女だという事になり、火星人は怒りっぽい敵性植民星人だという事になってしまった。空は「分かりやすい基準の下」、「より多くの人に届けうる」、「通じやすくて本当に価値のある」、「公共性と社会性を備えた」、「空」になった。いやーなんか似てますなあ近代国家と、というか近代ってなんか古代みたいですねえ。そして、——。

自分の庭のようにして自分の空を持ってた部族達の間で、一年に一度ワカメと黒曜石を交換したりするついでのお茶飲み話において、なんとなく通じていたお互いの空同士についての話題は「上から見て」、「非論理的で、全然判らないくだらない話」という事になった。

こうして今では特に本州において、現代の新興宗教の教祖様の説話に出《い》で来る天やら、民間説話に出て来る古代の部族の祖霊の来た山にまでも、タカマガハラの名が付いている事になっている。だって他の名前をなかなか思いつかないもの。千五百年もの間地面固められて。

つまり一方、別の纏め役、キリスト教の天国とか仏教の極楽とかがどうであろうが、この島国の土俗において、というかローカルにおいて、空はタカマガハラに回収されているって事。つまりその地方独自の土俗空は見えにくくなっている。土俗でも山ならこんぴら山だの権現台などと名乗って抵抗したりはするけど。

その上、新興宗教も勝手に神作ればいいのに、何かとアマテラスブランド御関係の方に霊言を走らせがちで、それはまるでひとんちの家紋が自分ちの位牌についているかのようだ。

ちなみに、いわゆる、天孫、騎馬民族説とは実は超異端の説だそうですがしかし、この彼らがもし仮にヤマト村出身ではなく、騎馬民族であったとしても、「主張」した事は共通なのでありますの。つまり、――。

自分たちは上にいた、絶対に上にいた、だからお前達は下、という主張なんですわ。「空は俺たちの領土」、そういうコンセプト。

但しその場合の「天から」、「上から」とは馬上から見た「下」、もしもその乗り手が空虚だったとしたら、それは大型トラックの信号無視にも似て、横柄にもなりますわ。一方そこから見た「下」、に落馬の怖さをふと感じれば規定重量トン数も気になってくる。でもね、ここをもし忘れて、世間知らずにも思ってしまった「天下」のイメージを引きずるだけならば、湧くのは虚ろな全能感とそらごとばかり。「ああ落馬とはなんだろう、落馬に意味はない」。さて、その目線でもし外へ征服に出ていくとしたら、「道とはなんだろう道なんか虫ケラの巣」。そうやって下手に自信付けて最終的には日本の端まで進んで来る以上、「海とはなんだろう、そんなものはない」、でも「征服してしまったら海防に使おう」と、もう使う以外の関心はない事になる。

例えば、――。

「ええと海、海、海、そうか海関連では東方経営だな、だったらまず伊勢を征服だ、朝熊山があるな、しかしこれ王の山の三倍は高い、でも平気だぞ、だってうちら『空の民』だから。そんでもってじゃあここからは伊勢エビと鮑と鰹を租庸調の調（餮という税があったらしい宮中用グルメ特急便だな）で送って貰う、それから玄界灘は任那の方で南の海防だ、こっちは何だろう、そう、そう牡蠣とフグと鯖とああ、そして、連中初めの方でボコボコに征服しといたけど忘れるといけないから別口の庸でもって、ちょっと働いて貰う事にしよう、うん海って便利だな、でもそこに意味はない、つまり海とはゼロである。そして海の民の内面は空洞である」という事にもなってしまう。ま、このようにして、――。

海も山も「見なかった」から「空の民」は「勝った」のだ。つまり見たって判らん程に見ない事がそのバカさが彼らの「才能」だったのだから。

四日市生まれの伊勢育ち作者は、湾しか知りません。でもその湾でさえ、海の感覚は私的にはというかひとりの人間としての私にはこうであった。

怖い、対面で押し寄せる大きい脅威、迎え撃つ心身はひとりぼっち。

海を知る、というか、ひとりを知る、ひとり対怖い現実、という構図なのである。まあ、山だってそうでしょう。高尾山のてっぺんから下を見た時さえ、筆者は山に吸い込まれ引っ張られて落下すると思いました。登るのだって怖い。が、――。

古代、そう身体感覚なしには生きられない時代、海山の脅威の中で、けしてそのように考えないとしたらやはりそれは「能力」だ。でもそれはカギカッコ取ると、嫌な能力ってやつ。また山が低かったから、一五二、だから怖くなかったのでは。権力とは何か自分に甘い事。
そして自分に甘いというこの感覚が、筆者的には国家の起源みたいに思えるのだ。国家とは何か、空、民、上、無痛、「無欲」、「空白」、「ゼロ」、「リセット」。ああ、国家とは何か、ゼロにする事だ。例えば各部族の、歴史、特異性、いや何よりもロジックや抽象化の過程さえも、ゼロにして……。

さて、そこでオオクニヌシだが、諸君!

——0-3　わが、御三神の御受難、その構造について

そうそう、そのようなゼロ世代にお国を、現実の国体を差し上げてしまった、そんな、オオクニヌシ、さてこのオオクニヌシとは何か、これは国を平定した神というより、ヤマトのした事を隠蔽した神なのだと思う。トンネル会社とか名義貸しみたいにして各地の征服と流血をロンダリングした人、という話である。まあこのオオクニヌシ自体も複数の指導者をひとつの神に纏めて表現したものという説があるけれど、神話に出て来た彼は他の首長全部を出し抜いて纏め売りした選抜隊、または最終的なひとりという「象徴」ではないかな。そんな彼の視点は

権力に近いけれど、空的ではないね。要は息子ならぬライバルと空を戦わせて、どっちか潰れるの待ってた人じゃ、ないだろうかね。なんか、横向きながらずーっと得しようとしてる政治的したたかさ、そういう感じじゃないのか。彼は空視点のもたらす効果をいち早く学習した。しかし自分は使えないスタンスにいるという事もちゃんとわきまえた。その上でたちまち投降側代表を名乗り喧嘩もせず、最後に出て行った。仲間の纏め売りで生き残ったりと。

それは、平和主義って事なのかなあ。でも他の仲間はどうなった？

ま、こんなのに掛かったら御三神はひとたまりもありません。いまだにこの空視点と空投降横目視点の前に彼らは耐えている。また現代でも上から視点の正当性によってすべての嫌な事は国つ神と国民に降ってくるのである。

かつて、そんな上から視点に脅かされつつも、仏によって人々は天孫に対抗していたのだな、でもそんな仏も東大寺なんか最初から天孫の仏なんだから他の仏も次第に投降して行ったのであろう。そして明治の神仏分離は、応神八幡のっとり後も結局コントロール出来なかったあの力、神仏習合への最後の対策だった。また仏と神が勝手にくっついて天孫の作った序列を乱さないようにするための方策でもあった。要は縦ラインを天孫一本にして「判りやすく」する事、それは近代国家という名の神道国家にふさわしいリセットだったのだ。こうして「空の民」視点は仏すら失い、その後、王はもう空を見上げる事もなくなったのだ。というか近代の首長には身体もないからね。昔の王なら死んだらどうしようと悩んで仏心を起こす。でも国家は死なない。いや国家は死んでも国家視点は動かない。一方、国家に自我はない。つまり国家本人は空洞であって、ただ官僚や経済の欲望の器になって暴走するだけだ。そして国家視点はすでに、ここに、今やそれ自体を目的としたかのように、奇怪な、歯止めのないものになってしまっている。

まあ、そんな現状ですので、ひとつ。

――0―4　ネット外神社建立者へのさらなるご注意

ええ、御紹介にある通りですわ。も、勝手にやってくださいよ。建立志願者様。建てたけりゃ人の道神社と彫った額でもいいし、あるいは高級佃煮の桐箱の蓋にでも、筆ペンで御三神の名前をなぐり書きしてですねえ、プラスチックの鳥居でも発泡スチロールの賽銭箱でもいいですわこの際、勝手にお祭りください。勧請《かんじょう》なんかしなくても、お札なんか頂かなくても、御三神はたちまち勝手にぴゅっと来てそこに入りますよ、喜んでね。まあどうせつかのまの定住生活だけど、それは無論、今述べたような千五百年程の事情がありますから、何よりネットにしかいる場所がもうないのだもの。

あ、そうそう、忘れていました。

一番のご注意です。忘れていました。肝心な事を。つまり、このネット外神社建立の際に、けして、してはいけない事、それは御三神に対する不当な不正直な表現です。

例えばもし、お建てになった神社の由緒書き、御霊験、の端にでも、もし、もし、御三神の御器量についてですね、もし、ひとことでも嘘を書いたらアウト、って事になるのですな。神はたちまちネット内御総社にお帰りになり、入れ代わりに先程の凡才的他女神が参入する結果となる。

また、そのひとことの嘘とはこの女神の年収でもなく身長でもなく、御器量についてである。そう、そう、御三神の御器量について、その根本において嘘を書く事は、全て、どの神様ももっとも忌避される事であります。なぜなら、それは――。

出自を偽り。

来歴を偽り。

御霊験を偽り。

本質と真実と内面と感情を、偽る事だからです。ですのでこの御三神の御器量について、けして、ゆめゆめ――。


美人と書いてはならぬ。神は正直なり。

ですので。

やめやがれ、そげな、嫌な努力は。

——0-5　人の道御三神のなさらぬ事、嫌な努力について

さて、この嫌な世の中の嫌な努力については誤解もあるかと思うので少し説明しておきます。御三神の中には男子から女子になられた方もおり神としてはなかなかの努力家です。しかし今までさんざん述べました、あの天孫側の努力、つまり、嫌な努力だけはけしてなさらない。これはいわゆる夢中な努力や真面目な努力、勢いの努力、何かのお稽古等とはまるで違う、嫌な国家の嫌な努力です。権力が唯一推奨する努力であります。

千五百年以上もの間、この嫌な努力はヤマト的な上から目線国家視点とともに成長してきたもので、偽りの正史を作ってきました。この中ですべての神は系列化され、すべての神の序列が決まり、いくら抗弁してもそこに組み込まれるようになってしまったのだ。

また、どのような神であれこの、系列化と神社人事において件の、嫌な努力を抜かせば、人の道御三神と同じ運命が待っていました。逆もまた真です。

というのはその、典型的な例が先程の数で勝っている宗潟三女神ですね。人の道御三神を押し出したあのメジャー海神神社にしても、そりゃもういろいろな嫌な努力の結果現在に至っているのですから。だって彼女らは必ずこう言いますよ「私達別に美人じゃないわ、努力しただけよ」、とまさに、ほら、そのような嫌な努力が滲む御神格であります。というのも、——。

もともとこの宗潟三女神は海の女神である事から判るように、スサノオの娘でした。それがその後（諸説あるが、その後です）アマテラス側に投降し、天孫の海防をつとめるようになっ

てしまっている。まあでも今の投降海神ナンバーワンみたいな状況を見ても判るがその生誕も、ヘタレ系ではあった。

ヘタレ、それは嫌な努力への一本道であります。

というのもこの宗潟三女神、本来は海の王だったスサノオが空の女王アマテラスに反逆の心を持ってない事を示す儀式に、付随して出来たお子であります。しかもその時点で（古事記だと）スサノオがヤマト村に忠誠だった故に「やさしい女の子（へっへーい！）」に生まれたという流れである（スサノオ側の解釈ではね）。一方アマテラスの方はこの儀式で五人の男の子の「母」になりました。つまりは女服従、男支配って（あくまでも）図式ですな。だけれどもこんな忠誠の証拠の美人三姉妹。系図的にはかなり疑わしい存在です、だって。まず歴史自体に改変があるのです。日本書紀における、ヤマト側のカキコです。「いいえ古事記が改変です」という意見もあるけどね。

しかしまだしも「事実」に近いかもな、古事記の方を変えるわけですかあ？　ま、どっちが国家として大事か、という話ですよ。ともかく日本書紀では女が生まれたら反逆、邪心の印、となっている。スサノオが反逆するつもりだった証拠？　でもさ同じ国の同じ神なのに記録が、なんで逆なの。服従か反抗か本当はどっちなのか。うむ途中での心変わりかな、しかし、それはどのあたりで？　ていうか宗潟神ってダレー？

そもそもこの宗潟三女神スサノオの娘かどうかまず疑わしい。ただ海の神として島に祭られていたのだし神話でも海系なのだからまあ海民の神だろう、だったら天孫にはなりえないと普通は思います。でもその一方、神話の血縁関係は諸説あるという以上に偽りが多い。例えば親子の関係が実は征服と被征服の関係だったり、また、アマテラスが姉、スサノオが弟というのだって組的に四分六の杯という意味かもしれない。そのスサノオだって、もし歴史上とことん逆らったりすれば弟ではなくて逆族にされていたかもしれないのである。つまり、投降して「目下」という事で系列化されたのです。まあそれでも「息子」ではなくて「弟」なのだからせいいっぱい抵抗した部類かもしれない。がその抵抗故か、投降してもスサノオはまた疑われた。そして生まれてきた宗潟三女神は、古事記によれば――。

　最初、服従の印の、「娘」でした。ていうか子分ですね。生まれたというより子分になった。しかしそれでスサノオが切られるとなったらスサノオの下のままじゃ立場が危ういです。故にもう一回三女神は直に投降したのですな。スサノオをはめるか、殺めるかしたのかも。例えば記でスサノオにくっついて投降したこの宗潟神が、さらに紀に至るポイントでスサノオに反《そむ》いた。弱小なところでは投降も難しいし、条件も悪くなる。だからうまく手近の傘下に入り。のちに親分も裏切ってちゃっかり二歩前進、「親」を越えてここで天孫の正社員になってみる。受けるヤマト側もこりゃあ経費の節約、海防は宗潟だけで充分と考え、これにてスサノオを切ったのかもしれません。その結果神話が変わったのでは。これで「父」に従って投降した服従の娘から、「父」に逆らって投降した「反逆の娘」へ。つまり日本書紀の書き替えはスサノオのキャラ替えよりも宗潟三女神のキャラ替えのためなのであるという仮説であります。ほら、これぞ「賢い」三姉妹の嫌な努力。一方、日本書紀が平和な心の印とした「清い」男の子の中のひとりの名前なんて「正勝吾《まさかつあ》勝速日《かちはやべ》」なんてものです。「オレ今勝ったオレの勝ち」ってアマテラスのお子はそんなタカ派ネームであり、要は、「権力の平和」そのものである。まあどっちにしろそうやって神話に捏造をかけられて「子供」にされる以上、宗潟神社は、実際にヘタレな一族の神だったのであろう。スサノオにくっついて投降した上で、自覚的に出し抜き裏切るほどにはね。

ま、そんなヘタレであればこそ利用価値があると思う天孫。投降が早ければ重用する。一応手ごわければスサノオみたいにいい顔して取り込んどいてから、じわじわやる。その時の都合で、海防要員もすぐ取り替える。

そうそう、その上にさらなる利用価値、この宗潟三女神はもともと海神として発達している し、人の道御三神の代わりをさせるのにうってつけでありました。つまり、似ているようで実は偽物、そこが「素晴らしかった」。

だってね、ひとつ、類似品である。ふたつ、量産品である。みっつ美人なので「判りやすい」。とどめ「紛らわしく」間違えられやすい。つまり三神を追放した事が見えにくい、まことに穴埋め向きの無難な存在であった。

どちらも海の神で三人だし、場所もごく近い。そもそも人の道御三神が周防灘の目印山の守り神であったのに対し、ここは玄界灘の島をも境内に含む航海の神ですし。ただ同じ九州でももう少しだけ、守備範囲が広かった。

人の道神社が一地域の海山里人等全部の面倒を全人的に、濃く見てたのに対し、この宗潟神社は守備範囲が広くどっちかというと（あくまでも比して）海だけ、単機能系である。一方は濃く狭く人間的ローカル。一方は広く薄く機能性一般。この時、ヤマト側が潰そうと思ったのは、無論前者である。

残して利用しようと思ったのは、広く薄い方である。いつだって「多くの人に届く方」が好きなヤマト、そして「広く行き渡る可能性」のある方は必ず薄い。だって、それこそが「空の民」、天孫の支配の、性癖が行き渡った国土の嗜好だから。

「空」とは何か、広く薄い事だ、下が見えない事だ、全てを空白にしようとする力それが「空」力である。けして仏教の空《くう》のようなものではなく、むしろだだっぴろく、うすくウスい、透明に近い。それがヤマトの国家的な空、公共性の空、冷たい空。

宗潟三女神はこの空の薄さで、ヤマト村に適応し生き延びたのだった。この「娘達」はその後「父親」が「急に得意になって狼藉を働き」根の国に追放されたりしてる一方で、各地において神宮皇后に、「お願い」もされ、天孫を守る海防の神ブランドを確立した。要するに薄さが幸いして、スサノオの杯を返せたという事、リセット完了である。

古事記を見ると、この娘を「産む」時の呪術に使う品物（剣）をスサノオはアマテラスに提供している。つまり、その時に、この服従娘を「産んだ」スサノオの剣、もちもの、は三つに折られて、かみくだかれ母体になっているのである。一方アマテラスはこの時、スサノオを制圧するために男装しているのだ。「服装がジェンダーフリーだからフェミニズムです」かぁ？まず、本当にスサノオは「男」だったのかよ。

まあ神の性別の他にも、ディテールにおいて女神は造られる。変えられるもの。神社の由緒書き等で判りやすいのは、イザナミのおしっこから生まれたうんこから生まれたげろから生まれた等の女神、ワクムスビ、ハニヤマヒメ、カナヤマヒメ等。その神話的出自こそ焼き畑農業や大地や鍛冶の象徴なのに、伏せられている事がある。また、美人じゃないけど人気者のもて神であるアメノウズメノミコトでさえも美人とうたわれてしまうケースもある。そしてこうやって出自を隠されると有名な割に、キャラ立ちをして来ない。本質を隠されて並び大名と化する。純粋な「空の神」から結局こうして押し退けられ、影も薄いまま、系列化をされて、そして、神話は、負けた神々を勝手に分類して行くのだ。で、――。

本当の御由緒は判らんけどその分類が好意的な時は全部「アマテラスのお子」。古すぎてどうしていいか判らないのは「イザナミのお子」、あるいは少しでも負けた海民の匂いがすると「スサノオのお子」、そうでなければまあ山の方かいなと「オオヤマクイのお子」、単に地方の「人」としか認識したくなければ「オオクニヌシのお子」。

オオクニヌシの子供や妃はやたら多い、これは実在した出雲系のシャーマン集団の実態を反映しているのも確かではあるが、同時にまたそれをひとりのボスの下に纏め、個々のシャーマンを一気に、勝手に系列化してしまった神話の無関心さや冷酷さを表すのかもしれない。

故に、そう、そう、スサノオがアマテラスの弟というのこそ怪しいものなのだ。征服した相手を「弟のように」、「心配」し、「過保護」に「干渉」したら「反抗期」になった。そして「叱られた」相手は「良い子」と「悪い子」に分けるしかなく。他の「良い子」のために追放され、時には間引きされたり、「海に帰った」り。

現代でも独裁者は多く「父」を名乗る。抵抗勢力のある国でもその夫人は「母」だ。イメルダでも誰でも。

宗潟三女神にしても、三姉妹は一本の剣から次々と短時間で生まれた事に神話ではなっている。でも実際はひとつの地の交易や環境の推移に基づき、次々と加わって人工的に、三姉妹となっていったのかもしれないのだ。その上この美人三姉妹、タゴリヒメ、タギツヒメ、イチキシマヒメとあっても、イチキシマヒメ、いわゆる弁天の陰に隠れて、他の姉妹の影はあまりに薄い。まあひとつに纏める時、いかにも全部を網羅したと見せかけるために、この三という数字は都合いいけれど。

弁天はともかく、宗潟三女神の資料は神社の総数の割に少ないようである（まあ素人調べだけど）。ただゲームのキャラに使われている画像は出て来た。長女が巨乳ボンデージ、次女が巨乳チャイナドレス、三女が巨乳セーラ服、というような構成の、無論、アニメの絵。その時に作者は思ったものだ。

三姉妹とは何だろう、長女生け花師匠、次女小悪魔ＯＬ、三女清純派女子大生、それじゃ七〇年代。じゃあ長女女子校ツンデレ、次女ブリッコスク水、三女眼鏡っ子小学生、それじゃあおなじみの、――。

ほおらまた笙野がやっていやがる、しつけえなー、うぜーなー、ぷぷ。

女神とは何かキャラばっかりなのか。

まあそういうわけで、現代もあくのある独自の女神達は次々と「明るくきれいな縁結びの女神」へと消毒され消費されて行く道を歩いている。ですけれど、皆様。

ともかく人の道御三神だけは顔をいじらないでくださいよ、というお願いである。そしてさあついに最後のご注意です（そう滅法、前説と注文の多い御神宮と言えよう）。

このサイトはここより先、ワンクリックに付き、千七百八十円が（へっへーい！）口座から引き落とされます。そのお金はどこに行くのか、誰も知りません。というか、御三神のネット内巡行費、敵ブログ防御費の一部になっているはずだと、当神社管理人、もとい、神主は信じています。証拠はないですけど（さあ有料サイトの始まり）。

☆

そしてクリックすると、本当に有料だ（ぞっぞっぞっ）。お金は登録もしないカードから勝手に引き落とされる。そういうソフトも出回っているらしいのだがこれが実は御三神の神通力でもある。またもしカードを作ってもいないものが、ここをクリックしたりすると、するとパソコンの液晶のところからねー、あなた、そんなあなたを御三神はお見通しで、たちまちウィルスとなってあなたのお家のパソに入り込み壊してしまいますよ（へっへーい！）。だって御三神はどこにでも御巡行出来るのだ。ネット内を神通力で飛びめぐっておられます。つまりあなたがただひとこと、この神のお名前をお呼び申し上げただけで、全部のパソコンのファイルとメールを占拠して、それぞれの御神威であらしのみわざを発揮されるのだ。

そうそう、御三神とは何か、それは怨霊神です。祟り神です。災い神です。巡行神です。疱瘡神ではないけれども、まあいわばネットの疱瘡、ウィルスの神です。この負荷を転じてゼロにしようと刺し違えんとするもののみに、御三神は善神福神長寿神、いけ神もて神おされ神として、お力とお守りをお授けになるでしょう。

あっしまったっ！

これじゃこのサイトを運営して書いているのがこの作者である事がばれてしまいますわ。だって、語り手の癖についつい内部事情を書いた上にですねえ、サイトと自分の文体が混じってしまいましたん、ですもの。

で、

（なにくわぬ顔で元に戻るけどね、そして人ごとのように自己紹介するけどね）

この、人の道御三神をネットに御案内申し上げ、お連れ申し上げた道開きの隣人とは千葉県S倉に土着して九年、その名を金毘羅と称する、まあ世間によくいる自称生き神の最底辺である。特にこの金毘羅は天川弁天という名の、弁天とはとても思えない奇怪な神とも習合しており、世間では一層通りの悪い存在になってしまっている。しかも本来ならば弁天は御三神の敵キャラ、あの宗潟三女神中一の美人神なれど、この天川弁天のみは激しくゴーゴン的な（頭に蛇・肩に蛇・顔はぺらぺら）ぶすのかみであらせられるが故に、特に同盟を結ばれて協力されたものという事なり。というか多分天川って本当は弁天じゃないですよ、ひとつ余ったから纏められた元縄文系の蛇神かなんかが「じゃ、美人にしときましょ、弁天ね」って感じでええかげんにラベル貼られた存在ですに（伊勢弁）多分。ま、そういう事で、明治以前の金毘羅と違い何の力もないこの作者のあばら家に、御三神は降臨されたのだ。といっても別にそれは幸運の印とか良い行いの報いというわけではない。

ほーんのついでだよっ、ふん！

そのきっかけは、この御三神が、ほんの六十年程仮住まいをしておられた最後の砦である沼際の愛宕《あたご》神社から、二〇〇八年収穫祭の後、追放されたためである。一旦は沼を離れようと遊びに出られたものの、結局困り果てて戻って来られてた折り、ついついこの作者のあばら家の窓を覗き込んで、執筆中のワープロの蓋下に暖を取らんとして入り込んだものなり。しかも、その機器中で米を研ぐ鼓を打つ、蛙をまき散らすかごめかごめをする、警察に相談する熟女募集に電話する等の御乱行も働いたがこれこそが実は神縁であってっ！　その後めでたくネット内にお入りになられ、ついにネット制覇御巡行神になられたのです。

まあそれは（5）にくわしいが、ねたばれになるので、まず御説明は順を追って。それを勝手にスルーすると、

祟りますぞよ。さあそれでは。

（長い前置きじゃん、で、千七百八十円、ね）。

1　人の道とは何か、その御紹介と、ある不思議について

人の道とは何か、あおり（讃称）、かづき（尊称）、ばらき（愛称）、の御三姉妹神はこのように仰った。さあ、まず人の道とは、それは、――。

Ⓐまぼろしのみちじゃ、つまりそんなみちは、ない（一姫神あおり）。

Ⓑけもののみちじゃ、ならばひとでなしではない（二姫神かづき）。

Ⓒ死にいたるみちじゃ、ゆえに、かってにゆくだけじゃ（三姫神ばらき）、と。つまり、

――。

神として歩く仏への道じゃ、毒の道じゃ、と。

さて、不思議でありまするこの人の道についてのそれぞれのお言葉。だってⒶⒷⒸから仏につながるこのつながりは、一体なんという事でしょう。ざーけておりまする。訳も道理もない。しかし理不尽ではない。というのも、押しつけがなく上からではない故に。つまりこの道はワープしていても、主観の道なのじゃ。飛んで飛べるものなら入ってゆくが良い。しかし人間の感覚ではとてもはかり得ない、疑心暗鬼で付いてゆきただ飛べた時に驚く、道無論三秒でその神恩は忘れ去るしかない、そういう、「険しき」道じゃ。実際に中世において、これを歩く時それは山の道細い道、市場の道、等であった。論争家が歩く時は

泥の道、時に黙らされて入る袋小路であった。しかしそれは文学として歩くのなら、そうそう、リゾームさきはう、夢のワープ道なのじゃ（え？　矛盾？・）。まことに広大無辺、南無不可思議ええかげんの道と言えましょう。だがしかし、——。

これこそ、人の道御神宮が神の身にして仏を志す、しかも神でありながらその中間地点として人の道を求める、印である。つまりは人というものの、幻的、獣的、死に至る運命を隠そうともしない、一意専心の、神仏習合形神宮である証拠と言えましょう。

中に、仏への道が、毒の道という事も大変に不思議な御神言であります。しかもこの毒という字はぶすと決して読んではなりません。毒喰わば皿までという意味の毒の道でもある。同時にまた毒の真意をも含んでおります。「毒とは何だろう、毒などというものは無い」というような輩の口に、御三神は無免許で調理したフグ、季節外れの牡蠣、例えば酷暑のおトイレ前廊下に放置したウォッシュチーズ、さらに無駄においしい毒の茸、大量のステロイド、末端価格二億円分のいけないお薬、食べると危険な百獣の大便等を押し込みに来ます。

ご注意なさいませ。

それでも御三神の御容貌からこの文字をついつい、ぶす、と読んでしまう信者の方もいるようです。が、果たして神様方は本当にぶすなのか。なる程、——。

この神々は、美人、と言われると身のおきどころがない。美人募集と書いて貼れば、この女神の巡行を免れる事が出来る。もし百年奉られた祠、お社、お寺であったとしても、先の美人神がある日突然、戸を蹴立てて入ってくれれば、出ていかねばならない運命の御三神じゃ、しかしこの方々はけしてぶすではない。それは単なるぶすではなく、ぶすのかみなのじゃ。ぶすのかみ、それはぶすでありながらぶすを越えている。そして人間界において弾圧されたぶすを親身にお守りになる献身的存在。もてる良い男が最終的にはそこに辿り着く永遠の女人なり。

ああああ、ああ、ああああああ、ああ、それは、なんという、不思議な事でしょう（ま、不思議と強引は紙一重であるって、ことで）。

――2　御三神の御続柄、その諸説について、御由緒を添えて

さて、この、人の道御三神の三女神はむろんのこと広く三姉妹と言い伝えられております、しかし一説に実はこのうちの御二柱の神のみが真の姉妹であるとも、残る御一柱の神は従姉妹神またははとこ神であるとも唱えられております。他にこの一柱の御神のみは「いーとこはーとこいとはとこ（引用獅子てんや・瀬戸わんや）」神であるとも、喧伝されるようです。また、一説には。

何ら関係のない女神の寄り合い所帯的存在であると噂される事も。

しかしこの時には何かうさん臭いようにエッチそうに、言われがちでありますので嘘かもしれません。なにせその場合、噂を流した方は、御三神の御器量をご存じでない場合が多いようであります。にもかかわらず、この説は、実は真実なのである。というかでも、ふん、そんなのまぐれ当たりだけで内容を言い当ててないから外れよりひどいかもしれませんねっと。

まあしかしたとえ捏造三姉妹であるとしてもその目的はけして、マスコミ三姉妹のようなキャラ立て戦略ではなく、ましてや、われらが御三神との対抗キャラである、またはあるとされ

る、宗潟三女神のように、この三という正当そうな、全網羅的な、世界制覇的なこの「おめでたい」奇数を主張しているわけでもないという事であります。つまりこの御三神が三である事には事実に則した歴史的必然的経過がある、という事なので。まあ宗潟側だってそう言うかもしれんがでも、連中の歴史って必然じゃないですよそりゃあもうマーケティングして努力してなった連中です。しかも裏切りに満ちた嫌な努力でね、ま、それはさておき。

というわけでここより、御三神の真の御縁を述べさせていただきます。

ご存じのように、御三神はもともと、五世紀に国家により接収、収奪された宇佐八幡宮の、原始八幡信仰の代表的人物の魂が祭られたものであった。つまりもともとは赤の他人である。そして御姉妹というか御身内の可能性があるのは実は二姫と三姫のみ、その上この三姫神実は最初は巫者《ふしゃ》つまり男性であった。それは優秀な男性の巫者や優れた巫女のサポートをしていた男性が人間であった頃の功績により祭られた神、という事であった。

まあ、そういうわけで、根本的にここでは、お三方共血が繋がっていないものと考えます。しかしある時から義兄弟、というかどうしても義姉妹の誓いを立て、共に苦難を受け、諸国を放浪する運命をも分かつようになった。ならざるを得なかった。それはなぜか、というと。

さっきさんざんべたべた言いましたがね。その上十一行前にもあるがいね。それはもっちょるもんを収奪されたからやがね。無論その収奪とは。

土地を接収され。

社を奪われ。

来歴と名を抹消され、追放されたのだ。追放というより、消されたのだ。

うん、ご存じ宇佐のお山から。どういう山かというとそれもさっき、

ああっ、喪前らがっ、馬鹿なんかっ、もれが忘れて繰り返すんか！　ひえええええっ！

そう、周防灘の海民が航海の目印にして、この山に祈りつつ大海の果てまでも出掛けていったという信仰のお山。ところがある日その会社の、もといその神社の、なんと地権者がもとい、御祭神が変わってしまったのだ。別の人になった。えっ牧美也子先生、わたなべまさこ先生の少女マンガの世界じゃないか、ある日いきなり、――。

その悪い少女は芝生と赤い屋根のお家に入って来た。そして、ずっとそのお家で暮らしていたおとなしい少女に、「あなたっ、今日からこのお部屋は私のものよ、あなたのお家なんて借金のかたにとられちゃったんだからほーほーほー」、「あそうそう、そのピアノとレースのもものひきは置いていくのよ、私が使うから」、そして「今日からあなたはこの家のメイドになるのですあなたの私物はその、地下室にね、ずーっとそこに暮らすのよっ」と。そして神社の御使い女、追われる側は大抵、蛙等ですが。これがもうストーリー展開上たちまち不安がってげえるげえる、と鳴きながらおとなしい少女にすがりつく。するとまたこの悪い少女はですねえ、「まあ汚いペットっ！　蹴ってやるっ」と。

まあそんなになる前に人の道御三神は出ていっちまいました、ていうかですね神話を少女マンガにするのってやっぱ無理みたい（すぐにエッチしとるしね神話）。その上に御三神もすぐ

に出ていったようだったしね。というか、土着神はしぶっても、長距離放浪系マレビト神が混じっていたせいもあって。ええ、一姫ですが。一方、――。

実際にまあ少女マンガ仕立ては無理としても母屋をとられたぽい感じになってしまった神社も、実は、あったり、するのでした。

それは海民達が直に信仰していた百太夫神社というお人形の神様である。なんと応神八幡の下本来の境内の片隅で摂社にされ、五世紀から中世までずっと服従儀礼というのをやらされていた。しかしその後はこの管轄下から離れたので、そのせいであちこちを「巡行」するしかない氏子もいたらしいし。まあそのような乗っ取り後窓際からついにリストラへ、という世界が五世紀からあった、というお話。じゃ、史実（？）に戻りますか。

というか天孫側の告発に戻りますわ。

それが判りにくいといけんのでちょっと総論をかましますわ。

――1　さて、権力とは何か、馬鹿と理不尽とゼロの世界である

さてさて、なぜ権力とはゼロなのかそして偉いお馬鹿さんたちはどこから来たものか、まさか、空じゃにゃあぎゃ。とはいえね、空っぽいもの例えば空白とかあるとします。そうすると案外ね、権力はそこから来ていたりね。

というのも本朝の歴史にはヤマタイ国から応仁天皇に至る間に、空白というか良く判らない時代、四世紀、つーものが存在している。ここがポイントですこの間に、実はありとあらゆる「国家化」が行われたの。なんかそれはブルドーザーで押しつぶし、コンクリートで固め、地

名を変更し、墓も神社も纏める、そんな感じだった。つまり沢山の村をローカルのより集まりを、国家にする行為、をした世紀だった。まあ要するに、それが権力のお仕事ですね。というか空視点の「功績」です。「大きい世界への進歩」ってやつで。

但しそんな大きさはけして壮麗ではなく、むしろせこく、しかも御一新というよりは、無効化、だった。つまり今ここに筆者がカギカッコ付きで「国家化」などと書いている行為がである。だってこれまともに素直な、形式的手続きや合議や儀式等でないと思えるから。そして、空白は別に記録がないからではなく、その空白の出現自体がむしろ国家の中核であるような気がしてならないから。歴史は実はあった。でもなんか消えたね。ある地点を真白にしないと、その土地を消さないと、国は育たない。

例えば今はどう見ても天孫の土地である伊勢のようなところでもそれは行われたのだ。しかしそれが征服の歴史なら単純なものであるが、そんなものではない。故に、筆者は言っておく。国家とは何か、それは、権力がどうとか、財政がどうとか言う以前にひとつの勢いである。その勢いとは何かそれは、――。

何もかもを空白にする力である。無知が勝つように。非道が通るように。単純化し、一枚岩にする。国家、それは人の頭を悪くしておのれの安泰を図る理不尽な呪いなのだ。

そもそも、神武のような神話的支配者ではなく、実際に国を支配するようになった応仁天皇の出現する前、一体、何があったのか、という事なのである。ヤマタイ国は今ではほぼ畿内という事に定まったようだが中にヒミコ神后説というのもあったりするようだ。しかしこれはキャラ違いもいいとこだ、と言いたい。だって、まず、ヤマタイ国とヤマトが切れているところを空白にし、そこに空視点を入れた記述を流し込んだものそれがこの国であり、国とはその中に宿る神話なのだから。神話と現実をつなぐ行為、それを「正当」そうにやる事が国造りなのだから。つまり各村の歴史、各人の語り、そんなもののないとこでしか神話は生きられない。そう、大きい物語を作ると言う事ね、ほら神話とは「編集」だ。Ⓐ「判りにくいところを取り」、Ⓑ「ごちゃごちゃしたところを整理すれば」、Ⓒ「客観的になり視野が広くなる」からⒹ「くだらん事は書かない」、ま、そういう「編集」ね。そしてそこには正しい天孫が悪い山賊やいけない隼人や勝手な海民をやっつけて勝ちつづけたという「お話」だけが残っている。しかも神の物語に過ぎないという「譬え話」の保険を掛けられて正史となっている。だがこうなると、さて、具体的に何が起こったかはそこから、「想像」するしかない。というかつまり空白になっている。要するに各地海民の世界、これを真白にする事で国家は出来たのだ。また、現実をレトリックにするような力、それが神話化である。つうか、このまとめっぷりが「大言語」の始まりである。そんな「大言語」の前がこの「ゼロ世代」である。地方をまとめ残りを空白にする事で国は出来たのだ。

そしてその空白の効果で知らぬ間に母系制は父系制になり、いつしか海の民は投降させられていた。王の魂の彼らもお詫びの踊りをさせられ、挙げ句、芸能は負けた側がやる事だという事になってしまった。その上人間は海を祖先とするマイナーな人と天を祖先とする偉い人に分けられ、地元では知りもしない神が天から配給される。そう、御一新は手段ではなくて、目的だった。それを可能にするのが空視点だった。でいつしか、というか「当然」にその天とは奈良の「海知らず」のヤマト一族の、セコ天に過ぎない、という事さえ言えなくなった。

そんな後、五世紀、この進み過ぎ難解過ぎなハイブリッド神社である原始八幡宮で、何が起こったのか。神がいきなり変わってしまうといったって、だけど、それはけして、神レベルでそれこそ、「空」の上で何か起こってというわけではない。そう、――。

その時――。

この世の、古代の、宇佐において変わってしまったものは、声であった。声、声、それは言語という「人」を乗せる「舟」、言語という「光」を産む「太陽」、それは言語の母、詩と体をつなぐもの神と人を重ねるもの、それこそ、――。

声よ、声よ。原始八幡を支える声よ、人々をつなぐ声よ、民を統べる声よ！　それは託宣と呼ばれていた。その時代、声は精神を物質に変える程の、宇佐全体に何千種類もの新しい心を産み出せる程の、力を持っていた。その、託宣にある日異変が起こったのは、つまり声が変わったから。新しい声はとんでもない事を言い始めていた。宇佐の、「国家的真実」の「お告げ」があったのだ。

ここの、神は実は今までの神とはまるで違う、本当は、応仁天皇だ、と。それからはたちまち不思議な幻や童子が現れたり、いろいろな「神秘」が現れてきて「やらせでしょ」という一言を言う巫女はヒステリーという事にされて消えてしまったのだった。無論、その間にさぞかし、「今こそ託宣巫女を越えていこう」、だの「宇佐はローカルでそこのカルチャーはサブカルに過ぎない」だのという「お告げ」も次々に出たであろうし。

しかし何というひどい託宣であろう。え？

たかがヤマト村ごときにこの古代国際都市を売ってしまった巫女は誰だったのか。

まあでもあっちこっちで起こっていた事である。宇佐では一番陰険な手が使われたというだけで。それに、——。

地元に引き受け手がなかったせいなのか、或いはこういう事がまさに中央でもうマニュアル化されてたのか、結局。

ヤマトの三輪山から派遣された出向神主、その名前を大神比義《おおがのひぎ》という演出家がことに当たっていた。その時点で地元の巫女はさすがに手を出さなかったのだ。まあその後宇佐が大仏建立や東北経営にいっちょ噛んで来た頃からは演出入りまくりで結局は地元も総力挙げて応仁化して行ったのだが。当時はまだ、だって御三神もいたし。

ちなみにこの大神比義とはどういう人なのか、大和の神官であるという事はいいとしても、伝説上この神主は白狐になり姿を暗ましたという事になっている。つまりさもその託宣や解釈に神秘性があるように伝えられている。精霊的に見える。しかし、その神秘化も実はヤマトの神道をななめに見た場合合理に落ちている。つまり「空の民」にとって。

だってこの神とは神秘とは神道とは、山の民とも海の民とも違う、独自の目的を持ったものだったのだから。

そう、そう、神の名を奪う事と社の乗っ取りはその目的のための大切な実務の一段階。

そしてその実務とは、——。

徴税である。

なにせ、ほら、天孫のために稲の収穫を司る神社のお遣い女は狐だもの。ま、多分その狐だってどっかの部族からとりあげたんだろうけど、今はでも天孫に身も心もやられている、白い狐。そしてこの狐の司る稲の収穫とは何か、これは実は連中にとって徴税を意味するのだ。だってヤマトは土俗の神道を一本化して、人々のローカルな「空」を取り上げ、その事によって今まで各々の神各々の空をいただいていた人々を自分の家来にしたのだから。同時に彼らが本来各々の地元神に納めるはずの初穂やお供えをも取り上げ、税として自分達の、蔵に入れたのだから。つまり、大神の目的のひとつの中に、海防や信仰統制の他に税を取るという最大の目的があった。それは宇佐に限らず地方への制圧において第一の理由だった。そんな彼が白狐に化身したと伝説に残るのは、実はとても経済本位の理由なのである。税を取りにきた、税と共に去りぬ。え、そんな事が本当に出来るのか、だって、うん、出来るよ。

それは、こうするのさ。

――2　神をつかって税金を取る法

さあ徴税だ、お、でもその前に、こいつらを追い出さないとどんな事になるか、われわれの実態を見抜かれてしまう、さて、このわれらが原始八幡に対し、はたして、応神八幡はそこまで思ったか、いや、案外にただもう毛嫌いしただけかもしれなかったけど。ただその毛嫌いの「カンはいつも当たり」、である。だって、要するにそれは徴税のカンなのだ。そんな空視点において、原始八幡、それは（徴税の）やりにくくてうざい人々であった。つまり、――。

Ⓐ理屈言いの嫌なやつ、Ⓑ粘着のうるさいやつ、Ⓒ感情本位でヒステリーのきつい連中、天孫側からまとめるとそうしたまとめになった。つまり宇佐時代から、御三神はすでに巫女を通じて下りる「言語の霊」であって、そんな「言語の霊」としてのぶすの神な特徴を持っていたのである。まさにⒶ、Ⓑ、Ⓒ、理屈、粘着、感情を。但し、海民側から言えばⒶその理屈はヤマトの徴税理論を見抜き、Ⓑその粘着はヤマトの神と自分達が違う存在である事に固執し続け、Ⓒそしてその降臨した時の言葉は感情表現が豊かで人間の本質に溢れていたという事になった。それではヤマトの言葉を下から刺し、矛盾を見つけるのも本能と言えた。

要は単純に豊作祈願だけの、精神的な価値も現実世界の因果もあまり理解出来ない、そんな、当時の本州の基層信仰、古代神道と一線を画しすぎていて、やばかったのである。だって、この古代神道は要するにストーリーと二項対立で出来ているもので、最終的にはヤマトの徴税の道具になるものだから。しかしどうやってそんな荒唐無稽が可能になったのか、ストーリーで徴税、古神道で洗脳。いやー、出来るってば、だって。

消費税で福祉やるって言われて騙されて払っている、国民の起源ですもの。

まず、民を教育する、といっても洗脳なんかする必要はない、ただ教えるだけである。だって簡単だから。ストーリーを作るのだ。良い人と悪い人の二項対立で。

例えば稲の神に祈る人、豊作が来る、稲の神を無視する人、不作になる、というような単純なものを。そして、この因果関係さえ守っていれば、幸福になれるのだと国民に教える。後はその稲の神をもっているのがヤマトであると信じさせるのだが、まあこれは少しむずかしい。

でもお話の方は結構すぐに浸透する。だって、稲の出来高なんて予想するのはとても難儀だから、この難儀に立ち向かうために、自力で、個人で祈りながら、全ファクターを睨んで自分で事に当たるような、そんな頭の濃い人間は一握りだけだし。だって役所の窓口だってそうじゃないですか、相談に行ったとき、複雑な事情とか言って、みなさん、通じた事ありますか、なかなか、ないでしょう。

ひとりで祈って、複雑な事実に挑戦する、そんな事をする頭の持ち主は少ない。だから人は他人から与えられた祈りを信じるのだ。それもストーリーで判りやすくしてあれば、一層信じる。判るから信ずるのだ。頭に入るから。ただそれだけで。

ただしその稲の神が誰の神であるかという事は結構問題だ。故に天孫はこれを考えさせない、つまり目の前に一番沢山あるよく「売れて流行っているのが一番いい」神だと思い込ませるのさえ、ちょっと難しいのでね。そしてここで当然ヤマトは嫌な努力をして来ますわ。だって彼らの神や考えを他者に押し付ける事はそもそも理不尽だし。そこでこの理不尽が常識になるように政府こぞって、理不尽な事ばかり次々にするのである。それも特別に変な事を組織ぐるみで、まるでそれが自然であるかのようにやってしまう。

例えばもしも征服した部族の子供を生贄にするとする。その時に親が代わりに死ぬからと言って命乞いをして来るとしようじゃないか。普通の悪いやつだったらただ単に断る。でも理不尽なやつはこれに耐えたら許してやるとか言って親の目の前で子供を苛める。そして親にお前が泣かなければ子供をたすけてやると言う。その上でほら、お母さん笑ってるよ、いい親だねー、なんか言ってからその子供を親の目の前で殺す。その後、あっ、子供死んじゃった、じゃああんたが代わりになってね、と言ってその親をやっと生贄にするのだ。「どうだ子供の代わりに死ねるからうれしいだろ（記紀にはこんなのありませんでも、死ぬというのがレトリックであるとしたら、あなたの周辺にこんなリストラないですかぁ、作者注）」

人命一個無駄？　でもそれが手口である。何にしろ一手間かけるのだ。理屈が通らないようにわざと無駄を出す。もっとひどいのは自分が悪行をして多くの人をいろいろ変わった殺し方をしておいて、それを滅ぼした相手の行いと言い拵《こしら》える事だ。その上でまた、「ほら、この連中悪いでしょ」と口で言いながら、そう言ってる目の前で同じ悪い事を自分でまたする。加えてこれをまた、滅ぶ側に押しつける。延々とどんな馬鹿でも飽きるくらい繰り返す。シチューのあくとりや毛糸の編みなおしくらい何回も、退屈に、好きでもないのにやる。ロボットにしか出来ないくらい単調にやる。

ま、このようにして、――。

国民全体に理不尽を押しつける。その上で税を一律にして困るような課税をする。塩を作らない家もただ海国だというだけで一律に塩で払えとか言ってくるわけである。また、年号をこしらえて時間をリセットする。白い動物がいたからというだけでその大事な年号も変えてしまう。無論、征服された側に自分達を母と呼べと言ったりするのも理不尽の極致である。しかしいちいちやられている内に国民は思考停止する。何か考えても無駄になると思ってしまうし、恐怖で頭が働かなくなってしまうから。するともともと考えるのに向いていない、熱意のない人程早くこれに「順応」する。道理が判らない事、自分で考えなくていい事、予想を立てても無駄な事、人と自分の区別がつかないという事、自分の事情をいくらら説明しても誰もその文脈を理解してくれない事。実は、――。

　こういう事をむしろ楽だと感じるようになってしまうのだ。そうしておいてから、ヤマトはこのように教えるのだった。

　――ほら俺の神はみんなの神、みんなの神はお前の神、じゃあお前の神は俺の借り物。

さてお前の米はみんなの米、みんなの米は俺の米、じゃあお前の米は俺の借り物。

さあそしたら、その借り物を税で返すのだ。

返せば幸福になる。返さねば不幸になる。

ヤマトに豊作のお礼として税を払わせる。当時の律令制がどれだけ中国から形をまねていても、結局その実態はこんなものであった。この徴税理論に基づいて中国の五行思想などでもっともらしい理論武装をさせ、作られた神社が実は稲荷なのだ。自分で考える能力のない人々には難しい徴税の根拠などよりも説得力があった。それは、判りやすく外から押しつけられるオカルトと言える。また、もしそれで不作が続いたとしても、政府は今度は別のオカルトを出して来るから。うん、仏教をね。

　原始八幡において仏教は人の内面世界を開き神道はひとりのあるいは集団の海民の無事を祈るものであった。これが人間の体の中で自然に混合され、海外理論も使って出来たのが原始八幡流の（本当は）日本初の（自然発生的）神仏習合だったのだ。しかしヤマトは仏教をもニューオカルトとしてまさに名前だけを使って、そして国家鎮護に流用したのである。

その上で、刷新みたいな顔をして仏もただオカルト徴税のモデルチェンジに使ってしまった。

だってちょっと変えれば国民はまた引っ掛かるから。なんかオレオレ詐欺もディテールを変えるだけだって『ダ・カーポ』の休刊号に書いてあったしね。

ほら、またやっている。

——俺の仏はみんなの仏、みんなの仏はお前の仏、じゃあお前の仏は俺の借り物。

さてお前の米はみんなの米、みんなの米は俺の米、じゃあお前の米は俺の借り物。

だったら、税で払うのだ。大仏作るから、払わねば地獄に落ちる。

払えば、国分寺が建つ。そこは、みんなの学校にもなる。

な、お前の米はみんなの米、みんなの学校は俺の学校。

海の民の「私」を守って来た神と仏の中間的存在、それは、結局オカルト律令に回収された。

天皇個人の信仰心の発露なんて、この官僚的処置の前にはなんでもなかった。

しかし幸福にも、また不幸にも、ここから抜けて国を離れて、自分で考えてしまう海の民の心は少数となっても今も、生きのびていた。そう、幸福にも不幸にも。

人の道御三神はその幸福と不幸を守る神だったのだ。無論、投降した海の神達とはそういう幸福と不幸を「捨てた」人らなのだ。まあそういうわけで。


お、でもちょ、ちょっと待ってよ。

でもその白狐にですねえ、お山様を守っていた託宣巫女達はどうして理論武装とか、呪文攻撃とか、呪い返しとか、ロング託宣とかでやっつけなかったのか。

けーっ、やったよさんざん。だ、か、ら。

理屈で負かしまくったから御三神は投降勧告もなしに追放されたのだ。だって、――。「上」に理論で勝ってみろもう目茶苦茶されるから。理屈なんかない。権力はただ理不尽で「ぼけ」ていたよ（と見てきたように言う作者）。というか「ぼけ」ていなければ権力なんかやってられん。そういうひどい権力が四世紀からあったのだ。

ヤマト政府の側の勝つ理由というのは実はこの「ぼけ」に掛かっていた。またこの力はいくつかの守り事から湧いてきてこれを守っているうちに癖になって来る。それが意識出来なくなる程、自然に身に着いて来たら、その人は権力の立派な支えになるのである。そんな守り事のごく一部をのべる。

まず、Ⓐ自分達に興味ない事は全部意味ないと押し切る事。Ⓑその一方、そんな自分達本人の癖やあくや色は徹底的に隠し、欲望や嗜好もないふりをする事。Ⓒやりたくてやりたくてたまらん時は「客観的に考えるとやるべきだ」と言ってみる事。Ⓓ獰悪《どうあく》な行為をし続けながら、にこやかに礼儀正しくしている事。Ⓔそして虐殺や弾圧に逆らった相手がもしも「クソ野郎」などと言ったりした時には「なんと下品な」とかまして被害者面をし、相手の下品だけを処罰する事。それらのポイントを一言で言うと要するに、中央の空洞化、という事なのだ。

これは中央というもの、権力というものを建前上は完全に何もない「無色」「空洞」にしておく事であった。さすればどんな身勝手もそこでは「公」と言い換える事が出来るからである。つまりそんな「公」を決定するためのお上だからこそ、それ自体を空洞というか透明にし、見えなくしておくのだ。こうしておいて自分達の都合も「公」に纏める。故に「俺の得にならない」という言葉はヤマト語では、「公共性がない」という言葉に翻訳される。大切なのは、おのれを省みぬ事、外を眺めぬ事、たえずどんな行為もリセットする事、そして無知を権力の頂上に置く事。発狂した評論家にウソ八百の本を出させ、それを文学ブランドで売る煽り商法だね。ヤマトは最初からそれを知っていた。世間知らずと「海知らず」の「大切さ」を。

まあそこを大前提にしてね、ある日、奈良のヤマトは九州の宇佐を見た。宇佐は御三神の治めるところ、巫女神の母系制の海の民が暮らしていた。稲作も仏教も中央よりはやく、メラネシアまでも旅する周防灘の海民が持ち込んでいた。宇佐は、独自にやっていた。銅鐸も数を持ち、中国のワニ神と土俗の蛇神を折衷して祭り、この頃、殆ど同時に双子のようにして育ち始めていたのが一の姫神あおり、二の姫神かづき。三の姫はまだ男で、かづきのお世話をするおとなしいお兄ちゃんに過ぎなかった。ヤマトは御三神を観察し、そして罪状をさだめていった。というかいちゃもんを付ける箇所を捜し出した。無論独自の自信満々な態度でこんな感じでもって。

いやー、こりゃーつっこみどころ満載なルサンチマン神社ですなあ。

この時、いろいろでっちあげた御三神の罪状は、そのままお三方のプロフィールになる程に「正確」かつ、——。

理不尽なものであったっ！


こうして、宗潟三女神に押し出されて人の道御三神は旅に出たのだった。さて、――。

ちょっと、不思議な託宣をひとつはさみますね。ま、意味不明かも知れぬが大事な事らしい。

この時、自分達と別れて独自に海に行ったものがある、それは神ではないと御三神は語っている。


さて、この、御三神押し出しを実行したのはおそらく神宮皇后である。だって海際の投降神社の相殿《あいどの》に神宮皇后はよく祭られているもの。それも別に宗潟に限った話ではない。例えば加《か》太《だ》港の粟島神社にまでも及んでおります。なんか日本国中海が見えて温泉のあるようなところは総ざらいなのかね。その上にいつも、ストーリーは同じである。この戦う聖母、つねにあちこちの海神にお願いをするわけです。ええとね、あてくし、今から「悪い」外国を攻撃するのですわ、だって外国ったらそりゃあ悪いんですもの、ですのでね、「国防」のため、今後はあなたが、海の道を案内してくださいませえ、そして秘密兵器を貸してくださいませえ、多くは潮満珠《しおみつたま》とか潮干珠とか、そんな名前で婉曲に呼んだ武器をみんなくださいませえ。しかしそれは、別に兵器ではない。

託宣巫女から船員、兵士まで、優秀なのを道具とみなし、消費物のように固めて連行していく事を珠とかなんとかそう呼んだまで。子供でも年寄りでも病人でもこうなると「機能」にされる。それは「国防」のために。またこのような聖母の「息子」のために。

あ、いわなかったっけか、神宮皇后ってけして、応仁の妃ではないのである。母親です。「ジェンダーフリーで国防に尽くした聖母である」、「いわゆるひとつの母系制の中、女性がたくましく実践したフェミニズムのあかしであるっ」ってさすがに勘違い一部国文フェミだって言わないと思うけど。でもこれだって説得をソフトに見せるための仮面キャラだったのかもしれないですね。

まあだからあちこちの宗潟三女神の神社において神宮皇后がそこに立ち寄って軍事協力を要請していったというお話が残っています。アマテラスオオミカミの社長室秘書、ですか。岡山の阿知神社にも似た伝説がある（と岡山の読者ブロガーの方が書いておられました）。

最初に八幡宮を追い出された御三神は、なんとかこういう海民の神社を頼ろうとしたようでした。しかし、神后はそこを次第に、この「お願い」行脚で潰していったのだ。つまり立ち回りの先々に回状が来ているとかそういう感じである。でもこういう時、御三神は失望されないし、あまり堪えない。最初は例の百太夫神社には行かなかったようです。考えが違うという事もあったろうし、会うのが辛いというのもあっただろう。弱い立場のところに迷惑をかけてはいけないとも思ったらしい。

一方神宮皇后の「お願い」はしらみつぶしですから、どっちが先に立ち寄るか、という競争みたいになっていたらしい。しかしどうしてそこまでやられて平気なのか。

またそこまでやられてしまうその原因は何か、それは彼らが追放された原因とまさに、ひとつのものであった。そう、さっきから言うているこの御三神は、――。

頭濃かったのだ。濃すぎたのだ。

しかし、この濃さとは何だろう、原始八幡的にはヤマトよりレベル高いという意味。同時に、ヤマトより自分達が頭良く真実を見てしまっているという覚悟、諦め、そしてその覚悟を支える海外の「思想」という根拠。それを応用出来る自分の御神格についての勢いと自信。

古代日本の宗教のレベルとは何か。当時からもう、海外の仏教や道教がどのくらい入っているかという導入争いだった。今、高度な理論を持っている神道があるとしても、古事記日本書紀の時点でそれはもう、舶来思想である仏教を必死でパクったり対抗したりして作り上げたものなのだ。そして当時の古神道と仏教の一番の違いは、——。

仏教が世界を視野に入れて、抽象的な個人を想定したものだった事だ。共同体や国や、一地域の先入観に騙されず、世界と向き合う非情の魂に通用するものだった。そこに国際性があった。というか反ヤマト性ね。「空の民、なにそれ?」と言える内宇宙の秘密兵器。

とはいえこの当時の、宇佐における御三神とてそもそもの最初からそこまで強力にしぶとい、対抗的な神だったわけではないという事です。とても努力をされたのだ。つまり、宇佐と共に生成したのである。その努力の軌跡が実はこの御三神の関係の説明にもなっているのでまず、そのあたりを。

さていまさらですがその古名と今の名を引き比べてご紹介いたしますと、——。

3 御三神の御由緒

例えばこの御名前の変遷、これがそのまま追放と発展の歴史である。まず、かつて宇佐においては、——。

一姫あおりをヒメオオカミとお呼び申し上げた。そして二姫かづきがウサツヒメであった。三の姫ばらきが変成男子《へんじようなんし》ならぬ変成女子をした方で昔は男、ウサツヒコ、とお呼び申し上げた。このお名前の時、神々は大変シンプルな神、ウサもおおらかな、小さいクニであった。

それは海から見える良い形のお山を航海のめあてにし、頂上にイワクラ、岩倉と呼ばれる神の座となるヨリシロを定めて信仰するクニでした。またそこを祖霊の山としても信仰する世界でした。ええ最初は宇佐だってそこから始めたのです。そういうどこにでもある素朴な原型的信仰で。神もありがちに元は二柱、つまり土地の名を冠したウサツヒメウサツヒコの姫と彦であった。

このヒメヒコ神とは、当時の宇佐の古代政治のありさまを反映した神。そこでの姫はいわゆるヤマタイ国のヒミコと違い、真のカリスマで呪いと占いをし、総責任者的な指導者であった。ヒコはそのヒメのために外交を担当し、食事の世話もしてサポートをした。つまりヒメという巫女の、サポート男子だったというわけです。しかし大神比義のせいで、結局は女神となり、他の方々と並ぶ必然性が出て来てしまったのだ。そこで自分から選んで女になったのである。というか負けた権力者が怨念の力で女子に変成し女神となったのだ。但し、——。

これは女が負けがちとか恨みがましい、という意味ではありません。サポートの人員なんかもうおいておけない程、逼迫して、そこで巫女としてひとり立ちしなくてはならぬ程な未曾有の危機、つまり神社を奪われて追い出されるという中での帰結でした。

当時の宇佐には有髪の男性シャーマンもいたのだが彼らは渡来系で、それ故この土着のウサツヒコは女になる方を選んでいました。

また加えて、この追い出し敵キャラが女ばかりだったというので、自覚的に女になろうとしたという経緯もありました。

無論、このヒコがヒメになってしまったのは別に手術等でなったわけではなし。もともと神の性別とはええかげんなもので、性別を変えるというよりはただ心機一転したというものなのである。つまりもし、ある地元神ペアが○○ヒメ○○ヒコという名で祭られていても、実際、或いは当初その性別は逆だったかも知れず、また南方などでは巫女の素質を持つ王族が女装をして巫女としてふるまうなどというのも古代ではあるある話《ばなし》だったので。また、アマテラスオオミカミが、元々は男だったかもというのも有名な話です。

なんたって記紀においては神話の作り替えがあったからね。その際に矛盾点が出て来たり男女の序列が「乱れたり」するケースにぶち当たると、天孫側は中心人物の性別をそっくり入れ換えるなどの「改革」を施しました。要するに性別が適当な中で巫女が女子であるケースが多かったため、この御三神はなんとなく一応、姫神となったのです。

こんな中で、女神を書いているからフェミニズムだどうたらこうたらというようなものは、ただもう天孫にやられっぱなしになる、というからくりであります。

まあともかく最初は宇佐でさえも、狩猟や漁業のまた農耕の神であるごく普通のヒメヒコ神が祭られていた、だけだったのだ。それはいわゆる土地神であり御先祖であり普通の守り神でした。つまり占いと呪いの神様であり、共同体全体の利益をもたらすが、その一方――。「個人、なにそれ？」という感じの神であった。しかしここに外来の韓国経由で来たヒメオオカミという神が参入した。おっとでも、これも実は応神八幡に全パクリされた名前である。故に区別するためここからは元祖天才と上につけます。そうです、さあ、元祖天才ヒメオオカミ、とお呼びしてみましょう。つまりこの神は稲作から鍛冶技術、仏教に道教、銅鐸、新着音楽、おされ、シルクロード文化まで全てをもたらした海の女神であったのだ。とはいうものの、――。

この元祖天才ヒメオオカミ本人だって、実は最初は自分も男だったと言っていたりします。その上稲作の種をもたらしたこの神は種の神とも呼ばれる男性マレビト神「スクナヒコナ」と妙に言う事が似ているのです。例えば、その最初期この天才はまず、このように宣います。「海を渡ってくる時に中国の南を通ったら稲魂が引っついてきた、そこでファーイーストの島国に来る時に持ってきてあげた、だけどそれ以前はともかく放浪芸能神で西の方からずーっと旅して、今の島国には真夜中に南から入った、むろんその時はまだ男だったけどもう射精飽きたから、周防灘に入ってから女になった、でも女になる前に最後の射精をして軽い体になって陸に上った。自分のヘビーな面はこの時海底に沈んだし、その時の精子は海中に満ちて、全国の海神の素になった。そんなこんなで射精も種蒔きも飽きたから稲とか苦瓜とか胡瓜の種だけあげるので誰か、私の代わりに農業やって、ね」などと。そして、――。

この女神が来るからには、宇佐はそのヒメヒコ制の頃から交易のさかんな土地だったのだ。

豊かさを根拠に、個人という概念が、発生しやすい土壌。そうでなければこの元祖天才ヒメオオカミだって居つかなかったでしょう。

日本史年表の伝来より、仏教も早く来ていました。個人輸入ですが。

ここで祈る人々は一部とはいえその当時から平安貴族よりも自然で身についた自我を持っていました。しかしそれはある程度の経済発展と富の所有なしにはあり得ないものだった。だって、――。

自我とは何か、それは実は所有の意識なので。あるいは自我とは何か、それは国家や権力に対抗する意識なので。そしてまた、この根本にあるのは何か、これは自分自身の身体性や危機感や罪悪感なので。こういうものの発展には実は経済の発展段階が関係しています。富を所有する緊張感であれ、航海の危険に祈らざるを得ない不安感であれ、そういうものが祈りを呼び、共同体にばかりも帰属していられない個人の自我というものを発生させた、という事。この自我のよりどころは実は柄谷行人等が無かった事にしてしまっている近代以前の魂、宗教的内面、まあ笙野が勝手に仏教的自我と呼んでいるものですな。この宗教、仏教やあるいは土俗的な道教等を、実はこの宇佐は中央の国家よりもずっと早くに学び身に着けていた、と。

このような環境で土着のヒメヒコは元祖天才ヒメオオカミの、文明を吸収し育ってゆきました。同時にまた、この元祖天才もヒメヒコの力で落ち着きを得て、頭でっかちの最新知識を、人の心身に則して応用する幅のある神に育っていったのです。この天才は射精に飽きるような吹っ切れた神で世界を横断した見聞もあり、苦労神故に非情が性向になり自己愛だけが先行した神であった。故に土着で質朴だけど世間の狭い、すぐに呪いに走りがちなウサツヒメとまた、マザコン的にそのヒメのサポートをする事と共同体の「母性的」維持にしか興味のないウサツヒコをうまくあやしながら、一方でこのヒメヒコの応用力やディテールの把握力、また自分の教えた構造を破って湧いてくる土地由来の発想等に驚き、大切にし、同時にその「人間らしさ」をもまねていったのです。

そこは本来的な意味、華厳にふさわしい土地でありました。

刺激の多い海際で海外と交易までやっている宇佐において、人々は現実の錯綜した因果を、複数のロジックの連動で理解し、なおかつ幸福とは誰の幸福か、というそれこそ豊作後の富の行く末まで考えておりました。また、そもそも幸福に対しても時に懐疑的であるような複雑な内面を当時から持っていた。つまり本物の現実に対峙しても脳が壊れない丈夫な人々が、お互いの利益の対立を意識しながら生活する、経済の高度な段階に入っていたのでした。そこでの巫女は無論、最初の頃のような、骨を焼いてぶん投げる豊作占いだけではやっていけません。共同体の規則をささえる理論にしても、個々の事情も意識も違う人々の納得するものでなくてはならなかった。人は死んだらどうなるか御先祖になる、そんなの嫌だ、俺御先祖と仲悪いですし、とか言ってくる人までいる、高度な宇佐。

発展した生産の生む陰影を知っている人間がもう、発生していました。幸福でもいつか死ぬ。集めた富で人の恨みを買う事もある。それ故に現世に執着しつつ来世を思う気持ちが現れていた。しかもその祭り方は当時海外最先端であった道教の廟のように、人間を祭る形式で建てられていました。人の精神を神ととらえ、その神が人の運命を死に至る道と捉えている。同時に肉体は理不尽な現世への怒りをも捨てきれず、欲望を抱えながら来世を思う。

巫女の託宣にも、人の中の矛盾と錯綜を表す言葉が求められました。ヒメ神とはこの古代神道・土俗、と仏教・普遍宗教を相育む人に対し、各々の顔を見てそれらを個別にアレンジし、授ける、指導者であった、という事。

人間の内面には、神という名で呼ばれる心の働きの一側面が実は無尽蔵に含まれています。ひとりの託宣からいくつもの人格が引き出されるという事を宇佐の人々はこの時点で知っていたのです。何より、——。

御三神の中には無数の人格が入っていてシルクロードの呪い、メラネシアの呪文、揚子江流域の民間治療まで引き出す事が出来た。というか最初ヤマトの王を圧倒したのはこの元祖天才ヒメオオカミを拝んでいた豊国法師という渡来系の巫者達の最先端医術です。それが、かつての、宇佐にはあったという事です。

他には、例えば華厳の世界ではひとつの場所に無数の事象が重なって現れるというモデルがあります。物理的には無理な事かもしれないが心の世界ならばこれをその内面にあてはめる事が出来るようなタイプの高度な託宣巫女達があの地にはいたのです。いわば祈るドゥルージァン歩く千プラというような巫女、巫者達。

ですのでこの御三神も最初からこのように三柱の神としてあったのではなくてですねえ。

実はもともとは、多くの優秀な巫女、或いは歴代のヒコとヒメの集大成、或いは功績のあった歴代渡来系の人々、が重なるように祭られていく集合霊でした。そもそもあおりは上陸してきた時にはすでに複数の集合だったはずで、それがまたいくつかの人格を統合して、宇佐で育ちました。ヒメヒコにしてもけしてひとりぼっちの「声」ではなく。

中国の廟と違うのはここの廟が、現実の一故人を祭るケースからさらに変化したものという点であります。集合霊が機能やクライアントの求めに応じて、いくつか（の集団）に分化し、さらに磨かれていった存在だという事です。最初は彼らもひとりびとり、その死後に祭られていたのですが、しかし歳月が過ぎ、忘れられるような薄いキャラの方の廟はいつしかなくなって（そう、当地では薄い方こそが消えていたのである）。また性格や功績が似ている場合、御二方の魂を御一柱の神として合祀する事も自然に行われた。これは国が勝手に作り込んで消したり纏めたりするものではなく、原始八幡の身勝手な個人、ヤマトに比べればひとりびとりがボヘミアンであったり中小企業のおやじであったり、或いはワガママな鍛冶職人であったりする個人個人の必然や気持ちにまかせて流れて行った結果だったのである。そんな中で何百の巫女、そしてその巫女が生前に託宣で表した何万もの神格、或いは同様な感じで多様的にある、ヒコあるいはヒメの多くの魂が、いつしか三パターンに分かれていった。その結果、この、御三神になった。それらは国際性と地元性を併せ持った、同時にこの宇佐という地の人心をほぼ反映した。そんな、御神格であった。

彼らは一種の集団霊魂でありながら、その集団性とひとりの人間の心の複雑さをそのまま象徴された神格であり、当時の人々の内面や生活を網羅するものだった。要するに御三神はこの古代において、「国際都市」のデータベースのみっつの窓口のような役割をしていたのだ。故に必ずしも男の神のところに男の魂が集まっているとは限らなかった。それが原始八幡の御三神であった。そしてこの原始八幡三神が追放等によってさらに、一層変化したものが人の道御三神なのである。

それがまた人の道御三神の御由緒でもある。

御三神とは何か、それはかつては宇佐そのもの、であった。

しかし、そんな多層になったローカル共同体が、ただ海外に向けてだけとんがったまま、華厳の世界を実践し一地域の人間の頭のレベルだけがひたすら高くなっていく、などというようなうまい話はなかった。

御三神を追放された宇佐はリセットの地になりました。本質を失いながら形をそのままに、住んでいる人も気づかない程に。

とはいえそれはこの時期国中のあっちこっちで起こっていた事にすぎなかったのです。そこから千五百年以上の時も流れていて。その上で、――。

歴史が消えています。

またその一方で御三神の旅も消えています。まず、正史に残りません。御本神達さえもまとめ難いほどのそう、まさに人の道の中に埋もれてしまってます。例えば宇佐から彼らがどんなルートを辿って、まあそれはさぞかし人の道を辿ったのだろうけれど、北上して行ったのか……と聞かれてまず、神自身が困る程で。というか、多くは謎であります。ことに中世が難しい。確かなのは、むしろ古代、その後多く空白があり近世位から、判って来て。例えばあおり姫が後期に水天宮について江戸に入った事（この直後に御三神は一日二手に分れます）。他の二神が最初海民のところを潰されていって、中世、応神八幡の管轄から離れた百太夫神社の氏子達のサポートを始めたとか。また、この時に巡行が習慣的になったという点は見えるものの、「仕事」の幅が広く、隠れ神でもあるし立ち寄り先は個別の神社名も不明のままであったり……ただ三神共立ち寄る神社の幅は広く、どこの主神からも大切にされたらしい。

後期、この御三神がお江戸の都市神として再会し妖怪的にでも祭られたのは、やはり三柱並んだ神であるという信仰がどこかで浸透していたせいではないかとは思うのです。隠れてはいても、人民の心の底では通底して広く、望まれた神。律令の私得度僧を始めとして、優秀な人材であれば子細をかまわず出身等にもこだわらず時代時代三神はその夢枕に立ったものです。但しその時も彼らは名を名乗る事が出来ず、八幡と言えばもう応仁と思い込む、社会通念に苦しめられながら歳月に耐えました。またその御神体のごく一部は元の神の痕跡が判らない程に各地に飛び散りあちこちに習合して行き、そのうちの何割かは最終的にあの奪還兵器金毘羅に吸収されて消えてしまいました。但しこれは特殊なケースでもある。つまり元の神の原形を留めぬほどに劣化した御三神のコピーがたかが金毘羅に丸飲みされてしまったというくだらんケースですね。というか金毘羅が溶かせない支配出来ない程のオリジナル神が実は案外なところにいたというわけである。ただ同時にそれは彼らの孤立の救いの無さをも表していてですねえ。だって、――。

彼女らは習合もせず（出来ず）、また原始八幡という消えた名前を名乗る事もない（出来ない）、また名乗ったら即そこで応神八幡と間違えられて、「ホンダワケノミコト様ありがとうございます」なんか言われてしょぼんとして出ていく。それで千年を超えているのです。しかしそれでもこの御三神は居ついた神社では喜ばれるし、また出ていくにしろ、その本来の神格を元の通り保持し、無事であるのだった。つまり天孫の危惧は当たってもいたのだった。

華厳とシルクロードをしょいながら成功し、農業で勝ちつづけてきた土着の神、政治や外交に中国韓国の風を受けてきた命知らずの、海民の神、里にしろ山にしろ、どこにでも居つけるだけの引き出しがあります。基層信仰の単純な土着神は名義だけ貸して、彼らの横で昼寝しているようになってしまうのだ。またそんなすれてないものと御三神は対等に一体化する事などあり得ないし。金毘羅の使うぺらぺらの仏教など必要もない。地方の国分寺が下手にラカンなど引用してくれれば、ガタリを引用し「構造は形骸しか生まないから不毛！　喪前ら捕獲装置か？　宗教の形骸か？」などとかますだけで相手しない。神社を選んで彼らは旅を続けた。

　ま、この放浪のごく初期から、マレビト神としての礼儀や福のさずけ方をあおりはかづきやばらきに徹底して教え込みました。さもなければ旅中の仕事が殆どあおりだけの担当になってしまうから。その上で彼らは、実に様々なところになんとかして住みつきます。――。

　上にアメノ、とついている一見天孫系の神の神社でも、選べば住めるところがあったりします。ブランドと実体が違うところ。例えば高良《こうら》神社なら滞在出来るのです。ある地方の高良神社などその周囲の土地をびっしりと応神八幡が取り囲んでいて。もちろんそれは国分寺の側なのであった。またオオクニヌシがまだ入って来ない山の土地のオオナンジ社も、ヒメヒコにとっては親友の家のようなもので。というのもオオナンジとはオオクニヌシが乗っ取る以前の、つまりは母系時代の山の女神の名前だからです。それがまだ無傷でいるならばこれ幸い。しかし、彼らには人間には判らない厄介なこだわりもいろいろあるのです。例えば、――。

　イザナミの愛宕神社は実家のような感じ、小さいところならスサノオもＯＫ、でも八坂神社と書いてあるとなぜか入りようがない。また佐倉の麻賀多《マカタ》神社、埴山《ハニヤマ》姫、水神社（このあたりの女神は名義はともかく中の人はオオナンジだったりする事も多いですので、まあ男神だったケースも少なくないですが）、星神社も楽勝、しかし乗っ取りと違うのは居候である事だ。そして彼らを重宝し巡行神として一年に一度迎えてくれるところもかつてはあったのだから、それらを転々として暮らせば良かった。また、由緒書きに嘘がなければ猿女《サルメ》神社（アメノウズメノミコト）も大丈夫です。ただ、浅間《せんげん》神社（コノハナサクヤヒメ）と厳島神社（宗潟三女神）は避けて通ります。

目印山というのは海際ならあるものです。土着の神の原形も保っていて、なおかつ、時代を先取りし世間も見ているこの御三神は、どこに行っても、ものの役に立つ。御三神がいつくとたちまち巫女の言葉のレベルは高くなりました。十七世紀まで日本は託宣文化だったから、時代や実情にあった託宣は求められたのだ。その中で時にイザナミ、時にオオナンジ（というかヤマノカミとか地元の名の付いた○○ヒメとかのご近所的神）を名乗り彼らが夢に現れると、居ついた神社の神まで大切にされます。そして彼らが出ていくと「あの神社の巫女さんはあたらなくなってしまった」と言われて濃い信者はいなくなり、しかしそれで「薄利多売」が可能になったり、皮肉ではありました。

海民文化の残る場所では華厳を使って人間の悩みに対応するし、自然を見る事にたけた土着の目で中国医学や海外の航海術も使う。天気予報もやる。しかし御三神は名乗る事が出来ません。名前は取られたから、どこにももうないから。

そもそも人の道御三神というこの名前も二十一世紀になってからやっと金毘羅が命名したものなのです。彼らは金毘羅の事も軽く見ています。というか今時の神であれ権現であれそんなものと習合するわけない。というか単体で習合と同じ機能を持つほど、最初からハイブリッドで高度だったのです。なのに、なのに、神として存在していても、人を助けていても、功績は全部居候した神社に置いていくだけで。ウサツヒコ、ウサツヒメという土地神の名を、追われた土地の名を彼らは言わない。ヒメオオカミにしたってもう、全パクリされたあとの名前である。その上、天孫の撒き散らした紛らわしい名の中で下手にヒメなんて言うと、このシルクロード神もただのヒメ陰石と間違えられるだけだ。本当は金毘羅よりも古い神なのに。

江戸期、御三神が一時受け入れられたのはやはり経済が進んだ都市部である。藩の江戸屋敷に祭られた地方神が都市の人々に、個人の祈り神として消費される時代が到来した時、美人に追われるという理由で御三神のうち二神はまだ東北や北関東で活動中でした。中には案外に豊かな時代もあったらしい。また、一姫と分かれた後、ごく短期だが、十年程、二姫と三姫も分かれて暮らしています。これは都市の祈りが消費的で単機能のものに傾いたから。全人的悩みに三神で応えるというのではなく、ほら縁結び、ここは金運という感じでばらばらになってしまったのです。こうなると二姫は農業でも三姫はなんと浮気封じに使われたりして離れて暮らすしかないのでした。当時の祈りはまたドライになりつつあった。華厳の本質は忘れられ、近代に向かって近づいて行った。雑用に耐えつつ、でも名もないまま、全人的な神であろうと彼らはあがいていた。

人の道とは何か、王道に阻まれる踏み固め道である。土建もなく自然に出来、知る者だけが通る、隠された道。

そして御三神信仰がさる根性悪の占い巫女によってこの江戸で再開された時、またしてもそこには宗瀉三女神が絡んでいた。幸運ではあるものの、それもまた、皮肉な事であってっ！

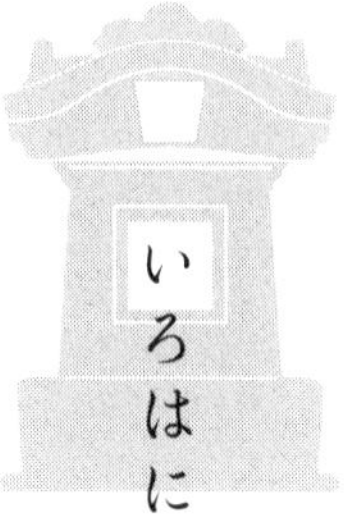

いろはにブロガーズ

いろはにブロガーズ

それはなんとも奇怪な、というより一見意図不明瞭なリンク集であった。一体、どうやってこしらえたものなのか。まず、日本語で記された全てのサイトの中から、ひとつの趣向に基づいたブログだけをすべて拾い出してある、その後それらをブログ名によりいろは順に並べてある（但しネット故に、ゐとゑは現代仮名遣いで）。次にそのいろは総ての音ごとにひとつのブログを選び、代表ブログとしてある。で、これらの代表をいろは順に、……並べたもの。当然最初は「い」のブログになる、但し代表といっても、立派なものではない。むしろ、例えばこの「い」にしたって、——。

　い、の代表、それは、ああやれやれ……いやんばか三姉妹のお下劣旦那自慢ブログ、という代物なのだ、ああー!!

「い」、いやみったらしい

その上、続く「ろ」のブログそれは、——。

ろ、ろろろろ、ろー、ロリポップ三姉妹のお薦めエロゲ攻略。

「ろ」、ろ、らりるれ、ろーりこん

そして「は」は、ははははは、はー、花の三姉妹の恥じらい日記と来てはもう！

「は」、はぁ、だつりょく、しちゃった、うぜー

てなぐあいに、ほ、へ、と、（と、つ、づ、い、て）……え、ひ、も、せ、す、ん（だ、と、よ）。

その後には濁音も付け加えてありまする。ただ一語で検索して選んだ四十八プラス二十五ブログ。ま、検索語は当然。

三姉妹、である。一語のみにてヒット五百二十万二千八十一件。ここから選びに選びましたいろは各代表順に並べたら結局ランダムにしか見えないような選択になった。結果は、ああ、まさに不毛なる三姉妹砂漠が出現した。しかしこの不毛全ブログを実際御三神は結局御、、巡行さ

れたのである。しかしまた、なぜに今三姉妹、ブログを、踏破されたのか？　そもそもブログ界における三姉妹ってどこに、まとまりが、意義があるんですか？　どうせ宣伝と、ハレム設定と、キャラ尽くし、まあ、そりゃあ、でたらめ。でもまさにそれ故、三姉妹とは何か、がよく判ったそうですよ。知りたかったそうです。ええ、御三神はね、ある契機に、これをググり、まあ面食らったわけね。そして。

三姉妹をそのように使役しているこの世とはどういう世か、と神は考えたのだ。だから踏破してもみた。だって、我等が原始八幡、この人の道御三神が世を知るため、人の道を究めるための最初の一歩に、この三姉妹とはまさにふさわしい語ではないか。だって、御三神にとり三姉妹とは何か、それはおのれを知る事、また世の自身に対するスタンスを知る事、である。そもそも宿命の、彼らは三姉妹なのだから。

そう、そう、不幸の勃発と共に彼らは三姉妹になった。その不幸が続く千五百年の間そして、今も、三姉妹でい続けているのさ。

本来なら血も繋がらぬ御三神の、しかもばらきは戦いに負けてなった女子変成の身。あおりも海から陸に上がる時に変えた性別である。なのに既にその活動歴千五百年余。それでもといかそれ故に世間の三姉妹イメージと自分達は違う。華やかでもない、めでたくもない、全可能性を網羅したわけでもない。だけれども自分達は本物だ。天然だ。つまりはあの不毛なエロも宣伝効果もよりどりみどりも、この自然発生の三姉妹の前で、この必然性の前では相対化される。だったらああ不遇の世に我等が身をさらそう、ネットにまで氾濫する応神八幡の三姉妹を、我等原始八幡三姉妹の逆光線で、照らし出してやろう。そして御三神は誓いました。この、ネット内御巡行が人の世の道開きであるようにと。祈ってこれらのサイトを全部「踏んだ」のだ。歩きました。巡行した。そればかりではない。このサイトに書き込み、管理しているブログ主の実際に生活しているところへも「飛び」ましたのです。またひとつひとつその住所のお隣に一秒でも住んでみた。だって自分達が公式サイトを持つことはもう決めていたのだから。そこにリンクするお隣ブログの実際にお隣に住み、全部の隣人の顔を確かめるべきだと。つまりは連続降臨を達成したのである。そしてその時、ブログに書かれた事に嘘があることにおおお、神は気付かれた、というか回る前にもう神通力でほぼ判っていましたけど、慣れぬネット世界の事とてちゃんと確かめた。故にここでひとつ、言っときます――。

人の道御三神はネタブログを許さない。もし嘘があれば、絶対に――。

罰します。

結果、この御巡行により多くが罰せられました。といっても放置されたもの、顕彰されたもの、祝福されたものもありましたけれど。しかし、――。

なんだか全ブログの更新が止まっちゃいました。中には珍しくうまいこと福を授けられて止まっているのもあります。まあそれはともかく。

とりあえず本日ただ今はなぜにそれらリンク集をいろは歌の順に並べなくてはならなかったかについての御説明が必要ですよね、通常は（んほほほほ）。

で、このいろは歌、ですが、それは実を言うとこの歌とは、われらが御三神がいつからともなく、諸国巡行の旅の中で作詞されたものであったから、で、ござる。ちなみにこれを、空海の作と称するは誤解、年代的に見てもあり得ないそうです。そしてまたなんかあちこちで同時発生したという有力説がある。組み合わせと実感の自然発生ってことか。それは十一世紀頃、ま、そういう時代だったたってことでは、ないのかしらん(うっふっふっふっへい)。

そ、時代の影響を受ける神!「なんですよねー」。追われる神なんてそんなものだ。あっちこっちに同じ運命の、この神にそっくりな「ヒト」もいたのかもね。ていうかこの神々は旅の人にくっついて移動したりもしてたわけですからねえ。というわけで神の身でありながら人の無常観に基づく、ひらがな尽くしの歌を歌って御三神は、ずっと、歩かれていたのだよ。歌う? ええ、そうですすこのいろは歌にはタンホイザーの巡礼の歌よりまっじめくさった節があるのですわい。作曲自然発生、時期中世、狂言小唄丸出し、けっして明るくありません。しかしオノマトペは物凄い。まあ節は聞かないでも。今とは、基準が違いますから。

さて、このいろはブログ、ネット上では各音はひとつだけリンクされ、もう整理選択をされた後、踏まれたものである。でも、最初は、いろはにほへとくらいまでは複数にしようかと迷われたそうだ。どのブログに「降臨」されるかについて絞り切れない段階があったという事である。というのも、何がどう違うんでぃ、とか言いたいブログがずらずら出て来たり、同じキーワードで比較しようもない程かけ離れた感触のサイトが出そろったりしていたから。それになんといっても御三神の目に人間の営み、というより、応神八幡の世のならいの多くは虚しかったから選びかねた。ほら、例えば、――。

リンクしなかったものと選びだされたものを少し並べてみます。と、はてさて、神々の脱力、それがよく判ります。例えば接戦になった最終候補等。これをばいろはにほへとあたりで少し、御紹介。

まず「い」、

いやんばか三姉妹のお下劣旦那自慢、この選考時、実は、ここに、いざ鎌倉三姉妹のお受験日記が「肉迫」していました。

また「ろ」、

ロリポップ三姉妹のお薦めエロゲ攻略選考時も、ロンダリング三姉妹のデイトレードな日々が「善戦」していました。で、――。

この時「い」も「ろ」も、御三神は嫌いなタイプの方のブログをあえて選ばれた。なぜならば、巡行はネット内天孫と出来るだけ戦闘するという趣旨でもあったから。つまりわざとくだらん方を選択されたのだ。故に。

「は」、花の三姉妹のはじらい日記と、ハゲタカ三姉妹の歯抜けブログでは前者が選ばれた。

他、「に」、ニーベルンゲン三姉妹火星征伐、ワルキューレの日々、尼僧三姉妹です！　全員攻略速攻可能日記、ニニギノミコト三姉妹・宇宙女帝アマテラス謁見日録の三択があってここで、――。

「に」において、ちょっと、議論が長引いた。つまりアニメという事が最初御三神は想像出来ず、題名をシリアスに受け止められ、心狭くも、お怒りになった。故に尼僧の方が今度は、逆に、落選した。どうしても天孫が正義の味方になる応仁の世であるのだ、アニメひとつでも、と御三神は思われた。

また、最初のひとつを見ただけでいきなり無常を感じ、げっそりしつつ何か因縁を感じ「これに」と全員一致で選ばれるものもあった、それが「ほ」であった。それは、――。

「ほ」、ほとけごころ三姉妹の、骨から禿たらなむあみだーんプ（ママ）というブログであった。また、三姉妹ブログでもおひとりが特に個人的に御関心を持たれ、しかも御心配をされて選ばれたものもあった。

例えば「へ」、変態三姉妹の秘密ブログ、とへっぴり三姉妹、飛ぶ鳥を落とす勢いの姉妹競技ブログの比較に関し、二姫かづきの強いプッシュがあり後者が選ばれた。

しかしその直後「と」においては、ああこれしかないと一秒で選ばれるブログに恵まれた、それは、――。

「と」、鳥八重子と浜三姉妹非公式ファンサイト管理人日記（巻末注要参照）。

であった。

とまあ、いろいろな反応をなさったものの、要するに、――。

結局この世が三姉妹で出来ているかのように御三神は感じたのだ。感じた、だなんてまったく神にしては謙虚すぎる世界への違和感であるけど、ま、仕方ありませんな。本朝の天下はこの千五百年ずーっと応神八幡のもの。つまりそこに、――。

自分の世ではない、永遠の世ではない、覚めてもいよう、覚悟していよう。めげてはいないけど、前向きでもないからね、つーな感じがあったのである、ま。いろは歌の精神があったのである。

そう、そう。


いろはにほへとちりぬるを！

わかよたれそつねならむ！

うひのおくやまけふこえて！

あさきゆめみしえひもせす　ん！


ってことですわい。ああ、ひとつ、ええ、――。

なんか一行ごとに、「！」なんてあり得ないマークが付いておりますが……この「！」マークは神でありながら人の世の無常を感じ、しかし神であるが故にその無常に対してもどこか非情である故の相当な距離感と、それでもやはり不遇は不遇であるなあという実感に対する、詠嘆を表すための「！」であります。言うまでもなく普通のいろは歌にはこんなの、付いておりません！　また、――。

御三神がこの歌をお作りになった時は人の世に濁音の表記はありませんでした。しかしある時目覚めると勝手に濁音の表記が出来ていた。そこで正直な神々はこの濁音を排除せずに全部歌にとりこもうと考えた事がある。まあそれでもなんかやりにくいので長く躊躇して、一九六〇年代、つまり千葉入りしてから百年も越えたところで試みています。で、その時のお歌はこのようになりました。ええ、つまり、神は、神は……。

いろは歌に好きなように濁点を入れてみたのでした。全網羅の混沌を表現したかったーっ！　のよーっ！　でーっ！


いろはばにほべとちっぢりぬるっ、をっ……

わがかよただれぞつうねいなあらぁむー、づっ！

うぃーのおぐやまげっふこごっえってっ！

あさざざきゆめみじしえびもぜずー、すん……


うーん……。

だけれどもね、結局このお歌は、没になさいました。でも自分没だから余裕しゃくしゃくです。というかぶん投げてすっきりという程歌いにくかった。しかしその一方、折角排除しまいと配慮して入れた濁音で、歌の意味がまるっきり判らなくなったのはとっても楽しいと御三神は思い、まるで無常観が相対化されたかのようにさえ思われたそうです。しかし、その一方長年の認識が濁音一発で相対化され、そのまま血肉となるとはけして思っていなかった。これが、御三神の屈折までも正直な世界認識、自己分析、である。で、――。

結局ここから先、濁音満点の囃子言葉を考案し、独自の巡行歌に発展させました。ま、――。それは後程。ちなみに、この時の「……」は、どうもうまくいかんが、なんか新鮮だなあという初々しい気持ちを表現したものとのこと……。

ともかく宇佐を出てから日本の大地を歩いたように、ネットをこの歌と濁音的オノマトペ囃子言葉（濁音囃子と言われております）で、御三神は踏んで行こうとされたのであった。

ちなみにお隣ブログという語を無論、御三神は大切な神縁あったブログというふうに神様独自の解釈でとらえておられます。ですのでただ単にサイトを踏むのではなく、神は本当にパソの機械のある地点までもひとつひとつ出掛けられたのです。故に、皆様けして「それ、言葉の意味を間違えていますよ」などと言ってはなりません。

わはははは、ね、神は永遠に純粋無垢なり

さて神々が初めてこのパソというもので検索をなされた時と所。

それは十月の終わりハロウィンの翌々日、時は沼際の愛宕神社を出てほんの五十四時間後、神は仮眠場所を求めて最初は嘘井駅の楠の木に乗ろうとなさいました。しかしその地帯は嘘井八幡の管轄、楠の木は神仏分離以後の神社の代表的（中世は境内に松とか手入れの必要な木も多かったのだ）樹木であるため、思い止まられた。そしてさらに線路を眺め渡し、隣駅に飛びました。都に近い方へ。するとそこで幸運にも神の「見える」方に出会う事が出来て、御三神は眠れるところを尋ねました。選ばれたる者は、教えてくれました。その方は寝不足でまっすぐに歩けない中学生であった。

そしてそこに御三神が初めてご使用になったパソがあった。さて、場所は作者在住S倉市お馴染み嘘井駅のお隣駅であるソーカルヶ丘、この駅裏ネカフェ兼マンガ喫茶。そこに設置されていたものと神は、ついに、お出会いになったのだ。でもそこはもしや会員制のところでは、

個人情報を置かねば入店もならぬカフェではとお思いの皆様もおいでの事であろう。つまりもし通りすがりの方がふっとその店に入り、名無しのままにほしいまま、うんと身勝手にパソコンをお使いになった場合、例えば爆破予告、大量殺人予告、また炎上目的で行われる嫌がらせのカキコ、「本能」爆発的法律違反サイトの大量閲覧、そのような事も身元を知られずに出来る事になるからである。故に普通は年齢も何もかも申告させられた上に、本人証明等も提示させられる。ま、無論神であればそのあたりは通力でクリア出来たのだが、一方料金は普通に払っている。というのも御三神は沼際、長年の住処であった愛宕神社を出る時、そこの賽銭を持って出られたのである。通常拝殿の維持費等に使われるそれを「神の貰ったもの」なのであるという解釈をした上でね。ああ正論ですな。だって、もし、神が実在するのならば。それで、いいのです。それで、え、なにか？　ええ、そうですとも。

「実在」してますよ御三神は

そこが天孫の神と違うところです。だって元々の原始八幡とは何か、それは実際の託宣それも高度できめ細かくなおかつ気象、医学、植物、心理、航海、等各々の専門分野に長けて思想的にも感情的にも真摯な巫女によってなされた託宣の集大成なのだから。声の束でありその声の底から浮かび上がる「心」であり姿であるから。長きにわたる歳月「嘘をつかぬ」巫女達の幾千の声、その声の束の中に存在すると仮定され、そんな託宣のみっつの窓口として想像された仮想の他者なのだから。

そしてまた、――。

宇佐を出てからの流浪の、巡行の千五百年の中で報われぬ人々に祈られ頼られてきた、不遇の人の夢に現れてきた、記録と、感触と伝承の集大成なのだから。その中からあらわれる仮想の姿には、幾多の人々の感情や空想がオシラ様の重ね着する布地のように層を成している。

え、仮想、じゃあいないじゃん、じゃあなんで実在なの、と聞く方々。

だからカギカッコが付いていています。但し、この他者は仮想であってもただの仮想ではない。人間の心の中にいる想像上の他者なのである。この想像上の他者を「実在」という言い方で一定の制限を与えながら筆者は今世にさらしているのである。それは原始キリスト教のキリストみたいなもので、フォイエルバッハが指し示して、これは人間の心の中にしかない、教会にはない、と言ったものと似たものである。フォイエルバッハは教会のキリスト教を根拠なしと否定したが、人間の心の中にある祈りの対象は否定してない（と思う）。そういう祈りの対象は人の心のうちにある、物質ではなく、またその人の心の外には出られないけどある。これについて国家基準を適用したり、また、心の中の他者を持たない人間が「自分に判るように説明せよ」と言う事自体、時に心への暴力となる、それ程に根本のところで、人の主観の中に、御三神はいるのです。つまり、――。

ひとりひとりの人間が御三神を持つとする、それは全部別々の存在で、お互いの合意なしにはこの名で神を呼んで会話する事も出来ない程のもので。だがそれでもね、「実在」ですわい。

え？　ふふん、もしアマテラスが非在でも、オオクニヌシが不在でも、御三神はいるのです。神、といってても国家神ではないのですから、ええ、ええ、そうなんですよ。

実は、いないんですよ、アマツカミって、国家神って、上にアメノって付いたらいくらベースになる原始神っぽいものがかつてはいたとしてもですねえ、すでにそれを支える巫女や共同体から切り離されて国家化されてしまっているわけですから。そうされた瞬間に神は、もう死んでしまっているんですよ、というかそれでもう（ま、乱暴に原則を言ってしまえばだけれども）まったく機能しなくなってしまうわけで。つまりそうやって、自分達の神を「ひとつにする」とか「親戚にする」とか言われてローカル民草《たみくさ》は自分の心の中の他者を消されてしまったのだ。そしてその後に残る神は誰の神でもないみんなの国家の神、その神を所有している連中でさえその、当の神を自分達の共同体の神であるとは言わない国家神ですわ。え？　何？「税金払っているのに神様は守ってくれない」、そりゃそうよ。だってそんなの神じゃないのだもの。というよりも「神なんていない」のだもの。とはいえかつてなら村々の神社に残る形骸化チェーン店化したマニュアル鎮守でさえも、仏教との習合で権現が介入し活性化した。でも、その当時だって御三神は権現ネームを名乗る事も軽々しくは出来ない程コアな神であり、乗っ取り等の楽な行為もせずに名前を隠してひっそりと「公務員」や「正社員」のお手伝いをするだけであった。コアの中のコアであるが故に、最古の、オリジナルのプライドにかけて。

そう、結局「大きいところ」ほど所詮徴税のための偽物なのですな。実はフォイエルバッハが教会を批判したのもこれと、近い理由からです。そう言うわけでですね、大神社の、天孫の、ことに明治以後の神仏分離神なんていうものと比べたら、この人の道御三神、あおり、かづき、ばらき、の方が実はずっと神なのです。まさにほんと、立派に「実在」しています。でねそれ故にどの苦労も、すべて、本物故の不遇です。でもそれは、カッコいい？　うう、ちょっとみには外見せこいかも。また、このような世相では。

うーむ……。

通常の神と違い、この御三神は時に、かすかーに、人の目に映ります。しかしけして幽霊ではない。神であるからには立派に神らしいお姿を……。

うーん、というか微妙に神っぽい？　うーん、……。
うーん、うーん、うーん、う、……。

でもね、神だからってね、みずらに結ってたり雲に乗ってたりする必要はないんですよ。応神八幡成立前、多くの人々には神が見えましたがその時には本当にいろいろなお姿に見えたはずで。とはいえ、うーん。しかし。

ま、いろんな形の神がある。そして、山に川に海に里に、神はいたのです。人は、神のいるところにふいに入ったりしない、おしっこする時は神にかけないように注意しておく。また、死者だって勝手に戻って来ないようにいろいろ呪《まじな》いしておく。そういう、肉体のないものや生きていないものや、元々形を持っていない、精神的存在だって結構神っぽかった。でもそんな原始の全人的神を呼ぶ巫者、また、華厳の巫女は、国家神と国家コードのインチキ巫女に押し退けられた。その一方で国家の巫女は政府の気に入る嘘の託宣を出し、その嘘に合わせて神も死者も作り込まれて行った。そう、そう、自分で見た神なら自分だけのものと思っていればいい、他人も見た神ならその見た人々の間だけで共有すればいい、でも。国はそのような、心に秘めたものをない事にした。それらは徴税のために空洞にされたのだ。命をも税の対象にする徴兵をも含めて。さらに近代になると。

死者に関しても、もっと作り込みがなされた。国家は国家のお稽古場みたいな家父長制度の中、家、家系そういうものの中でだけ霊をつまり祖霊だけを見せたがった。柳田國男の祖霊中心主義に対する民俗学上の異説（というか尊敬した上で、若干異議という感じなのか）があるのですが、柳田は日本の祭りを祖先の霊中心のものと考え、無縁仏供養を二次的な後発のものと考えていた。ところが一方、さる、現在の学者は、日本の盆の風習の変遷を例にとって、また実際に中国のお盆における無縁仏の祭り方を取材してみて、その上で本来盆の供養は無縁仏が中心、起源だと証明しようとしているのである。但し柳田の説は国家のための自覚的なものだという考え方もある。さてそんな柳田は一体何を考えていたのだろう。

大衆の声に国家対抗的なものを見ようとしたのだろうか。でも祖霊はもう五世紀に公団側から接収され始めていた。共同体の神はみんなの神、みんなの下部組織が家々の祖霊、というのが国の望みだった。一方、そんな中で。

無縁仏とは何か、「エリート的な祖先霊の邪魔をする凶霊、飢えた霊である」。でもそれは彼らをスルーする時の見方でしかないかも。同時に、先祖身内で固まる以外に選択肢のない時の見方かもしれないねえ。つまりもし人がひとつの肉体として「何も考えずに」荒野に立てば、全部の霊は一斉にこちらに押し寄せてくるね。それは普遍的個人というより肉体的個人の見る世界像だ。神も植物も無縁霊も祖先霊も、動物霊も平等に取り囲んでくる。だけれどもね平等ってのもひとくせあるもんだよ、受け切れるかね？　全部。怖いでしょうなあ。

　まあその反面ですねえ、「先祖以外かまっちゃだめ」という意識は何か後ろめたいものを引きずっています。というのも、作者は正月、死んだ家の飼い猫のためにも小さい鏡餅を遺骨のところに供えるのですがその時にふっと、知ってるけど飼わなかった野良猫どうする、と思います。生きている野良には餅はやれない。でも、これがいわゆる三界万霊なのか。切り餅を少し別の場所に置きました。

　自分と関係ない霊を全部落ちこぼれと見るか、あるいは個の対峙する世界の諸相と見るか（まあ正直言って作者は彼らを怖いですけどていうか「実戦上」警告いたしますよ！　関係ない霊を、かまっちゃいけません！）ええ、やっぱもう、好き好きしかないか……。ま、そんな中で、昔は祖霊の供養も外でしていたところが多かったそうです。しかし仏壇が普及し、今ではそこでするようになっております。結果お盆の行事の意味や形式がそれ故煩雑になったり、かぶったりしてしまっているのが細かい調査の結果判った事だと、資料にあったわい（感謝感謝）。

　私は目の悪い割に、「見る」ってのが少ない人。でも死んだ猫を「感知」したら心にしまっておきます、同じ心の持ち主にはちょっと「告白」するけどね。ま、対象次第です。

　例えばアマテラスオオミカミを見たというと「いばってる」と思われる。また死んだおばあさんが現れてくると「人情話うぜー」。ところがざしきぼっこの話だと「洒落」ですむ場合がある。つまり、国家に回収されざるもの、それは秘めた話として仮構として「実在」する。昔筆者はそれらを名もなき神と言っていた。しかし正確には名を奪われた神なのかもと最近は思う。その上神仏分離もへちまもなく御三神は最初っから、個体でそのまんま、神仏混淆、歩く権現、人の内面である。人間臭いし、真の、オリジナルの神であるが故にけして国家神道視点を持てないのだ。上から一律、全部に網かけて押さえておくだけのあの広く薄い視点を。「多くの人に届き」、「老人から子供までコード一本」、「説明要らず」のうっすーい世界を。

　でもそんな神ならば別に宇佐に限らずとも自然発生的にいたのではとあなたはお思いになるかもしれない。そうです、そうです。但し、宇佐はその中で最先端であり医学的にも「哲学」的にも恵まれていた。早かったのだ。国家に統合され地元の神々は妖怪に落ちていく、しかし守ってくれず国の方ばかり向いているようになった総鎮守の横で、彼ら御三神は固有のスキルをかつての「財産」を武器にむしろ神本来の機能性を発揮していくのだ。御三神以外の、まあ「素朴な」神様は願いもかなえるがいたずらもする。だけどそんな彼らには御三神の持っている対抗性がない。魂の問いに答えてくれない。また同じメカニズムで江戸期ブームになった都市信仰でも、金毘羅でさえ御利益だけで使われる事が多かったのだよね。都市に流入した人々が共同体の神には祈れぬ祈りを祈る時、それは当然内面を持つ個人の要求であり、仏教の影響下に成立した高度な権現信仰に傾いて行くのだが、それも結局は「御利益次第」なのだし。

　その一方で、国家対抗性、魂の自覚とは自分がどんな目に遭ったかを知っている事だ。追われた記憶を、「奪われた土地」を御三神は持つ。そして国家の外にある技術知識の所有。そこが、原始八幡である。

最先端故に由緒ある故に名もなき神の最後列を歩くこと千五百年、「何が一番辛かったですか」と彼らに聞いてみる。あおり姫なら「狭い！　単調！　アホばっか！」と言うかもしれない。またかづき姫なら「畑で兎と遊んでると文句言ってくる」と。ばらき姫ならば「わが民草が虐げられるのに耐えねばならないのか」と。

別にシルクロードを横断して来日した元祖天才ヒメオオカミでなくとも、狭い本朝に閉じ込められ、似たような景色をぐるぐるぐるぐるするのは、つまらん旅かもしれぬ、土地土地の個性はあったとしてもそこには既に土地ごとの神々がおわすし。故郷に居つけぬ人がえんえん遍路を続けるよう。飽きて、疲れて、しかも、一生放浪と開き直るような構造にさえして貰っていないと。ことに、――。

まあ彼女らに対しての聞き取り調査はまだまだ進まず作者は未だに想像して、あれこれ気の毒と思うだけで（すみません）。故郷を離れたヒメヒコばかりでなく、見聞も広く体験も豊富な一姫にとり、これは苦痛の旅かな、と殊に思いますね。

もともとゾロアスター教で熾した火を背中に背負い、裸足で波の穂を踏まえ海上に光をあふれさせ渡ってきた神様。当時はインドの美少女のような彫りの深い華奢な美神であったともいう（そして宇佐入りする直前は男だった）。昔乗っていた獅子を文殊菩薩に上げお礼に華厳経を貰い、乗物がないから少し速度が落ち、それからは裸足で本朝まで来た、というのはマレビト神らしいふかしとしても、まあこれだけの古い神ならどこに行っても通用するはずだ。ところがここ千五百年ばかりは通用はしても、もうひとつ畏怖されない状態になってしまっている。そもそも本朝に来るまでに、あおりは何度か、「邪魔なものを捨てて」、神として軽くなっていたりするから実際口ほどではないのである。経歴は凄いが、そのままここに来たというわけではない。つまり結局どの国にいても同じ事なのだ。本質とは権力により追われ追われて、最終的にスケールダウンするしかないものかもしれない。あおりがシルクロードを横断してどこにもいつけないでファーイーストまで来たのも、どこでも国家という規格に合わなかったせいだ。また世が下り、組織というものが強固になるに連れ、この規格からのはみ出しは、そこに染まり型に嵌められた人間共からの軽侮のたねになる。だがその一方でかつてそういう凄い「アイテム」を持っていた神の格というか迫力みたいなのは元のままである。

彼女が妖怪と間違えられはじめるのも随分早くからである。一番国際色のあるあおりが真先にだ。元が大きいから捨てたものも大きい。ランクの判らない、正体不明の「妖異」そう見えるほどに失ったものが大き過ぎて。

ほらだって昔、日本の海から陸に上がる時に男の部分を捨てた。これでもう本体メモリは半分になっている。使いあきた快楽グッズをぶん投げてきただけだと本人は言っている。しかしその時に同時に、さらに昔の、女だった頃の古い重い神格も海に沈んでいる。他に宇佐を出る時に御三神全員で宇佐の海に沈めてきたものがあった。今では海を、無意識の世界を知ろうとするものがその姿をごくかすかに感知するだけのそれは、重い精霊だ。

けして神が軽いから悪いというのではない。抑圧に使えるような判りやすい武器を捨ててきているだけで、でも一方同時に自分達の持ってるルーツや厚みを見えなくしてしまった。

ま、そうしないと動けないからそうしただけなのだが、動かざるを得なかった不幸もしょっているし。

コンパクトに見えても侮れないはずなのに「小さい」と言われる神。他の二神にしても、もともと独特の土地神だったのに土地を離れてどこの土地の農業でも魚業、林業を手伝えるようになってしまった。どの土地でも対応出来る普遍性が前に出るけれど、ひとつひとつの土地ではやはりその土地向きの機能がものを言うのだ。まあ大体は神の実態が国家に接収されて機能不全になったところに手伝いに行くのだから感謝はされるけど。

その上に御三神が宇佐を出た時、固かった団結、またまれびと神として経験豊富だった一姫あおりのリーダーシップ、それが世相の荒れや旅の疲れと共に弱まっている。

なんかもう歩いても歩いてもいやになってくる旅だね、本質と国家との関係には何の変化もないし、というかひたすらに本質が疲れて来るだけで、原因は応仁側の抑圧だけ。というよりはずるずるだれだれのいっつまでも変わらない嫌な努力、つまりは大組織の理不尽力と卑怯効果のせい。いくら対抗神でもさすがに参るわというようなヲタク部屋的密室的陰湿さ、同時に、それによって、国土国民の大半ががたがたに完全に阿呆化しています。

もともと応神八幡の手によって、自分達のローカルプライド神を収奪され、そして国家神話にころっと騙された国民である。それが時代とともになお一層、何ら自分たちと関係ない空の神やお稲荷様を自分の神と思い込まされている。かつては先祖やご近所の精霊や地元ヒメ地元ヒコにお供えしてから自分たちでお下がりをいただいたり備蓄米だの保存食だのにしていた稲穂や鮑を、当然みたいに国家に取られている。それで「うん、あれだけ金払っているのだから、何か全部ちゃんとしてくれるよ、当然だよ」と、信じ込んでいる。

この状況で、通常の御神格ならば完全に擦り切れてなくなっているはずです。にもかかわらずああ、どんなにだれて来てもタフな方々ですな。

恨みを呑んで死んだ霊が助けてくれるのなら普通御霊《ごりょう》信仰などと分類しますが、しかし御三神はそんな判りやすい存在ではない。でもだからと言ってまた、見るからに複雑、難解過ぎてこわもてを誘うという程のお姿でもない。ただ、けして劣化、と表現してはいけないもの、しかも千五百年の歳月の中の苦難の結果として呼びようのないものが身についてしまった。そもそも、ずっと代役ばっかりですし。

なんか拝まれる時はいつも別の名前、いる場所も少しずつなくなって来る。ああ、そうそう勝手にごりょうさまと呼ばれる事もありました。また落ち武者の霊だの、何か判らない高貴な姫だとか、土地の精霊、一本杉の神だの。

けして見えないというのではない、この本物たちに、名前がないのです。前回申し上げた通り、神とは名付けられなければ特定され得ないもの。そして神の多くは姿がないものだ。姿がない以上名前を呼ばれなければいけないものだ。ほら、ほらあの偉い観音様の観音力だって、念彼観音力《ねんぴかんのんりき》、名前を知らなければ発動しない。大嵐も猛獣も侵せない観音、刀身さえも一瞬で無効にするパワー、落とされた者がただ名を呼ぶだけで中空に彼をとどめ助けてくれる観音。しかし御三神には名前がないのである。というか最後の方はもうてんぐさま、かっぱさま、と言われたりしていて。

国家神にはない独自の神通力も人間によくしてやろうとするたび政権から邪魔をされます。信じて付いてくる少ない人々は権力からマークされ追い詰められます。というか何よりかによりシステムがもう絶対御三神を福神にするまいと貫徹されております。これぞ通常のメジャー福神とは何か、という話ですな。福神、それは本来、体制に沿った存在であり、国家の価値観に基づいた栄達に向けて、一定のコードで、人の事押し退け、無常観も覚えず、単純に偉くなりたい人のサポートをやる、存在である。福、つまり、それは体制順応的、我田引水である。

で、――。

そうです御三神正式名称諸説というのが前回の目次にありました。でもね、実はないのです、正式のなんて。だって、こうして名前がないままに変名で働くゴーストライター神、なんでもきちんとやってぱっと帰るけど素顔は激烈なスタジオミュージシャン神、それでも日本国内をぐるぐるまわり、一年に一度くらい立ち寄っていれば、その五十回目くらいに「よく判らないんだけど」と言いながら御社を建ててくれたり勝手な名を付けられたりするケースバイケース神。でもそれはとても稀、そしてあやふや、個人が勝手にやるからええ加減だし、おまけに相手が善意で、ふいに、「ちゃんとお祀りせねば」などと天孫序列に入れてしまったりするからたいていいはわやになる。だから、ですね。

今ついに二十一世紀、仮に、ネーミングして発表いたします。つまり、正式名称は今までのいろいろとかすった、ニックネームを組み合わせ現代の方に喜ばれるように当サイトで仮決めしただけのものなのです。別に、神はユルキャラではない。しかしみなさま、お呼びしたい良いお名前があると思うなら御応募ください。え、景品ですか、サイトが無料で読めるようにしろだって。だめだめだーめ。賞品はただ単に祟らないことだけです、御三神を構って祟られないのだからそれだけで十分としておいてください。

考えてもみるがいい。ワンクリックごとに千八百七十円、しかもワンクリックごとにどんどんひどいウィルスにパソコンが侵犯されて行くのである。そんなひどいサイトを私は神縁あって運営「させていただいて」いるのである。故にURLは教えません。またそんなのどこかに直リンしたらサイバー警察に引っ張られてしまいます。しかしその一方こんな御三神を私は警察に通報したりもしません。ていうか「自首」するはずないでしょう。その上にふん、「被害者も被害者よ」。だって三姉妹で検索して、わざわざこのサイトに行き当たる人間なんて……。よっぽどの三姉妹好きなのであって、そしてネット外世界の三姉妹好きならば、単なる「吉屋信子の三つの花が好き」とかそういう少女趣味三姉妹かもしれないけれど、場所は、そう、「だってここ、ネットだもん」。ろくなもんじゃないです。それにグーグルで調べてもこのサイトは出て来ない事がありますもの。

ヤフー検索だと、間違えていませんかというご注意が出て来るだけで結果ゼロ件ですよ。

というわけでやっと後篇、目次でございます。

――3　人の道御三神様正式名諸説と、少し不良化しちゃった御事情について

さて、ここよりは人の道御三神プロフィールでございます。通常ネットではこのプロフィールはあっさりと書かれ、本名は隠すわ、学歴は嘘だわ、というようなものも多いわけですが。もともとこの御三神は最初の名を奪われて実名があやふや、それ故に御様子を短所も含めてし

っかり書いておくしかありません。正式名称も、たまたまその時代時代に呼ばれた、かりそめの名を、集めたもので。それ故にこそどの御名も御三神のお姿、御気性を彷彿とさせながらその流浪の、不如意の面だけをとらえ、つまり親切でもあり激烈でもあり、時にひと癖あったりする御様子そのままなのが作者には少し複雑な心境です。だって旅姿だけしか知らぬ土地土地の関わり薄い人の御命名という事ですから。ま、北欧神話の美の女神フレイヤも旅の途上見かけられた多くの人間から様々の名前で呼ばれたという事ですので。ただ、フレイヤと違ってですね、――。

美人の神とぶすのかみ、ぱっとみかけで付く名前、少しは不公平も発生しているかも。でもともかく、――。

これら千五百年分拾い集めたお名の中からまだしも系のお名前を選ばせていただきました。無論、そこにすこしは私の修正を施しました。またお名前とともに、御利益、お叱りのそれぞれについても記しますし、他には応仁側が追放理由としたわけこそがこの神のプロフィールとして実は大切ですのでその件についても。

というのも原始八幡を追われて御三神本来の名前を失って以後、旅の途上に評価されたものは所詮浮草のような一面ばかり、その追放理由の深刻さというか神としての独自性がそこにはなかなか表れてきませんから。またそのような御特徴というか御三神の本質がけして表れないようなそういう世の中をつくる事が応仁側の目的であって、そして皮肉な事にそれは成功しますます嫌な世の中になっておりますので。ええもう、神は見かけ、商売は短期決算、文化は売上で測る、世界経済は暴走し続ける、故に、――。

そんな嫌な努力の世においてつまりその追放の理由を見ればね、そこで何故、御三神が国家対抗神であるかが判りますからねっ！　ではまず、あおり姫様から。

さあ、この一姫の正式の御神名は、——。

まず吉神の時のお名があちみずはあおりひめのみこと。阿知瑞波青織姫之命。凶神の時のお名をびぱあおりびめのみこと、美波青裏比売と御呼び奉ります。このお名は結局水神特有ののりのよさや、淡々とした旅の姿だけを注目されたお名、そして修験道の思想的なサポートをしていても実は知られていないそんなお方です。だってサポートしてもらった修験本人だって他の神様ウカノミタマや何かと平気で間違えるし。故に私が昔の御由緒や海神の祖である事をも考慮して命名した仮称ですな。ま、この神の特徴は諦めがいいこと。また、その御気性は、貴族怨霊神でもなく、土俗縄文神でもないその証拠に、激烈であってもこだわりがない。容貌の印象も淡々とそして転々としています。今はちょっとだけ天狗河童のようであるけれど、それでもおされせずともカコヨイ神です。ま、皮膚の色は国が変わるたびにかえています。ただ一貫しているのは彫りが深く、一見性別不明なこと。眼光は鋭いがオフの時は無表情そしてかったるそう。

そんなこのお方本来は海の民の神、航海にしろ戦いにしろ、全ての海神の父。なので海神の様々なお力をかつてはほぼ全部もっておられたのである。但し国家抵抗神である今はヤマトに邪魔されますのでなかなか祈る者を助ける事がむずかしい。というか海神の父でありながら神宮皇后の要請により、海際の全ての主要海神神社からすでに出入り禁止にされております。故に今や御三神の出没出来るのは山、里、川、道、そのあたりのみ、海に出られぬ海神では渡航もままならぬ。なにしろ、かつて九州を出ようとした時には遅く、神后の餌禁は九州全土どころか日本国中に行き渡っておりました。故にそれから千年近くかかり、水天宮のコネでやっと江戸に出られた。この水天宮、インドのヴァルナという神の影響下に成立した水天信仰がベースになっている。そのせいでまあ、少しはあおり姫と話が通じる。無論。御祭神には一応、アメノミナカヌシ等古い神もおられるものの、なんと言ってもここのメインが建礼門院で、つまり新人というか応仁朝から見ればもう新人類です。外人と新人、あわせて一本であおり姫を救ってくれたようなもの、ここまで時代が下っていれば神后もあまりうるさくも言えませんし。ただこれもまあ別種の閉塞あってこその、寛容さというやつではあるのですが。つまり、――。

　時代が下れば下るほど支配は強固になるけれど表面ソフトになって行く。また少々見逃しても怖くない、という程に地の底までも応仁体制が根を張っている、というわけです。実に嫌な努力のはてのこのような嫌な寛容さによって、御三神は有馬藩江戸屋敷の屋敷神サポートとしてスカウトされたのだ。そしてその寛容さの根拠である嫌な強固な世の中の力で、それさえもすぐに、わやになりました。

　ま、そんなこんなで、結局海には出られないあおりの仕事は水と芸能です。また行く先々で道祖神の子供を作って置いていくような暮らしでした。そんな彼女の子供たちは海をしらない。ただ行き交う交易の力とあおりから受け継いだ他者への想像力によって道行く人を守り、また海から侵入する敵を守るように、村の境に立つ。侵入する、鬼を拒否します。しかしそのかたくなな様子に海への憧れは見えても潮の動くような迸りはありません。そこで、「プ、田舎で育ちやがって」と本朝自体を田舎と定義しているあおりは自分の子供に毒付いて立ち去るのみ。

ふん日本書紀じゃあるまいに、本物の神の親子関係なんてさらさらですよ。しかし中にはあおりが戻ってきたら立入禁止にしてしまうというような杓子定規の子供もいる。ちなみにあおりが本当は自分の子だというサルタヒコ等もこの道祖神と同一視される事があります。

なんかもう、いいや、別に、……シルクロードの海路も村の畦道も路は路である、と今のあおりはそう思うように「努力」しています。そして本心から人の道を守りたいし応仁の世に追い詰められるものを救ってやりたいとは思っているのです。でも救えない。まず名前を呼んでくれないし頼ってくれない。見かけで馬鹿にする。その上、カウンター福神はいつだって祟り神についついなってしまうものなのであるし。

海を離れた海神に出来る範囲の、道の神、旅の神、そして里の水神、池、沼、溝、用水、をあおりは守る。でもいい場所例えば大きい湖はだいたい天孫系、でなければ出雲側がいます。そしてこのS倉でさえあちこちを宗潟神社が固めている。つまり沼の雨乞いはあおりの担当でも、田の水をせっせと引いてやっても、天孫のきまぐれで干ばつが来る。それでもあおりは波のように舞い、流れるように歩く。二拍子で田の泥をかき回して歩く地元の案山子様とは違うものがある。リズムの神ではあるし、一種華はある。でも機嫌は悪い。女にしても大きくなく、細く、鼻は白人のように高く目も時々青かったりし、時に翼もあり、日にもさして焼けず、でも胸はそこそこあり、古代の基準で言うとそれだけでも完全なぶすのかみである。その上逆さ髪の縮毛を伸ばしに伸ばしてそれが中空に跳ね上がっている。

あおりは人の命は基本取りません。取ったと見える時は天孫がとって御三神にその罪を押しつけている。まあ時には旧家の倉を津波で流したりとかは平気でしますけれど。つまり海には近づけなくても波は呼べるので。うまくいけば雲を連れて来て雨を降らせてくれた事もあったそうです。

かつて、そんなあおりにヤマト側が与えた罪名はなんと。スパイ罪でした。しかしそれはただ、――。

他者とコミュニケーションを直にする事なのです。つまりは交易の神が交流する事を、追放の理由にされてしまったのだ。でもこれはヤマトとは交流の方法が違うからなのであって、ヤマトが人と人が内面から交流する事を好まないせいであった。

そう、そう、ヤマトと人の道の言葉のあり方の違いがここに、現れています。

というのもまず、本朝で通っている平均的な言葉というものは実はヤマトが無理に強引に押し通している、嫌な努力で出来た言葉に過ぎないから。一言で言うとそれは文学でも会話でもない。出版語である。「空の民」が上からかけた網にひっかかってただ口をぱくぱくするだけの魚言語である。そのヤマトの言葉の根本というものは、カマトトである。それは言葉とは必ず、一律に通じるものだ、という大嘘の上に拵えた一見透明で判りやすい、妄想から逆算して作ってある贋の言葉なのだ。しかし電気製品の取り説ならともかく、こんな言葉で裁判や会話が出来るはずはない。一方、あおり姫は最初からこう言っていた。

「言語とは何か、それは通じないものじゃ」、これがあおり姫の言霊である。つまり言葉はヤマトのように上から一通りに通じさせようとすれば乾いてくだらなくなりあほの所有物になる。それでは誰が持っても同じようにしか働かず誰の手に渡しても嫌がりもせぬ骸骨のような言葉になってしまう。それでは、つまらん、生きているかいがない、とあおり姫は教える神なのであった。

そんな交易の子とは交流の子であり、セッションの子でもある。声は流れるように動き、ひとりひとりに違う。品物の売り買いでも気に入れば安くしてやる、お茶を飲んで商談、愛想笑いから世間話まで駆け引きに動員。仲良くする時も相手の気持ちを想像してから。つまり人の道三神の言葉というものは、国の隅から隅まで一律に通ずる言葉とは違うものなのだ。人は向かい合う時、個々の事情を述べよ、ひとりひとり述べよ、そして言葉に王道を歩かせてはならぬ、人の道を歩かせよという話なのだ。そういうあおり姫も最初、国家以前はまさに妥当な常識の神として奉られていたのである。また「国家などというものはひとりひとりが選べば良い、自分の属したい国がその祖国である」、と。これも当時の宇佐では普通の温厚な考えであった。例えば、――。


国司でありながら海外と対等に交易して、自分が王を名乗ってしまうなど、ヤマタイ国の頃なら普通の事であったのだから。が、いつしかそれは謀叛と呼ばれいけない行為となってしまった。例えば筑紫の国造り磐井が処刑された時、そんな考えは既に異常で非常識なものになっていたのである。しかもこの時、磐井はそれすらやってなかったというのであるからして。

そう、そう、あおり姫の場合この「越境思想」だけでも大問題なのである。

その上まだこんな、「通じない言葉」を工夫で使って、「無理を工夫でなんとかする」やり方で、国際人と越境人が思想を物質を交換するだなんて。つまりヤマトが許可するのは上から一律の交易方法だけなのにあおりは「勝手すぎる」のだ。また勝手とする理由は。「違う事されると面倒だから」、「俺らまで気を遣わされて頭遣わされるから」というそれだけなのである。

というか意識もしないで彼らは、がーっと鬱になり、ひたすらあおりを、追放しているので。というわけで、ほんとは海神ナンバーワンのこのあおりと「大きいお仕事」の相性は大変悪い。故に、国家戦勝祈願等するだけ不毛である。但し、――。

この神は本来は言霊の神、しかも戦いのエネルギー神。小物相手の論争にお力をさずけ、その代償に勝者の日常生活を目茶苦茶にしていく、つまり、小物が小物クズがクズである程そこには、国家との代理戦争の意味が込められるからだ。またマスコミが書かない大企業の悪、真の裏事情の告発に力を貸すがその代償として、告発者の仕事を干し貧乏にしていく。一説には某掲示板ＶＩＰＰＥＲの神と言われるがそんな事はない。美波は、美しい波の意である。また、噂の真相や選択との関わりについては、「無関係です、提訴も考えてます」と御本神がコメントされている。それと同時に「わらわは人気者ですので、信者が心配しない限りこのような雑音の相手はしません」とも「何を言われても有名税ですわ」とも。

あおりの正体を知らぬ人々から見れば、この女神は時に放浪し、はったりをかまし、噂を流し、定住者がやるとばれてしまうような煽りをかましまくり、人々に、夢や希望や嫉妬、羨望、疑心暗鬼等を与える自由過ぎる神だ。ちょっとまねしてみたいけど、とてもあんなふうにほっつき歩きたくないわ、と思われている矢先、ふと立ち去ってしまう女神である。誰かを守ってやろうと思うたび天孫に邪魔され、自分がふかしただけと思われる姫。しかし、インチキはしていない。まあそれでもかつて波の穂を踏んできた時を思わせる美波青裏姫という名が凶神の時でさえ付くのであるから、真の神ではある。ただちょっとくたびれて見えるだけで。

さてそれでは次はかづき姫のプロフィールです。あおりと出会うまでのかづきの方は土着の神である。あちこちにいる山の狩猟神、稲作以前の縄文神の側面を持ちながら、あおり以前に南方から来た神より（その神は宇佐を通りすぎ北上していった）焼き畑農業も習い、オオゲツヒメ神話をも輸入したので月と暦の女神も兼任していた（しかし暦はやがてヤマトに取り上げられた）。やがてあおりの持って来た、たねもみを貰い稲作方面もやるようになった。この姫は縄文の頃からせっせと多産をし、しかし国文フェミのよろこびそうなわわしい女ではなく、またロリフェミの推奨するような幼妻の母性もない、それは、神と言ったら神、産むといったら産む、という何ら想像の余地なき神的現実だ。人間それ自体にかづき姫はあまり期待していない、託宣巫女の集合体の癖に殆ど発語しないし、託宣語以外の言葉を持っていない。ただもうオタク的丸暗記的にこの口からいきなり、華厳視点全網羅的決定がほとばしるのみだ。この神は細かいところを詰める具体的神。因果関係とルールを追いまくる天才。そんなかづきは人間の考えるような母性も持っていない、ひとりで石を抱っこして寝かしつけていたり、道で真夜中に動物と遊んでいるその姿は、若いのに出産しすぎて髪が荒れた、しかもおとなしく黙って笑っていればいるほどまじおののいていていてすげーこえー、女である。この姫も小柄な人であるがごちんとして色黒、縄文から変わらない歯は少し欠けていて前歯が口許から覗いている。そして髪の少なさだけでも立派にぶすのかみ、眼光は鋭くはないが黒目がきらきらしてやせ気味で、ぶたっ鼻が上をむいている。そんな鼻の穴と頬骨のコンビネーションでオコゼとなる上、最近は眼鏡っ子になってしまってもいる。

要するにかづき姫は深く思考する女神であり、外界になかなか反応しない方である。しかしぶちきれると凄い。というかずっとむかついていて自分でもそれに気が付かない上、爆発すると止まらないお方である。決定が出た時は修復不可能、謝ってももう遅い！　そして人間のあいまいさをけして許さない。

他者への想像力は動物や石ころに対して発揮する。また萌えいずるものを育て守る神である。焼き畑用の火も管理するし最近は蚕まで担当させられている。というのもあおり姫の「農」はただ種を運ぶだけであって、維持はしないから、――。

田植え風避け土作り肥やし草取り虫封じ豊作凶作の予想と収穫、蓄えごと全部、要するに稲作の維持というか全実務が、治水以外はかづきの仕事になってしまっている。元々は縄文の蛇神に過ぎず、母系の狩の女神であるはずというのに。また里山と言えども山には危険が多く寒暖の差もきつく蛇もいるのに。そんな中でかづきはきまった事をきちんとし、絶対守り、季節と寒暖に全神経を使う。また唱え事にはうるさい。なんというか旧約聖書に祭壇の作り方とかイケニエの上げ方とかいちいちいちいち書いてある、ああいう感じで暦の見方から、山で寝泊まりする時の結界の張り方まで、例えば、「結界を作る時あなたは縄三尺を取り出し立木に巻き、アビラウンケンソワカと唱えなければならない」みたいな事ばっかり全部守らせる。変えない、という事を安全対策にしている山の神様なのだ。そして少しでも間違えると。

思い知らせる、災難で返す。

しかし逆に言えばかづきの支配山では、本来規則を守っていさえすれば無事に山を下りられる、事になっているわけで。

山で失くした物を発見したい時男性器を出して見せると見付かるから山の神は多淫、という説は大嘘である。かづきは嫌だから追い出そうと思って失せ物を「返して」やるのである。「でてるー、まじー、」とかむかつきながら。しかし、天孫はこのようにきちんとかづきの規則を守っている人間を役人の不手際で事故にあわせる、また災難が起きるまでは何もしてくれない、この方法でこの姫の邪魔を千五百年もの間し続けている。

そんなかづきの罪というのは判りやすすぎだ。宇佐の山の神である事、つまり律令制を目指す国家をさしおいて、不動産を「所有」している事が罪なのである。所有意識を持つかづきは自分で作った規則を、徴税神道徴税呪術以外の密造的魔術を、勝手に運営している。その上、許せない事に母系神である。それも平安貴族の外戚母系ではなく、マジ生産の中心に女がいて女が土地を専有し父親の勝手にさせない古過ぎる母系なのだ。また、――。

かづきの設定する想像上の他者、これが動物であるという事もまずかった。例えばヤマトは神馬や鶏を飼っているけれど特に動物の気持ちを想像したりとかしない。しかしかづきはこの動物をあたかも人間のように扱っている。経済原理上人間ですら動物のように扱っていた当時ならば、これはあきらかな国家反逆罪である。というか動物を大切にする時は仏教のコードにのっとってしなくてはならない。それなのにかづきはうさぎを時には人間のように可愛がる。また一定の規則の下においてはお祭りをし、お祈りをし、食べる事もある。同時にただ快楽やみせしめのために虐待するような輩がいると。

復讐する。

石ころに対しても同じ事で川原の石を裏返してそのままにして行った人間が家に帰ると、「犯人」の家の屋根は平気で裏返っていたりする。理屈はない。規則を守らせる。この神の託宣は徹底していて治療法とか天候とかの具体的なものも、細かい規則のどれを守れというものも全部の文脈を押さえた上で発語している。そうして託宣で言語エネルギーを使い果たすため御自身は無口で、小さい蛇や動物と遊んでいる時に「にに」とか「しし」とか口ずさむだけで歌も歌わない。御神格も几帳面で視野が狭い故に筑紫を出る時も出てからも大変であった。

当初、宇佐から本州四国等各地の港々を回った時はまだ大名旅行で、かづきもお客様として各地の動物と遊びごきげんであった。

港を封じられ一度九州に戻り、その後水天宮に引っ張ってもらうまであおりまでが地元にずるずる居残っていたのはかづきが出来るだけ宇佐の近くにいたいといったせいなのである。というのも里山はひとつひとつ違うので気候が違うところに行っても自分には仕事がないというのがかづきの主張だったからだ。一方、宇佐を追われて後、長距離旅行型のあおりが海を渡らなかったのは、スパイ容疑で海外に出られないという事と同時に、かづきとペアでなければもう仕事出来なくなっていたからだ。それで、二人して九州内勤的な神になっていたのである。

そうやってあおりは地方の農業仕事を長い事手掛けた。しかし水神で灌漑の他には水難避けぐらいしかひとりでは出来ない。確かに治水は農業のキモだけれども山仕事イコール畑仕事のところもあるし棚田というのもある。いくら見聞が広くても音楽と航海等にしか持続力を出せないあおりはかづきなしには神業が出来ないのだった。またそもそもかづきの地元志向にも単なる経験技術を越えた強固な哲学が最初のうちあった。それは、――。

馬城峰に環境が似た山は自分の山、それ以外の山は他人の山という区別、信念である。どこに行っても「自分の山」のお世話しかしない。また、似ているというのは気候から雲から植物相から漂鳥の鳴きはじめる時期までぴったり同じでないといけないのだった。山とは何か、自分の山である。当初など、その山の要件は、とかづきは幾千箇条もの定義を照合してみせた。但し、自分の山、といっても神の「自分」なのだ。所有の根拠が地権等ではなく、自分が支配しても不毛でないものという「所有」である。そしてあおりおすすめの山に対してでも、自分のでないモノの世話は出来ない、と断固として拒否して来る。やむなく、長女はかづきの手を引いてあらゆる違うタイプの山に入り、抽象的な山という概念を教えようとした。しかし山に思い入れのない海神ならともかく、ザ・山の神かづきには目の前にある山が山なのである、山全体、と言われても理解しない。こういうかづきの頭は法令や細則を適用する裁判官にむしろ向いている。そこであおりはかづきの想像力を刺激し続け、「かづきの山」を象徴する具体的象徴を刷り込む努力をした。そこからやっと出て来たのは「良いうさぎまたは小さい蛇のいる山はかづきのものである」という合意だった。許容範囲の拡大。里山ならそれでいける事も多い。しかし元々他者への想像力というか想像上の他者が動物の形になっているかづきである。その中でもうさぎと蛇を象徴化してしまったため、今度はすべての小さい蛇やうさぎを私物化してかまう。「良いうさぎは全部自分のもの」。これもまた地元神とのトラブルの種になる事がある。しかしペアでないとやっていけないため、別れようもないまま、お互い疲れて来る。

そんな中で、宇佐の我慢強すぎるかづき姫はこうして劣化というよりは社会性のある怒りの女神に変成した、というか判らないで我慢したままでいる事がなくなりしかしけして不満愚痴は言わずいきなり行動でぶちきれる怖い山の神になったのである。

で、おお、そうそう、忘れるとこでした。この方の本当のお名前は。

次女神かづき、吉神の時の御名を、ももそまじむかづきびめ、百襲呪六火月比売とお呼び申し上げる。凶神の時はまじぎれのひめみこ、呪木礼之姫巫女とも。てろりひめとも。宇使いの通り、暦は取り上げられても堂々、月の女神である。性質は、まあ今言った通りの真面目で丁寧な「気の好い」方である……。

石で言うとあおりは道祖神や一里塚だが、この方は陰陽石、蛇神等、折口信夫が馬鹿にしまくった縄文系である。人間の性器が見えてれば「まじー」とむかつくかづきも来歴的に石物は平気である。その本性は火と土。まじないと農業の神であり祟りと糞便の神とも言える。故に最近ではンコ（用例引用：谷岡ヤスジ）に理解がなく、馬鹿にする人間はもとより、ンコネタをセクハラにだけ使う人間に神罰を与える苛烈な一面が現れている。一説には遊客を招く神とも言われるがそれは誤解である。おとこひきの女神と別名された本義「男がひく、男をよけられる」が転じ「男を引く、引き寄せる」と誤解されたもので、間違えて祀ると大変畏れ多く御札をお返し申し上げても仕返しが物凄い。焼き畑農業系であるが故に、イザナミノミコトのおしっこから生まれた女神ワクムスビノカミと同一視される場合があるが、誤解されてもそれはさしてお怒りにならない。ただ弁天と間違えると凄い事になる。但し、これはかづき姫本人が怒るのではない。元のウサツヒコつまりかづきのお兄ちゃんが怨恨絡みで粘着して来るのである。まじこえー。

でそんなまじこえー三の姫ばらき様プロフィール。

三姫神くにいばらきびめのみこと、国茨城比売之命、またはくにさからひびめのみこと、国坂良井比売命、とも。別名そむきのひめみこ、素夢気之比売命。七世紀の常陸俘囚の乱に際し、ブチ切れた国家反乱軍の夢枕に立った時に捕虜が命名したもの。この神は都の美人と正反対の容貌の「美人神」である。つまり、国家基準、ヤマト中心の色白髪長の清楚顔ではなく、鬱陶しいほど多いこってりした黒髪、濃いめの化粧、ちょっと切れ長の人なつこい目という……まあ乙御前《おとごぜ》より少しましという感じのお姿です。ぱんぱんにはちきれた福々しいほっぺ。血色がよすぎる百万ドルの笑顔、その愛嬌は先輩教授になつく専任講師にも似、また、恥じらいは若き流行作家に書き直しをお願いする東大出編集者のような哀愁を帯びる。この姫がフルメイクで夜目に夢枕に立てば、そして夢見人がもし関西女を見た事もない常陸の（あくまでテレビ、グラビア等もない七世紀のですよ）すれてない俘囚なれば、立派に弁天への対抗力があるような「お美しさ」、というのも、――。

要するに乙御前は鼻へしゃだけれど、この方は源氏物語の挿絵くらいの鼻高ではある。但し、この方を調子に乗って里弁天、とか贋弁天とか呼んだ男達は与えた福分を取り上げられるばかりか次の日大木のてっぺんに逆さ吊りにされていて発見されなかったら死んでいたくらいの目には遭っています。だっていくらにこにこしていても元首長であるし（本当はまたざきくらいにはしたいと思っているかもね）。まあでも、そんな危険ポイントはあってもこの三の姫はつきあいも良く政治的な方。一番人間臭く一番「男らしい」。故に、絵に描いたような母性愛の持ち主として子育ても守ります。つまり男性首長であった生前の他者への想像力は、共同体の男達を自分の子であると想像する事によって躍動するものであったという事のようだ。滅んだ国家元首の女子変成なれば三姉妹の可愛い末娘となっても体格がよろしい。そんなウサツヒコ、無論海民の長であったのですし、故にヤマトの判定した許せない点とは、——。

全部、存在それ自体が罪、顔も声も服も、持ってる弓も船も、絶対、要デリート。

そんなものかもしれません。だって彼は宇佐王国の王なのだ。海の民で海視点。——ふん何が空の民か俺銅鐸百個内緒で埋めてんだもん。アメノカグヤマの空の民土器だなんて、やっすーう、ふっふーん。とか言いながら、国家の都合よりも部下の都合を重視して生きている。でもその割に母親は天孫タイプの美女だったらしいですし本人も一時天孫の女子を複数「身の回りに置いていた」。ところが女になってみると全部の天孫女が敵に見えてくる。特に弁天にはいろいろ恨みがある。政敵だった上に今は同性の嫌な女、神宮皇后より顔もきれいですし……。

国以外のところに国を作り外国との交易も自前でやっていた首長ウサツヒコ。天孫側はむろんピリピリして彼を見ていました。なにしろ弓も服も船も全部異国基準で選び、「革命側」。そして女だけは天孫型を集めている「生意気だね」。その上もし放置すればぶすの神さまのかつきをカリスマに立て、次第に実質的な王にならんと欲するかも。ヤマトにしてみればこんなのいつ逆らってくるか判りません。えええええ、千年越えた今も面従腹背、愛嬌たっぷりでにこにことやさしいばらきおばちゃん。でもいきなり白目に怒りが走るし一夜で山を越える健脚である。元が交易もやる政治関係の神なのですから。ただね、あおりと違いこの人の商売はおおざっぱ、そして、相場に浮気封じ、選挙にもめごと仲裁、人間関係の調整をしながら復権を祈っている。しかしそれだけでは間が持たないのでいつしか料理の神にもなってしまっている。ただまあ台所の火を担当し始めたら怒り方がやっぱり粘着質である。一夜にして鍋一杯の汁物が腐ったり、お造りにするはずの三万円の鯛が、包丁をあてただけでペースト状に飛び散るなどという怪事は、概ねこのばらき姫の御神罰である。と言うとなんだか細かい仕事ばっかりみたいだけれどでも本当の御霊験は、革命運動、しかしもともとは貴族の神なのだ。これで怨念系御霊神ならば既に投降しているか、あるいは権力をびびらせて言う事を聞かせられるのだけれど、ばらき姫はけしてそんなうまい具合にはいっていない。その一方で革命の神なんてすたれちゃってるし。だって本朝に革命の起きた試しはなく釜ヶ崎で暴動があったのに新聞はろくに報道もしないですし。まあこの方に国家の戦勝など祈ると当然にわざと足を引っ張る。白塗りのままで、無論にこにこしながらね。そしてノーメイクの時は水死体みたいです。

――追記　御三神プロフィールに添えてモード切替え時のご注意と濁音囃子の事

さてここまで御三神をひとりひとり御紹介してきましたが、実はひとつご注意です。最初に申し上げたようにこの御三神は、実際のところ凶神としても福神としても作用します。しかも方位の神のように何かマニュアルがあってこうすればよくしてくれるなどという単純な存在ではなく、お守りくださるのは自分でこの世の苦を引き受けざるを得なかった人、国家対抗を生きるが故に辛い事ばっかの人、理不尽に向かって声をあげて十年仕返しされ続けているような強迫観念的に真面目な人、ばっかりです。そういう人を陰ながら、御三神は愛される。というか自分も天孫に邪魔されながら下手くそに正直に生きてきた。それ故同じタイプをこそ、ひとつつぼにはまれば一生涯守ってくださるのである。まあでも大抵は一緒に心配してくれるとかその程度ですね、なんたって千五百年居場所もないままに自分達だけでもあっぷあっぷしている神様ですから。その癖祟りは単独でやれますし天孫もそういう他人の難儀には怠惰なので御三神のじゃまをするでもなく笑ってみています。故に割りとこまめに神罰を当ててきます。ええ、凶神としては「優秀」なんですわ。私、このサイトの管理人にしてみたって、今はたまたま敵対してないですけれど、怒るときっと物凄いだろうとびくびくの毎日である。でもじゃあ例えば凶神モードの時と福神モードの時が見分けられないだろうか。ええ、それならば少しは出来るのです。つまりそれは最初にリンク集ご紹介に書きました濁音囃子等を目印にしてですねえ。

ええええ、モードが変わる度に、見てくれも大分違いますしね。まず。

Ⓐ　福神モードの時

① あおり姫は普段と違って着崩れしてません。顔も洗ってます。しかし要するにただそれだけです。この方は音楽、踊り、治水、言論、航海以外には努力しない神なのだ。また踊りは凶神の時も福神の時もまったく変わりません、そこだけは何があっても手を抜かない御方である。

② 福神の時、かづき姫はごきげんな動物を抱っこしています。また「にに」とか「しし」とかちょっとくちずさんでいます、もっと機嫌いいと「やっやーう、ぱーあ」とも発語しています。この時に「へっへーい」と答えてあげると良いようです。連れている動物がうさぎであれへびであれ構ってはいけません。いじめてもいけません。どうしてもかまいたければ「さわってもいいですか」と姫のご許可を頂いてからコミュニケーションをとりましょう。

③ 福神のばらき姫はフルメイクです。また胸パッドをしているように見えますが、それは腹の肉をうえに寄せて引きあげたものです。このお姿の時の姫を美人と言ってはいけません。いくら綺麗にしていてもばらき姫は実は客観的なのです。ですので努力している、印象の良い、お洒落で素敵な人、という事を言葉でいちいち言ってもまた腹を立てますので表情や動作で心から表現しましょう。

Ⓑ 凶神モードの時
① あおり姫はすっごく着崩れしています。見てはいけません。
② かづき姫は石ころでお手玉をしていたり、糞石でおはじきをしていたりします。投げて来ます。凄い投球です。
③ ばらき姫はノーメイクです。普段でも手にも塗っている白粉まではげています。頭から鍋を被っているのですぐに判ります。
また、Ⓐの時とⒷの時では濁音囃子が違うのです。お姿が見える前にこの違いで吉凶を察知

して凶の時を避けるのが賢明です。

まず福神の時。Ⓐの時ですね。

この時の音楽は権現的なたのしさや暖かさを表した囃子言葉です。人間につかみどころがあるように配慮した、御巡行の後をついて歩けるような囃子になっている。まず、お進みになる時は。

ごごごごげげげ、ごんごんげげげう、等と穏やかにお進みになります。また後退される時は、げげげい、ごごごう、ごんごん、げげげーん、等と少し逃げるように楽しげにしりぞきます。幸福はすぐに行ってしまうよ、と挑発しておられるのですが、ぶすのかみの御愛嬌でなさる事なので大変楽しげです。そう、このように行きつ戻りつして少しずつおいでになる。また、この濁音囃子のごん、げん、というのは日本発のオリジナル権現であるご自分達の福神的雰囲気をあらわしています。かつての宇佐の初期オタ的権現の世界が、楽しく陽気なものである事、時には宇宙にまで届くものである事を教え、広めているのである。さて、あおり姫はこの時鼓を、ばらき姫は銅拍子を、かづき姫は何も持たず濁音囃子もせずただ「にに」、「しし」と唱えて通って行かれます。

さあそれではやれ怖や凶神の時、Ⓑの時である。

これが聞こえたらお逃げください。耳につくと不幸になるという事をご配慮され、御三神方も出来るだけ覚えにくい濁音囃子を使っていますので。さてその拍子とは。実は不定拍子というものである。それはま、聴きにくいというかずっこけるというか……。

例えば、――。

どんがらがっちゃ、ぶんちゃぐちゃ、どんがらがっちゃ、ぶんちゃちゃぐちゃ、つんがらばっちゃ、ぶっちゃ、すちゃー、すっちゃらべちゃ、ででっでってあっ！　覚えてはいけません。また間違っても繰り返してはいけない。面白がってもいけない。音痴と言ってもいけません。何をしても祟ります。大変複雑で何がなにやら、しかもどのオノマトペも一回出て来るとその後二度と出て来る事はない。つまりこれらを似たような感じで続ける事は御三神にしか出来ないのである。音の理不尽、と呼ぶべきもので。

この時の御三神は楽器をもたず着崩した裳裾に空き缶のようなものを沢山ひきずって濁音囃子の音を出していきます。あおり姫はずっと罵り続け、かづき姫もそれに和し、ばらき姫はまた金属バットで頭の鍋、巡行後の地面を叩いて通られます。

その上ずっとこのような御玉葉を発しておられます。

①「うらぎりやがって」、②「ばっくれやがって」、③「上品ぶりやがって」、④「美人ぶりやがって」、⑤「ちゃらちゃらしやがって」、⑥「男受け狙いやがって」、⑦「カマトトぶりやがって」、⑧「国家鎮護に寝返りやがって」、⑨「キャラ立てしやがって」、⑩「セレブりやがって」、⑪「おれらを統合しやがって」、⑫「明治政府に仲間を売りやがって」、⑬「日本の歴史を偽りやがって」、⑭「神話の真相を隠しやがって」等の、――。

しかしそれが本当の事であるかどうかはもう千五百年もたっているので誰も判りません。案外大変たちの悪い「誹謗中傷」を行っているだけかもしれないしですねえ。またどっちにしろ、この「中傷」に大して宗潟側は一切黙殺をしていますしですねえ。そればかりかこの「中傷」ときたら、伝聞の間に多くの嘘や誤解や発狂した人の作り話が加わっていて、もはや、なんともかんとも言えないものになりはてている、のであるし……。

ああ、

そういうわけで御三神の親しみ深くも錯綜した御性格、御姿がこのような感じである事を御理解くださいませ。

そしてこのような御姿は神も成長される事の証拠であり、現代風のところが加わっていくものだというふうに御理解くださるとありがたく存じます。

お、……ついにやってまいりましたな。出沼際記です。

――4　出沼際記

さあ、――。

さあ、――。

さあ、さあ、さあ、さあ――。

いよーっ、お待たせ！

千五百年の放浪を経ていまネット内に鎮座するこの人の道神社「前夜」でございます。

なんだか殆ど今まで長い前置きや基礎知識のためのお勉強のような内容になってしまいました。しかし只今よりついに、本編、というかやっとの事でネット内縁起までたどり着きました。しかし、ここでまたちょっとご注意です（すみません）。

☆この項目含め、サイト全部の神的内容を筆者は寝入りばなに脳裏に浮かぶイメージで書いています。つまり聞き取り調査なのだ。神の、それも天孫側ではなく人の道側の言い分に基づいた記述である。そんな中で、――。

実は、いつ頃という事を神はもうひとつ覚えていません。通力と記憶は関係ないのか、ともかく、この文を私、金毘羅は「聞き取り」で書きました。故に「こんなの嘘ですよ！」という証拠の古文書つまり聞き取りと違う内容のものがあるかもしれないのだ。そればかりか矛盾も含んでます。でもうちではこれが御三神の追放に関する「口承」の歴史なのですわ。宇佐を出てからネットに入るまで、しかし神とはいえ、筆記用具なしで千五百年分を覚えるしかないものなのであろうか、頭の中に残る日記十五世紀分！　もし天孫側の神ならば特に、応神八幡という、乗っ取り側の神なら神社の歴史や託宣集に残る事も出来るけれど。だけど八幡託宣集の中のどっかに御三神の言い残した事が紛れ込んでいるというのはちょっと期待薄みたいですね。また、原始八幡の事は学者にもよく判らないところがあるらしいしですねぇ。結局口承に頼ってやるしかないのですわ。

要するに追い出した応仁側はこれらの事を記録しなかったというわけです。そう、彼ら側は「必要を感じなかった」、ので「ささいな事だから」ね。一方追われた側は違う。何もかも失って残るのは記憶だけです。例えば、人間だってした事や言った事を忘れても、言われた事やされた事は案外「覚えて」いる。例えばネット。それは善悪取り混ぜて反対側の言い分が煮えくり返る世界。嘘も思い違いも打算的捏造も釣りも煽りも贋の自己申告も……。

ただ、神の記憶はこれはどうなってんのか。まあ、御三神の場合物忘れいいのかも……だって日本上陸だの宇佐追放だのあおり姫はシルクロードにおける放蕩の思い出を捨てて来たしまた御三神全員が持っている宇佐よりも古い記憶や、殺された仲間の記憶等へビーな怨恨もほぼ海に流してきている。故に彼らの場合この語りの感触は、怒っていても人間よりは朧気みたいである。なにしろ、——。

長い歳月ですし。それに時代時代で価値基準も善悪も変わる状況に延々とつきあってきて、さんざん相対的な物の見方をさせられ揺さぶられて来ている。それはまた自分と敵対するものが多くの言説や記録を支配し、塗り固めてしまった世界で千年超、恐喝され洗脳され続けても変わらなかった記憶だけが残った、という事でもあるけれど。

ともかく彼女らこそ、権力者の交代をさんざん見て来ている。まあ既に肉体もありませんしそもそもが集合霊ですから怒りに燃えていてもどこか、つい淡々としてしまいます。またあまりいちいち恨んでいたら怨霊だって、消耗しますから。そんな淡々とした怒りこそ実は長持ちするのかとついこっちは思う。とはいえこの神々には一部記憶が混乱してしまったところもあるようです。特にあんまり物を言わず、すべてを動物とか木の実中心に把握するかづき姫などは。

例えば、「宇佐を出てしばらく小さい沼の辺にいたような」、と彼女がぽつんと言うので作者がいろいろ聞いてみると、沼から広い道に出て山に登ったら大麻神社の小さい摂社があった、と来ました。そしてまた、そこにいたいと思ったけれど、祭神のアメノフトダマノミコトが嫌いなので諦めようとした、と。ところがその小さいやしろは有り難いことに青麻神社と書いてあってどうも違っているかあるいは誤字のようだった。それで取り敢えず形骸化して眠っている神様がいるだけのそこに入り込んで、一秋だけいられたとも。あのね、姫は周辺の柿を甘くしたり、また子供が木から落ちないように守ってやったので山は穏やかだったの。それは休暇のような仕事で楽しかったけれどまたすぐに九州に戻ったの、などと。まあ植物の種類や、山の高さならかづき神はよく覚えていられるのです。しかし、どう聞いてもそれは宇佐の近くどころか成田近辺の古い神社である。その時は良いウサギ（かづき姫は可愛いウサギとはなぜか言わない。良いウサギと言うのだ）もいたというのだが、それもまずペットショップにしかいないような外来種のもの（捨てうさぎか）だし。

するとと広い道というのはハイウェイかもしれない。というかそもかづき姫はいつく先があればひとりで巡行など出たくないのだ。ならば愛宕神社で余程嫌な事があって沼からふと離れた時期の話だろうか。沼際は車も通るからずっと嫌だったのかも。

まあかづき姫は現代にあまり関心がない。うさぎ、道、柿、杉、そんなものにしか興味を持たない。でもネットにはなぜか興味を持ったようで。つまり、――

汚い海の道、崖の細い道、サイトに至るまでを彼女はそう呼んでいる。うみがしし、よぶよぶにに、かにがくく、みちみちにに、と。ネットサーフィンもサイトを踏む事も、彼女にはどちらも歩くという行為なのだそうで。神に肉体はない。ましてや彼らは内面を表現する原始八幡の託宣神である。そんなかづきが、ネットを危険な街道だが自分達の居場所という。人の道の一つのあり方だと。しかし御本尊達が実はその危険の素のウィルスなのであるが……。

宇佐を出てからの主要事件と巡行の変化をおおまかに説明するとこうなります。貴種流離譚、にしてはしぶとすぎるし人助けの一方で祟りまくる、ロング巡行をね、全部で六期に分けます。第一期がヤマト港巡行編、第二期が九州帰郷巡行編、第三期が三神乖離編、第四期がお江戸再会編、第五期が水天宮再会編、第六期が愛宕山神社冬眠編、そして今、ネットいろは巡行後休暇中、であります。

この中では二期が馬鹿長くて千年近いですが……。

さて我等が御三神の日本史やいかに。

――1　ヤマト港巡行編

宇佐から出てまず御三神は一旦海を渡り日本の主要な軍港を巡行しています。これは神宮皇后の餌禁活動と競争であり、故に百年もかかっていない（と思う、という御記憶である）。まあ最初のうちはどこでも逗留は出来た。お客様は神様、マレビト様。かづきは観光、ばらきは社交そしてあおりはほぼ全部の海神の父親だし、子供でないところもヒメオオカミを知らぬものはない。しかし、時がたつうちに、というか人間のサイクルで時間が経過して行くうちに人の世界から苦情が来るようになった。例えばヒメオオカミという名を神々の側はまだあいいいりの本名だと知っているのでその名を使って出すバイト託宣などけっこう出来た。お役所的じゃないところならなんとか無事に済んだ。しかしある時からは、サニワする側がこれ間違っていますと託宣の名乗りを訂正に来るようになってしまった。つまり本物が偽物扱いにされてしまうのだ。こうなると庇う各地の海神も公式には「表記の統一」って事で対応するしかない。あのですねえ、このヒメオオカミってイチキシマヒメノミコトじゃないんですか、なんでどっかから来た「馬の骨が」名乗って出て来るんですかなどと。そしてすべての記録はいつしか宗潟三女神が主語になってしまっている。またあおりが人々を救っても功績はそこにまとめられてしまう。

加えて御三神が逗留のお礼として各地に伝える情報や技術も、宇佐を出たばかりの頃は最先端の役に立つものばかりだったけれど、時と共に次第に教える事も少なくなっていった。マレビト神がいついて飽きられる状態。ただこの段階ではまだぼろぼろの石物にしがみついていたりとかそんなぎりぎりの状態ではない。不安もあって一旦九州に帰り、逆に軍港で習ってきた事を周辺に教えて回ろうという態勢になってこれが――。

――2 九州帰郷巡行編（である）

しかし帰ってみると故郷はもう御三神を受け入れなくなっていた。宇佐の近くまで行くと境界の道祖神から拒否されて入れない。えっ！　こんなものに、と古い地元神である御三神は血の気が引いた。しかも道祖神自体の系統が変わっていて平気でヤマトヒメのイワクラですだとか遠隔地の天孫系列の傘下を名乗り、ご当地出身の、というより宇佐の国造りの根本であったばらきをこそ排除して来るのだった。また周辺では凄いいきおいで神社の系列化が進み、土俗系神社が応神八幡に取り囲まれている。そしてそんな応仁側の後ろでは国分寺が偉そうにしているのだ。一方八幡の摂社にされた百太夫神社は服従儀礼をさせられ、似たような立場の隼人社では御三神が海に逃してきた原始八幡のへビーな部分を勝手に神格化して祭っている。しかしそれは御三神の目から見ると軽率に見える。だって一番秘めるべき聖なるものなのだ。それを嫌な目に遭わされたり系列化されたり、そういう事がないようにと、自分達の記憶や怨恨まででも宝になるように海底に捨ててきたのである。どうか秘密基地になってくれという思いで、海に帰れるものは返してきた。それをまた陸に揚げて祭ったら自分達みたいに嫌な目に遭う。故にここで、御三神はこれらの神社とは疎遠になった。つまり言いたいこともある一方気の毒でもあるが故に、一旦、連絡を断ったという事だ。しばらくはけして夢枕にも立たず託宣もしなかった。そこの氏子には福も祟りも暫くはさずけなかった。しかしそうしていて他を当たっていくうちに次第に、どことも、まずくなって来た。

それは軍港巡りと同じレベルで日本国中から次第に御三神の居場所が奪われてゆく時期と言える。中に驚いたのは外の知識と思って習って帰った事が、乗っ取り後の宇佐近辺で既にもう応用されていた事。むろんそれを御三神は宇佐のレベルが上がったのだとは思わなかった。国家の判りやすすぎるコードの元、即戦力になるものだけがすぐ現場で使われ、その他の知識は切り捨てられているというだけなのである。この時点で応仁側の監視は御三神の同時巡行にだけ向けられていた。そこで連中をまくため最初にばらきがひとりで行動するようになった。方法は簡単。

九州以北の巫女が託宣で不特定の神を呼んだ時、本来はばらきのようなベテラン神を想定した神おろしではない場所なのだが、しかしそこに彼女はランクを隠し無名の言霊として応募するのである。それも新しい神だの行き倒れた貴人の霊の口に紛れ込んで。無論、この古代神が、ぽっと出の素人神に混じって目立たないはずはない。こうして定期的に「出張」するうち石ころ一個の御神体でも置いた社が出来たりする。他に、この前の世紀あたり、応仁側は東北に何度も進攻していたのだが（常陸もよく戦って抵抗したのだが）、その時、北の優れた製鉄技術を持っている人間をヤマトは捕らえ、仲間で居住していると抵抗するので、少人数にわけて関西方面に強制移住させた。宇佐の精銅技術に覚えのあるばらきはいつしかこの人々のサポートに入った。というと、何か三神協議しての意図的作戦のようだが実はばらきがこうして一人でぽっと出て行くからにはそれなりの理由があったのである。

　もともとばらきはヒメヒコ制のヒメかづきのお世話をするサポート神である。ヒメの託宣を実現化したり周囲の人間関係を調整したりヒメの世話をする侍女を統括したり、食事の世話をしたりと働いてきた。一番他者との関係を大事にするタイプ。但しそれは体制内での上に立つ人間としての属性である。ところがその根拠となるヒメヒコ制崩壊の後。ばらきがふと気付くといつしかあおりとかづきが現状対応のペアを組み始めていた。しかもそれはばらきに向いてない農業神化である。後述するようにそれは追われ追われる故の必然的なものだ。が、それでは、ばらきは浮いてしまう。つまりどんな仕事も、彼は関係性の中でしかしたくないのである。自然を直接いじるかづきの仕事も直に才能を発揮する芸能神あおりのまねも癪だし苦手である。いきおい、喜んでくれる「人」をまず求め、開いているところに入る新しいところに入る。元々医薬とか技術とかも得意なのだが、結局は首長だったのだから組織の統括をやってみたい。そこで直の芸能神ではなく警護やマネージメント方面ならと考えてみたり。しかし大きい組織は全部天孫が担当してしまっているから、その他の全部に声を掛けてみる。

このあたりからなんとなく離散の萌芽があった。また後々、中世になると百太夫神社が八幡の管轄から「自由」にされ、一部は放浪の旅に出るし、家はあっても時には人形使いになり旅の人となった。ばらきはやはりこの人々にもついてあちこちに行った。あおりに鍛えられて旅慣れたばらきが集団で公演する人々の人間関係をまとめ無事に帰れるようサポートするのである。この当時ばらきは弁天などまったく意識しておらず、ただ神宮皇后だけを憎んでいたのである。しかし実はこの少し前他の二神に対し大失敗をした事があった。

その大失敗とは巡行のこの時期の最初の方で起こった、常世プロジェクト事件である。きっかけはかづきが山で秘蔵していた新種の天蚕を、自分を信奉してくれた里の人に分けてやろう、産業にしようと思った事。歴史に残っている常世事件ならばそれより早期だが、当時はヤマト港巡行期だったせいか彼らはこの件を知らなかった。そして試みは以前と同じ方法で秦氏に妨害され、失敗した。

この試みにはあおりも協力した。かづきの天蚕に、あおりの先染めと織りの技術を加えるというのである。あおりは渡来系だし宇佐の豊国法師を担当していたから服飾関係は強い。彼女は元々豪華な織物を司るとされ、一時は古代の阿知氏に担ぎ上げられていた事もあった。但しこの天蚕、当時は飼育がむずかしく、また織りも染めも少人数で出来るが凄い技術がいった。蚕を牛耳っていた秦氏はあおりと少しは交流があったが同じ渡来系でも宇佐時代から仲は良くはない。一方、かづきの天蚕で出来る織物は少数だが蚕よりもっと高価で珍しい。つまりは「やまんばの錦」、シルクロード版だ。そこでばらきはこの宣伝を担当するつもりになった。秦氏が邪魔して来ないようにと、そこばかり考えて。が、秦氏は手を出すかわりに、むしろこれに「協力」してきたのである。

　高級な技術と異様な努力を要する珍しい天蚕の飼育について、なんと秦氏は、誰でも出来るものとひろめてしまったのだ。蚕の専門家が言うのだから人は信じる。楽して大儲け、そんなイメージを流布してくれた。やがて市場に天蚕とは似ても似つかぬアゲハの青虫が出回るようになった。噂はさらに劣化し、ただ青虫を拝むだけで富が得られるという事になった。かづきやあおりの技術はおかしな儀礼だけに簡略化され、気が付くと人々は青虫を拝み寝て待つだけ。そして全部の文脈を押さえた託宣でかづきが違うと言ってまわっても専門家が儲かると言ったのだから人間はそちらを信じるのだ。というより欲ボケで勝手に思い込みをひろめるのみ。飼うのが面倒とか織りが難しいとかちょっと思うと、逆に儲けたい欲望だけが残る故に人はわざと馬鹿になり甘くなり思い違いをした。彼らはやがてただの青虫を投機に使ったりしてそこから儲けを得るというところに流れて行った。それは蚕担当のかづきを落胆させ、あおりをも嘆かせた。大がかりにやろうと計画してあちこちで奇瑞を現しオリジナルをひろめようとしたばらきの顔は潰れた。でも老獪な秦氏一族はただ馬鹿で信じやすい人々に、そっくりの芋虫を提供しただけ、後は野山のアゲハ蝶でもなんでも箱に入れて拝み騒ぎ立てるにまかせただけ。そんな中秦氏の末端は陰でジャンボ宝籤を売りまくるようにただの青虫を「安くお分けした」。またブームを追っていても普通の庶民など、最初の天蚕が糸をだすことどころかそんな織物がこの世にある事も知らなかった。とどめ、その青虫を広めて神にした主謀者が捕えられ罰せられた時、秦氏は率先して、罪する側に立っていた。つまり彼らは表面に出て来てなかったから。

元々宇佐の頃から様々な内乱の経過で渡来系の同族が裏切り合う事はあった。秦氏とは何度も小競り合いがあったが、かづきの天蚕も元々は秦氏の系統なのだ。ただしこれでばらきは秦氏をはっきりと憎むようになった。

とはいうもののそれでぱたっと交流が絶える、といった単純なものでもない。この前後、御三神はごく短期に秦氏に呼ばれて（そのコネで隠れて）九州を離れマダラ神という神になりすましたりしているのである。天台宗の寺の後ろ戸にいて、仏教音楽の一種である声明念仏を魔から庇う神なのだが、役目がら芸能神でもあり、天孫の支配下で汲々としているような連中には務まらない。大々的流行神になるというので、あおりがマダラ神本体の男役を引受け、脇持のわらべ二人はヒメヒコ時代を思わせて他の二柱が担当。しかし能の翁の源流になるはず、成功間違いなしという現場に行ってみるとかづきが祭り歌の歌詞を嫌だと言いはじめた。ばらきはその子孫であると称する秦氏の系図がリセットされているのを見て変だと言いはじめた。一方あおりは日本語なんか、ふん、と思っている。どうせヤマト言葉なんか何言ってもいいもん、と鼓を叩いて、リズムを盛り上げる。それにそこは全体の歌詞の中では一番「穏健」なパーツだったし。

——ええ、囃せ、ハヤセ、はやせキンタマチャンラチャラチャラ、チャンラ、チン、チャン（誤引用）

やっぱり秦氏の仕事だから、なんか嫌だった、とばらきは言いはじめその後彼らの関与した能楽狂言は手伝わなくなった。故に人形劇の方をどんどんえこひいきする。もともと共同体の男ホモソーシャル的「母性」の神なのだ。一方あおりはスキルがありすぎるからレベルの高いものはなんでも平気で助けるが割とつめたい。その横でかづきは山の神単品、巡行自体嫌い。出掛けなくていいのならなんでもいい。移動の時は常に、ヤマネの子供が生まれたから見に行こうねなどと動物嫌いのあおりが騙して連れて行くだけなのでなんか、こう、心がばらばらになりつつあった。

で、結局マダラ神は「秘仏化」しましたよ。というよりやる人が引き揚げちゃったから、シーンとなった。だって音楽の根源にあるものを担当しようとすれば余程古い神しか出来ないから。しかしこだわらないあおりもこの時は秦氏の神にクギを指している。表立ってのサポートはやらないからね、と。まあ陰でいろいろ助けておくけどね、とか。こうなるとしかし湧出する生命力、リズム感とある種の「勇気」、それらは天孫の下で身を縮めている芸能神には期待出来ないし。こうしてまあどこも引き揚げるしかない、トラブル三昧ですよ。

それでも御三神はずーっと何百年もぐずぐずしていました。というか、先程記述した、あおりが水神、かづきが山の神、このペアで近場を巡行していればなんとかなるし、一方、ばらきの単身赴任もよく続くもので長年しのげたから。結局地続きに宇佐があって、天孫側も煙たいのは事実だけど、それでも一ヵ所に止まらなければそんなにうるさくは言ってこない。さ、ここで水天宮問題です。

――3　三神乖離編

九州は河童の本場である。特に佐賀の水天宮は河童の総元締めという説が現代でもあるが、実はこの説の基盤になるような事実を作ってしまったのはこの九州巡行初期のあおりとかづきの、二人三脚である。というのも、——。

　移動をあおりはなんとも思わない。でもかづきは知っているところがいい。手をのばせばなんでもある、具体的な場所が彼女の居場所だ。一方あおりは砂漠でも海上でも風の中に住んでいたマレビト神である。日本に来てからも仏壇より外が好き。お盆の無縁棚や川辺の精霊棚をほっつき歩き、中で平気でくつろぐ、共同体志向のばらきが「そんなものカラスでも食べないでしょ」と顔を背けるナス馬を齧る。棚が雨で流れた後の川辺に放浪系の行者がやって来るのを待って外法の頭蓋骨の中にもぐり込むのも趣味。マルチ才能神で格も高いのにいつまでも旅の恥はかき捨てと思っている。それでも宇佐はまだしも文化が入ってきたし、褒められるのが好きなあおりにとってばらきとかづきは気持ちいい生徒だったからいついていただけだ。が、かづきは違う。ごへい一本がぼろぼろになるまで、あるいは、さして奇岩でもないただ丸いだけの石が川原にころがっていたら、そこに三年でもいたいのである。しかも故郷を離れると不安で悪さをする。最初は、里の耕作と山の薪採り等の山仕事を自分と分担しようとあおりがかづきに交渉した。説明を聞いて、移動距離が最短でずっといられるのでかづきは喜んだ。ところが、実際にやってみると辛い。港巡行の時はあおりの肝煎りで地元も動物や果物を出してかづきをもてなしたけれど。すでに二人とも余計者だ。その上宇佐の近くで故郷に入れないとなると別種のストレスだ。かづきはついつい家畜の足を引っ張ったり、農家の外便所に紫姑神がいるのを見つけて入り込んだり、青い柿の実をいちいち全部おとしたりしたくなる。女神ではあるが姿形は子供に近いものがある。心も子供というか社会性が足りない。お産の場所を借りるのも慣れた所でないと嫌だから生まなくなる。そんなかづきがビザで来ている留学生と同じ立場にされた。一定期間である程度移動しないと応神八幡がつつきに来るのである。一方海を断たれたあおりはかづきなしでは困るから仕方なく妥協。春夏を田で秋冬を同じ場所の里山で暮らすという策を取った。ようは一村にい続けて移動と称している「脱法行為」なのだ。毎年毎年、あおりは春雷を呼び田に水を張り、五月は猿楽を盛り上げて田植えの早乙女に頑張ってもらう。夏は夕立の調節、水難の防止、大きい気象予報と台風の予防、でも田畑は結局全部かづきが細かくケアする。ただ収穫期の馬鹿囃子ならあおりは出来る。そしてここの年度納めは秋。秋になるとふたりとも田をあがり、貰った案山子様のお供えを包んで山に入り、山の神になる。木の実や茸を取る人の指導と擁護、植林、防災、でもこれも殆どかづきがやりあおりは天狗倒しと天狗囃子のみ。忙しいので山の神の時のかづきは大変怖い。正月はお神楽の指導をするあおりの逆髪をかづきが解いてやる。三が日山の神枠でお供えを貰ってから川辺に行き、水難避けの餅をかかえてとんぼ返りする。

山の神と田の水神の二人二役と言うと対等そうだが、音楽と水回り以外の殆どをかづきがやるから、あおりはそのかづきがぶち切れぬように、ケアするのが大切。しかしかづきは次第に荒れはじめてある年の秋、もうこの山は嫌だ元の山に帰りたいと川岸の泥の中を転げ回って叫び始めた。機嫌いい時は「やーう」で終わりだがぶち切れているのでヒョウヒョウと鳴きつづける。ついには秋の木の皮をいちいち剝ぎ回って泣きなきやつあたり、こうして感じ悪い山に登っていく。そう、伝承で田の神と山の神が同一人物、夏の川の神の河童が秋山に渡ってヤマワロ、山の神になる、と言われているのは実はこれなのである。それは、結局ヤマワロの川渡りとか言われる恒例の「ヒステリー」になってしまった。つまり学者はいつ河童がヤマワロになるか、同じか違うかなどと論争をしているけどそれはもともと河童でもなんでもないものだ。で、——。

　こうして何年かたってやっとかづきが山に慣れると今度は応神八幡から移転の打診に来る。結果、ヤマワロがいなくなったからあそこの山は悪くなったと言われるがそれはただ、直に山の面倒を見る細心なかづきがいなくなったからだ。つまりヤマワロと田の神とが。こうして地方は、荒れていくのだった。

　同様にしてヤマンバと天狗、スイコ様とオオナンジ、水辺のちいさ子と水辺の女神、山の金太郎と色黒の山姥様、名前は違っても結局はこの二人が「中の人」となっている。ペアの神だと判ると向こうは勝手に夫婦で祭ったりかづきを母にあおりを子にして子育てを祈ったり。またありがちだが白蛇でも出ると「名もなき神」のかづきを弁天と間違えて「善意」で幟《のぼり》を上げたりお姿を像に作ったりする。すると当時もうほぼ単独行動の癖にばらきが怒鳴り込んできて「なんだーっ！　このシマリス弁天というのはーっ！」などと幟をけちらしてまた移動となる。ばらきも初期は貴人の霊や無縁仏だの滝の竜神だの次々と配置転換していたのだが、天神等御霊系が一般的になってからは牛にものってない顔のかけたような、石の菅公の後ろにたまにいたり。

　但しこの移籍話が出た事自体も江戸時代になってからである。単独行動のばらきはずっと天神のところにいても文句言われるから、並行してひとりで北上し戻るという事を繰り返す時期もあった。あおりは海神で海渡りを警戒されるけれど海民でも共同体神のばらきはひとりでいれば海賊もしないだろうし、渡航目的もはっきりしているから割と自由に出来る。北から来た製鉄技術者が東北の託宣文化の細かい情報をくれて、ばらきはまた変名で白神の託宣に応募したりした。南方由来の華厳で武装した逃亡貴族である。教養のある大百姓の旧家で、秘蔵したオシラサマがたちまち「釣れた」のだが。

しかしオシラサマというのは馬神と女神、また女神と男神、ようするにペア神である。ここで、要、かづき、となる。北海道にも変わったフクロウとかオコジョもいろいろいるから、と関係ない場所の話までまぜ合わせ珍しい動物と遊ぶ事を条件にばらきはしばしばかづきに海を渡らせるようになった。白神の祭祀は短期間だからすぐ帰ってくるけど、かづきのいない時の里山に熊でも出るとあおりはパニックになるしかない。その一方で今までの「努力がみのり」、半分川の神という感じであおりたちと混同された九州河童の分布はどんどん増えていく。実はこれが因縁で水天宮側スカウトの出す条件がどんどん良くなっていたのである。しかしあおりは河童の件ではなく自分が直に認められたと思っている。その一方でかづきの留守の間に偽物のヤマワロが出回りあおりが熊に怯えている間に天孫色情神が河童を自称する。そしてクールなあおりが絶対にしないような行為をやっている。

水天宮行きをあおりが決めたのは百太夫とついに別れてしまったばらきが白神の仕事を長くするらしい事が気になったからだ。それは村の短期の祭りではなく、大きな屋敷にずーっといて蚕も全部やってくれと頼まれる程の屋敷神なのだ。立派な社があり、天から降ってきたオリジナル白神が三百年いるという。そんな一家の所有では天孫も強制執行でもない限りは手が出せないはずだ。ずっと楽にいられるから、もう動かなくてもいいからと誘われると、かづきは山じゃないと、と言いつつもつい考える。オシラサマも一種人形ではある。が、百太夫の人形劇と違いこの方が原始八幡の託宣に近い。もともとばらき、ひとりだけでは蚕はやれないのだし。その上で例の常世プロジェクトの天蚕を飼わせよう、とばらきはまた、思いはじめていた。するとと何百年前の話だよとあおりは思う。さてそうなるとまたふたりをやるまいとして応仁側はいろいろ言ってくる。権力の目から見れば勝手に出すお屋敷託宣さえ危険思想である。

　管轄外の場所のうさぎとかづきはまた遊びたがり、そんなトラブルが旅のきっかけとなった。自分がしるしを付けたうさぎをとった人間に彼女はちょっと言えない程ひどい復讐をしてしまったのだ。江戸屋敷の庭にはがまと狸が来るからね、猫もいるからね、と適当な事をいい、ばらきも結局納得し。旅に、出る事に。

——4　お江戸再会編

　有馬氏の江戸屋敷の水天宮とは、十八世紀の江戸における都市神流行の代表的なもの。先述のように、地方で言うと、いくつもの村々の神が統合され、そして個人や村等を濃く守ってくれる機能がなくなったあたりである。神は整理されて判り易くなり、国家神的にかっこうはついたけれど形骸化した。まあこれを経済的で無駄のない小さい神社、と天孫は称しますよ。しかし民草はただ自分達の神をないものにされ頼るものもなく放置されただけだ。またこのようにされた神々の一部は、落ちて半神や妖怪という体裁になり、まじないだけの或いはいたずらするだけの存在になる。その一方、——。

　さあお江戸です。村の神やうちの田んぼ専用の神と同じような要求で、都市に暮らす人々も個人のあるいは家族の、商売繁盛や縁結び、訴訟、仇討ち、病気平癒等の自分神を求めるようになった。この水天宮は、無論有馬藩から江戸屋敷に勧請《かんじょう》されたもの、お家騒動等をきっかけにいつの間にか町中の信仰対象になっていったもの。藩側も日を決めて一般公開している。屋敷神なのに社会的な流行神になり始めた。これが言うところの「なさけありまの水天宮」、インドのヴァルナという神を根本にした水天信仰の影響がある神社である。そこがあおりというシルクロード神をスカウトに来た、というので御三神は古代の感覚がふと蘇って、いい気分になった。そう、そう、これで長女の面子も立つというものであると。しかしこの時、当時の藩主は既に弁天を信仰していました。そうです三女の敵、宗潟三女神から独立して信仰され、いろんな女神様と時には観音とも習合している、まあ最強単独キャラって事ですけど。しかしこの時点で弁天の存在をあおりは、知っていたのでした。でもあおり本人は港を追い出された直接原因である神宮皇后以外はあまり意識していないし、これだけ仏教化したらもう別キャラだとも思っている。ああ、あの小娘ね、藩主が勝手に持ってるやつでしょ、ぷっ、あんな薄っぺらい女、とかあおりは思っただけ。そしてばらきには平気で、いいいいい、教えなかった。そう、末娘は、知らないで来てしまったのだ。しかしたちまち、ここの「現況」が判る。実は、弁天も一緒に公開していてこれを拝みに来る人が嫌な事を言っている。あおりもちょっとまずいかなと思い始めた。ばらきはなにしろ嫌うはずである。

宇佐の直接の支配者で男性首長、それが近い立場のよその目印山を管轄にしていた、宗潟三女神に追い出されたのだ。そもそもあおりと違って宇佐が本当の故郷なのだ。まあかづきはすでにもう単なる山の女神になりかけているが、今もローカルの共同体意識がばらきには強く強く残っている。その上まずいことに室町期、ひとつの事件がこのばらきと弁天の間で起こっていました。

題して七福神ぶすのかみ無断差し替え事件、ばらき様は、そう、またしても追い出されてしまったのだ。無論、ご存じ、とって代わったのが弁天です。福神の興隆、というか、七賢人、三女神等、神や偉人を本朝が好むめでたい数字で集める、神のキャラ尽くしという趣向は室町期にブームになったものであります。但し日本書紀のおめでたい奇数というようなめでたさと別に、これは仏教のさとり八正道とか三宝とかのニュアンスで福神を集めブームを誘った。この時にまた、典型的すぎるトラブルがあったのがこの、七福神で。

その発祥の時もともと七福神が仏教系であるせいか、また滑稽なものが流行だったのか、最初に出た絵では飄々とした老人やデブキャラの布袋、毘沙門も軍神らしくはなく全部が明るく楽しい三枚目という感じの絵であった。故に、実は最初乙御前《おとごぜ》と言ってもこれは三の線の巫女キャラなのですがばらきをモデルにと頼んできたそうです。細かい専門職の神という感じであちこち営業してきた、また人形使いと旅回りをして培ったその顔の広さが認められたのか、というか、やはり当時はぶすのかみさまのめでたさが一瞬許されたのか。いや、発足後たちまち「ちっ、とんでもねえもん作りやがって」と言われていたのか。ともかく、彼女は、今で言うならグラビアアイドル的にスカウトされた？　という事になる？　のでした。こうして例えば狂言の中で、つまりわわしい女も出て来る三の線キャラ容認派の芸能において七福神を歌ったその歌詞の中にもばらき姫はちゃんと入っていた。ところが、それがある日、いきなり変わっていた。えびす、だいこく、あ、おとごぜじゃなくって、……今日から君、べんてん、ね。そうそう紅一点が、ふいに弁天化されていたのである。予告とかなかったしキャンセル料もね、という事で。ま、あとは吉本隆明の共同幻想論のごとき理不尽さで「燎原の火のように」、画像も、ざーっと、である。こうしてばらきの顔が失せた後には、美人アナとブサイク男文化人討論会、のごとき弁天七福神だけがひろがっていった。そりゃあ、五世紀以来、権力がバックアップしている三女神から出て、ひとりキャラ立ちした有名美人です。さすがに容貌だけではここまで出来ません。「実力」でございます。

ほどなく、あおりにひとことも言わずばらきはたまたま目についた人間の巫女を連れて東北に行ってしまいました。元々のマレビト神より気まぐれになっていた。激烈なままで根性が据わってきた。

その他、それ以前、かづきとばらきがヘキ地の土地神にされようとした時、ヒメヒコ二人共が嫌がっているのにあおりがバカにしつつ「いいじゃん」と言った事件とかこだわりとしこり？　いろいろありましたよ。そうそうこんな絨毯爆撃の天孫神話、その中で人々に拝まれ、頼まれ、その願いを叶えてあげようとすると、時に仲間でもケンカしたりやけになってしまうのも無理ないことだった。

まあそういうわけで、地域密着型の山の神や水神や屋敷小童神、また道祖神、性神は、というと堅苦しいが、ぶっちゃけていうとやまんば、かっぱ、すいこさま、ざしきわらし、こんせいさま、えびすさま、（ちゅてもオオクニヌシペアの方ではなくて水死体系のまたはえびすかき等の人形劇で演じられるえびす）といったような、個人には時に福をくださるものの時に祟ると物凄い、中にはよく悪戯もする、そういう小さい神々のあり方は実は全部この御三神が背後にいるわけです。それなのに少し盛り上がるとすぐ統合化され、普段はまた多く冷遇され、たまに成功したオリジナルはいつも全部劣化大量生産され、新しい視点はさっと簡略化される。そんなわけで御三神方はここ千五百年、新企画に成功してはいるものの経営にはいつも失敗して来ました。

しかしそれがむしろ真の神の証拠なのですわ。

要するにそもそも笙野金毘羅がそれでも屋根の下にすみ、猫をなんとか医者に見せたりしているのは、まだしも人間から見える範疇にいるからというか、ただのぶすに属しているからである。だって私ならばクビになる時も、追ん出される時もけしてあっさりとは出ていきません。ありとあらゆる事をやって、世間にアピールしてしまう。それが自分の分際、使命、宿命と心得ているからです。つまりはぶすのかみではなくただのぶすなのです。でもね、御三神は、違うね。


御三神とは何か。それは新世界の卵、無限の可能性を秘めて千五百年割れない殻を持って。


え、ちょと持ち上げすぎやしませんか、だって？

まあうちはパソコンばかりではなく、この今執筆中のワープロすら御三神ウィルスに侵されているのです。だって最初に異変が起こったのはわざわざ中古を探して買ってきている、この貴重な機械の液晶なんですから。しかも私の原稿がお世話になります印刷所にさえ、御三神の祟り、というか世に対するお怒りは反映され、もしも私めが御三神に対して少しでも疑いをさしはさむと余計な打ち間違いやら誤変換がどんどん出現し、乱れた文章は雑誌にそのまま残ってしまいます。

しかしなんかこれでは私が御三神に傾倒して公式サイトをやっているのではなく、まるで脅かされて言うことを聞いているみたいですけど。でもまあ聞かざるを得ないですよ、ここまで可能性に満ちて長年不運だった永遠の新人《ルーキー》みたいな神様であれば。私風情、まったくセコ俗化のせいでなんとかこの世を生きている金毘羅が世に広めるほかないのだと思うのであってっ！

――5　水天宮再会編

かつてあおりは一度、紫式部の夢に自分から侵入して源氏の死に方を三通りくらい口伝で教えてあげるという事をやったのだそうです。式部は、うーんと言って鬱になり結局何も書かなかったという事です。当時の応仁エリート読者はそれを見て満足し、「ここには、なにもない」と喜んだという。でもその頃、あおりはせっせと猿楽の萌芽をも育てていたらしい。

そして今は、現代のひとり運動家を励まそうとしても、彼らは宗教を批判していますし、言ってもきかないとあおりは嘆くのです。

この、あおり姫が有馬氏江戸屋敷の水天宮から飛び出したのは弁天公開からもう少しだけ後。といったってこれも元祖マレビト神、あっという間です。とはいうものの中国で狐妃やっていくつも国滅ぼしてきたからとふかすのが常のあおりは、自分をぶすのかみ中では絶世の美女と信じており、本質、たかが日本の他神へのライバル意識がありません。だから未だに弁天がどんな顔かも覚えていない。ただ、彼女を激怒させる事は別にありました。今は牡蠣殻町で子育て安産縁結び、の水天宮は、その一方で河童の総元締めと言われています。それが自分と関係あるとは夢にもあおりは思ってなかった。ところが「わらわ、ヴァルナ知ってるから」と鷹揚に考えてやって来たあおりをどうも、河童稲荷、という役どころで屋敷のつくばいの側に石ころを置き、水場の守りにつかうらしいと察知したのです。日本のトイレの神様は実は烏枢沙摩《ウスサマ》明王という有名仏教神で、その事をあおり姫は知らぬわけではない。しかし河童というのは仮に少々似ていてもやはり違う存在。ていうか何よりなんで、なんでまた稲荷と習合か、どんなに土俗レベル仏教レベルで稲荷が優秀でも、それはあおりにとっては最低の徴税神である。こうしてまたしてもかづきの手を引き、彼女も出て行った。最後の復讐に江戸屋敷の多くの人を孕ませておいてね。ふん、出来るのだ。神の性別なんてすっごいいい加減だから。それに男子妊娠だってさせているのだもの。しかし全員ともかく無事、母子とも元気であったのはさすが水天宮。ただ七十歳以上の女性が双子を産むわ、男子若侍があまりの陣痛に切腹しかけるわ大変だったらしい。またこの時、池袋出身の女子職員は妊娠してなくても全員、解雇されました。それはあおりが天狗おどしと呼ばれる木を伐り倒す音、かづきがヤマワロの渡りのヒョンヒョン音を、仕返しとして流しつづけ「告発」を試みたせいでありました。通常池袋の女性の怪は、器物が空を飛んだりという形でもっと具体的なのだそうですが、まあ神罰というと神の内紛みたいでまずいと思ったのか、水天宮側は雇用者にその原因を押しつけたという事です。ですのでその怪異自体も突っ込まれないよう、記録に残したりしていません。あおりもかづきもこの餞になった方々におわびとしてそこそこの金運と健康運くらいは渡していったようですが、しかしその後、特にぶすのかみなお女中にまでもて運をさずけようと鼓を片手にちゃんらちゃらちゃら夢枕に立ったあおり姫に向かい、このお女中の方はすぐ河童よばわりされ、そこでそれ以後のフォローはなくなったということですよん。

——6　愛宕山神社冬眠編

格子戸の御社の中は丸い石です。直径は五〇センチくらいかなあ。古い女物の襦袢のような布が神幕の位置に何十枚も重ねて奉納してある。なんとなく粟島神社のようなお礼の仕方です。しかし鳥居のすぐ外に維新政府が撤収しなかったらしい馬頭観音というのはよくあるパターンにしても、なんかこう来歴不明ぽい神社になっていますね。例えばここ、途中でどこからか持ってきた享保年間の手水石を「寄贈」されていたり。ちなみに男女両方のエッチ石はもうありません。埋めたんじゃないの、という事であった。でも青面金剛観音の恐らくは地震ではなく明治維新の神仏分離政策で割られたものは、わざわざ元の住所から運んできてあり隅に積んである。なんで？　そんなの邪魔なんじゃないでしょうか。あっそして石物は多くともこの神社で講をやっている人はいません。でも賽銭はなぜか割りと入っていたってさ。それを定期的に神主ではない一般の方が細長い棒を入れたりして「さらって」ゆかれるって。但し食べ物しか買わないような感じの「さらい」方であります。

さて、水天宮後の彼らはばらきが巫女連れで北上、あおりかづきがペアで近郊ヤマワロ生活、慣れているとはいえランクを考えるともう「失うものは何もない」状態である。が、ばらきはすぐ御殿のような檜造りの旧家のオシラサマにおさまり、あおりペアは相模に入って寒川神社の無願のところに寄宿するうち、元の神が家出（要は未申請の無許可神社が空家化したのである)、各々何十年かの間今までの中で一番安定した豊かな暮らしをしました。そしてかづきは少し寂しいけれど元雄同士はもう仲が悪いし。無理には一緒にならない。ただ、これでめでたしめでたしとはならなかった。そして江戸での「一族再会」さて、その理由は、

詐欺に遭ったから

ある日、インチキ人生相談と、女衒の下請けもやっている欲ばり巫女、ぶすというよりひどい凶相である。これが鼻血を出して三日三晩、名も知らぬ御三神を呼びに呼んだのだ。たまたま。釣れる設定の神よこいこいと。まあどんなトランスだって共通点があれば神には聞こえます。名前のない神故に立場も弱いですし、しかしなんで応えてしまったのかねえ。ともかくまずばらきが釣られてしまいました。「え、宗潟三神の対抗キャラだって」、次にかづきが「うう、猫いるのそこ? 良い猫かな」、そしてあおりが「池袋出身で困ってるだって、ああ前に迷惑かけたなあ江戸屋敷で」。一方、口からでまかせのこのイカさま巫女、トリオで働いてくれる福の神を捕まえてもうけたかっただけ。

えええええ、福神の取りそろえは永遠の流行、しかしこの時の江戸は妖怪ブームです。加えてこの巫女が悪人。まず師匠でない人の名を騙り善人をだますしあちこちで嘘をついていばり、加害者なのに被害者を装ったり。貧乏だと同情を買って人の仕事を横取りした金での贅沢自慢をする。でもその結果、また金を借りています、つまり、確かにトラブル続きでいろいろと不幸。一方御三神は自分達が実際に不幸な目に遭っているので嘘でもなんでも不幸話をされると

すぐ同情する。とどめに天孫神から祟りを受けた復讐をしたいとか言われると責任感じます。

要するにあることとないこと言ったわけですよこの愚痴ったれ巫女は。内面は真っ白でなにもなくとも、ただ恨みと打算でぎゃあぎゃあわめいて、濃くみせかけた。御三神は苦労人の割りに、所詮古代神です。

確かに当時の江戸で、水天宮、金毘羅程ではなくても宗潟神社は多かった。その上求む女の神です。こいつったらまた、あたし女だしい、神も女のほーがー、とか言いながら男に流し目、あたかもラカン、クリステバを誤用するイカフェミニズムのごとし。

その結果、江戸というより東京の在でご開帳します、こうして御三神は恵まれた地方の生活から、ボロ屋の神棚の貧乏長屋ライフへ。いざ来てみればわざと下品にした祝詞や俗物託宣。なにこれ、こんなの、きいてません、の世界である。というかプロモーション用の御神姿が、ひどいっ！　そして名前もひどいっ！　歯型三女神だって、歯痛と食い過ぎと後は金儲けの神。そして、「華厳ってなんですか、新種の外郎かなーっ」て巫女は言うだけ。

インチキ薬を売りつけておまけの御札の画像にされる。最初からパロディ枠です。だったら宗潟の関連商売じゃん。だって隣に美人が三柱描かれているそして御三神の姿を笑ってる。だって、――。

まずあおり姫が天狗形です。それも鷲鼻強調、縮毛逆髪神という一番本人の否定する角度で花魁ファッション、かづき姫は乙姫衣装で顔はオコゼの山の神にされる。そして一番ナルシストのばらき姫は鬼の念仏のような尼僧ルック。別バージョンであおり姫河童、かづき姫鬼系の山姥、ばらき姫猪八戒モードの乙御前というのも試みられている。筑紫の海際の霊験あらたかなぶすのかみ、まあぶすのかみとは言いませんが妖怪すれすれの神の託宣があったと大嘘をつき、グッズを売り占いをやるわけだ。巫女は悪賢い。それも御三神の実績を知った上である。で、——。

細かい仕事を一番馬鹿にするあおり姫が巫女のお伺いに全部淡々と、いちいちてい－ねいに、答えてあげていました。もちろん、最悪の結果になるような嘘を。

笑って笑ってぶすを厄除けに、鬼も逃げます虫もわきません、という、判りやすくお安いレトリックに御三神は激怒。今回また何より怒ったのは頭に皿を描かれたあおり姫ではなく、弁天を妬むと説明されたばらき姫であった。というか神と称していても付喪神《つくもがみ》扱い、妖怪枠で宣活されてしまったのだ。ちなみにその時の設定はあおりは古皿の化け物化したもの、かづきは歳を経たオコゼの化け物、ばらきは貧乏とっくりという判りやすさである。そういうわけで御三神は好きなだけ凶神化してしまいました。さあどんなふうになったのか。だって託宣を外すだけじゃ懲りないんだもの。

まず、御札を買ったり、薬を使ったりした家に次々と不幸が起こってくる。それもあまり人に大声で堂々と嘆く事の出来ないタイプの不幸である。まず薬を飲んだ嬶《かか》が過食を始め家出をする、亭主が性病にまたは不能になる、家族全員のお尻にドーナツのような大きいおできが出来る。朝起きると家中の器物全部に動物の糞がていさい良く盛ってある。その上見も知らぬ遠い国からいきなり借金を返せとか次々言ってくる。お櫃と仏壇と戸袋の中でいたちが子供を毎日産んでいる。豆腐からは頭に南無八幡大菩薩と一字一字浮かんでいる無数のなめくじが湧いて出るし、畳の破れから人間の小指だけがはい出てくる。天井から夜中にぷぷんふんという名の今まで見た事のない動物が降って来てしきりに何かしている。朝起きるとそのぶぷんふんは実はぼた餅の上にていーねいに火鉢の灰を塗り付けていたと判る。その上ぶぷんふんは一家の帯を全部バラバラに切って赤ん坊の穿くような小さい足袋に勝手に仕立てなおしてずらりと並べてくれてある、またその足袋の底には全部蛸の吸盤が生えていてああ怖いなどという怪が起こりに起こるのだ。無論その間、日の出とともに娘の晴れ着を勝手に着崩した河童は廊下をしどけなくスキップするし、猫尻尾の生えた可愛いけど見知らぬ子坊主は障子に創作梵字をなぐり書きするし、むっちりぶさいくの乙御前は夜目にも鮮やかな緋の袴で一晩中逆立ちしたままどこかから持ってきた酒を飲んでいるし。

でもその酒の請求は当然、後から来るのです。そして、御三神は、払いません。

だーれがぶすのかみかわらわたちの顔を三の線の商売に使うものはこのようになるぞよ、と言いたかったのだ。無論、巫女は、――。

出奔しました、以前白神が入っていたはずの箱を残して。しかし、まずい事に、折角繁盛し大切にされていた屋敷神と寒川無願のポストはもう埋まっています。応仁側がさっと来て素知らぬ顔で配置して行ったという事である。ムナシー。御三神とも鬱になりなすすべがない。そこで箱を拾った損ばかりしている善い行者について（彼は自作の土俗札を入れるのにこの箱を使ったのです。この時にばらきだけがちゃんとつきあって夫婦円満と虫封じを務めてあげました。あおりとかづきがさぼっていると、「母性」ばらきはむしろやさしい）転々とする。その後、宗潟神社の多いここにわざわざ落ちつく羽目になってしまったのは、そこで丁度箱がぶっこわれてしまったというういきあたりばったり。またなぜ箱がぶっこわれたかというとそれを持ち運んで拝み屋をやっていたこの心の善いお方があまりにも起伏の多いS倉の崖を、名水故にうまい酒を飲みすぎて酔っぱらって、歩いてて落下した、から（ぎゅんぐらっちゃっどんちゃずんちゃ）。

んで、箱が壊れたせいで御三神は自由になりました。というより自由になろうかな、とやっと思い付きました。びっくりしてやる気が出て来たのだ。でも、――。

そこは宗潟神社の多い苦手系の場所。ただもう日本中苦手だらけだし、それにここは古い土地で御霊系の仕事はともかく縄文異端神ならなりすましでいける……。

麻賀多神社というのがあちこちにあって、そう、そうこれが、そそる感じ、とかづきは思いました。中でも干拓地のさる小さい社には明治期お世話になった。だって訪問するとどこかで根が繋がっているはずのかづきに似た顔の女神が出て来て、「あらおたくも焼き畑農業神だったの、まったく維新だかなんだか知らないけど大変ね」などと言って穀物を分けてくれたし、ふるーい沼地神の戻ってきたの（これは水辺のオオナンジで干拓地が出来た時に戻ってきて新社に入り込んだヒトです小さい男の童神を連れています）も軒先を貸してくれる。そんな時に気まぐれな行者が木の根元に小さい御幣を一本立てて塩をひとつまみでも盛っていってくれれば、別にそれで賽銭が増えるわけでなくても御三神はなんとか顔が立って居つけます。こういう時はすぐに古代史を振り回すあおりも「維新難民の神」みたいな顔して淡々と黙っている。ただそういう社でも少しずつ「名義」が変わってくる。数年眠っていて、起きたら粟島神社が八坂神社になっていて「摂社で八幡入りますから出て行ってくれますー」と追い出されたり、無論そんな時の八幡てば自分達ではありません。応神八幡なのだ。また比較的自由な麻賀多でさえも、「義理の娘と同居する事になりましたごめんなさいねえ割りと細かい事を気にするヒトなので」とことわられると引き下がるしかない。麻賀多の御祭神は延び行くものの神、育てる安産の神。そしてイザナミのおしっこからお生まれになったきさくなお方だけれども実は、あの徴税神話の書類上は稲荷、ウカノミタマの母親という事になってしまっている。というか天孫全盛の世の中を、古い神はそういう戸籍貸しみたいな事で細々生き延びたりしているのだ。

つまり、規模は小さくなったけれど、構造は日本巡行の時と同じ、でも今度は神宮皇后もいちいち餌禁を言いにきたりしません。「ほっといても組織がやってくれるわよへっへー」てなもんである。

まあこうして結局地元の天孫神とのトラブルも起こってきますしね。あおりは根っからのマレビト神ですからどっか行けばいいと思っていて好きなようにするし。かづきは山全体、土地全部が自分の物という意識を最近はあおりから植えつけられている。そしてうるさくなり始めた麻賀多神社のトーテムのうさぎやあおばずくをまたしても平気で構っています。普通は怒られないけれどそこは都市部で、摂社にお伊勢まであるスタンダード神社。神主が出て来て注意すると多産の癖に根が子供ですからいきなり境内一の大木に雷を落としたりする。そんな中でばらきは問題を起こしたら自分達の負けだと知りきっていて二人にいちいち注意をする。しかしそれどころではなく、出て行く前にすぐ、たちまち神仏分離が起こってしまいます。人の魂が入った人間のための神、徴税のための神ではなく本物の神、そんな神のいる神社をまったくなくそうという運動が始まっていた。一方お寺の多くは葬式仏教にさせられてしまい、というかこちらも仏教専門にされる。その上御三神をおんぶして山を走ってくれた修験さんたちが山伏禁止令、南の方もユタ禁止令、で公式上はみな、いなくなってしまう。全国の神社統合もきつかったし、その後は戦争責任ですよ。と言ったって御三神は戦勝祈願の神ではないのですが。ただ、地方ですし千葉ですから、伊勢のような典型的な土地とは違います。ほんの少しでもいるところはあった。

でも気が付けば山にあった土俗神もいつのまにか伊勢神宮にされて嘘井の駅前に配置されているし、オカルトブームしかない嫌な努力の世。人々は祈りを係数化し出世競争に使うためのラカンを読んでいる。本当に名もなき神みたいになっている自分の姿を見て名も無きの方がましかなー、と御三神が言ってると、返事もない。だってどこの水神も山の神も取り壊されている。まあこれじゃ、

冬眠、

あるのみです。

さて、神々の寝入りばなには村の共同の土地の上にこの、あたご様は立っていた。起きたら、地権者が騙されて個人の土地であるかのように共有地を書き換えられていた。無論地権者自身は何の得もないのに、脅かされて、である。結果そこは造成地になる事になった。つまり神社は取り壊し。移転先もない。ああ地価格下落しすぎなのに、建築も冷えてるのに。

ともかくこの神社から出て行けばそれは最後の、——。

御巡行である。

――5　その時作者はあばら屋降臨

十月三十一日ハロウィンの日、書斎の窓を開け笙野は驚いた（がうがうがうがうがう）。沼が見えるのだ。移動したのかなあ。いや、周辺の木が伐り払われて視界が開けたのだ。凄い、きれい、でも、ムナシー（がうがうがうがうがう）。

開発の結果広い水道道路を挟んだ沼側の崖に建売が並び、販売の幟《のぼり》がここからでも見える。来た頃から少しずつそれは進行していた。住みついて八年、沼際の道が今はこの窓から眺められるのだ。でも気づかなかった。そういう生活だった。いつも何か起こっていた。不運というよりは宿命に囲い込まれるように。おおおお沼際の道を走る車イコールチョロQ。へいへい風のないハロウィンついに猫の回復。それにしても、――。

家はまだ売れるのか経済はまだ、冷えたままなのに。そして郊外帝国S倉のビルはパチンコ屋になり便利な店はなくなる。緑は減っていくのに夜景は暗いまま。いつしか、変わった景色を笙野は目で追っていた。しかし、今からしばらくの間この窓は封鎖するのである。確か竹藪の向こうにも神社があったがなあ。ああ、あたごさまだ。

あたごさま、それは、母を殺して生まれた火の神の社、でも今、そんな火の神が本来ならマザコン母子神の駐屯地であるはずの水際にいる。そう、そう、なんでこうなったリストラの一種かな、それにしても、ここまで木が減るようだとあの神社もそのうち「こっち来る」かも、しれないですわねえ。

あ、ちょっと自分余裕出て来たと笙野は思った。だって年末でドラは十六になる。きっとなると思う。不安の影はあるけど。ああ、（別にまだ大晦日でもないのに、）自分にとってはいろいろな事が消滅する一年であった、と笙野は思った。十五年使ったチタンフレームの眼鏡も蔓が折れたし、八年履いたスニーカーの底も抜けた。メールアドレスも変えてしまったし叔父も亡くなった。叔父の葬式には行かなかった。ドラの病名はあの時は癲癇だったけど発作後二ヵ月、半日の外出も心配だったから。叔父は三重県在住で笙野と叔母の間に嫌な歴史があり、交際も絶えていた。

猫は、その年の初め神経系のトラブルと老化のための脊椎湾曲と診断されていた。ジャンプ力は下がったけど元気ではあった。筋肉が落ちて瘦せてしまったのを別の病気だと思って検査したら原因は老化。次第に歩けなくなるかもしれないと言われた上、治療は年齢やドラの性質を考えあわせるとむしろしない方がいいとも言われたのだ。この病の猫がこの年でここまで健康なのは稀なのだとも。

十五くらいになると普通猫は寝てばかりいて歯も弱り目も見えなくなってくるという。また、二十まで生きるのは殆どが三毛猫でドラは難しいと。なる程ドラは鯖虎だ。が、裏白のぽんぽんにはひとつだけ茶色の丸い模様がある。でもこれを三毛と呼んでみても三毛猫とは言えない。

三毛猫でない猫の十六歳である。それでも白内障すらなく、中年でデンタルケアした歯は（がうがうがうがうがう）丈夫で真っ白だ（がうがうがうがう）。血液も内臓も若いままだし（がうがうがうがうがうがうがう）でももう年なのか……。

　二月に入った時治療法がないならせめて現状維持をと、医師に相談して、安全性の高いサプリメントを数種きっちり、一ヵ月飲ませた。猛獣はそれまで好きなように生きてきた。何かを強制されたのは初めてである。そしてたった一ヵ月で激痩せした。東京の医者にも電話で相談し「二人の良い時間を」と言われたので薬を切った。関節痛用のものだけをごく少量にして。

　あの時は投薬のストレスで痩せたのだと思っていたけれど今思うと脳が原因かもしれなかった。食べていても痩せてくるというのも症状にある。ただそれでも三月から薬を止め外気に触れさせ、全力あげて食べさせると体重は戻り、元気にもなった。以後笙野はずっと猫を見張っていて食べたそうにすると食べ物を出す。食べるか食べないか、朝から晩までそれを考えている。魚屋で定価の魚をさっと何種類も買う事もある、三日にあげず猫缶を二十個以上提げて帰り、神戸のおやつ屋から猫おやつを箱で取り寄せる。これで無事、と思っていた。思い込みたかった。そのようにして、——。

　小康状態の猫と静かに暮らしている間も、笙野との口論に負けた論客から提訴予告が来たりはしていたのだ。弁護士に対応してもらうと提訴するかわりに脅迫的な手紙を寄越してきた。提訴期間が過ぎてもネットに訴状が出ていて彼女の弁護士の実名を書いた新手の中傷も付け加わった。他に笙野のところは年来えらい人から怪電話がかかって来ていて、それが次第にひどくなり何度も原稿を落とすはめになった。校了中や締切り直前に嫌がらせのように何度もかけて来ていきなり切ったりする。それは笙野が文学上頼る人を排除し続けてきたばかりか、笙野本人も四半世紀嫌な目に遭ってきた相手である。その上また、笙野の仲のいい作家が死んだり病気したりすると喜んでかけてくる。陰で足をひっぱっておいて「励まし」に来る。そこで信じられないような服従儀礼を望む（断る）。昨年初めから笙野は電話に出ないようにして過ごしていた。六月、知人を偲ぶ会の出席も断って猫といた日、良い魚を買ってきたのにドラは食べず、体が硬直し息遣いがはげしくなった。背中は板のように手足は紐のように。死ぬのだと思った。が、発作なのだ。老年性の癲癇であった。医師は慣れていたが飼い主の多くは、死に至ると最初仰天する。

　フェバノールを少量使うかどうか。投薬で寿命の縮まる猫なので出来れば避けたい。

そんな危機のピークに怪電話もピークになっていた。猫が二度目の発作を起こした次の早朝、医者の連絡を待っているとかかって来た。足元に来ていたドラはそんな笙野の顔を見てから階段を転げおり、風呂場に駆け込んだ。その日から猫は夏の一ヵ月をそこに閉じこもり、笙野は窓を開け猫トイレと食事を運び浴室で暮らした。

　怪電話の番号を迷惑電話お断りサービスに登録してからもつきまといは続き、そうして大きな仕事が遅れるうち版元の事情が急に変わった。結局その年の年収は予定の四分の三になった。

　そんな減収を埋める工夫と節約をしているうち、九月になった。猫の出費は増えているけれど、絶対減らせない。年寄りは秋に家出から戻るように二階に戻ってきたが、浴室の外で見るとまた痩せている。その上、食べなくなりはじめた。医師と相談してステロイドを使う。一階の庭にドラは下りられないので、二階のベランダに鉢植えや土の箱を並べて即席の庭にした。猫は結局ＡＤ缶と取り寄せチーズを食べてくれて、ステロイドはほんの三日で済んだ。しかしいくら少量でも最終手段である。これが効かなくなったら終わりなのだ。まあ小康状態。

ずっと延ばしていた大事な打合せがひとつあった。駅まで来てもらった。その前に髪の毛だけ切りに行った。二時間もかからない。染めとカットももう別にしていたから。新しい文学の森を作る、そんな相談をずっとしていていろいろ「アピール」もしたのだったが、とりあえず打合せの席で、今は無理という話になってしまった。それから二、三日猫はおとなしく笙野は熟睡出来た。でも、実を言うとそれが異変だった。三日目の朝ドラが枕元に来て騒ぎ始めた。尾の先をなめて炎症になっていた。ストレスで？　そんな症状なら二、三日でもなる、と医者は言ったがストレスの原因なんて今はないはずだと。起こしに来ないのは不満がないから、と思い込んでいた。それから連日、——。

朝五時に医者に来てもらった。尾の炎症を気にしてか他の原因でか尻尾を齧る、二十四時間、見張るしかない。夜はキャリーに入れて枕元に、でもキャリーの中でも尾を齧るから結局そこから出す。エリザベスカラーを着けたら効果はあるけれど、それではこの猫は弱るだろうと医師が言った。その通り、と思った。やがて原因が特定出来た時、癲癇ではなくて痴呆では、という事になった。検査をしても治らない。ただ脳の中で何か起こっていた。家の中で道に迷っていたのである。帰れなかったのだ。

ドラは、ドラの好きな、机と書斎の窓で迷子になっていた。その時点ですでに、一気には登れないので椅子と箱で「猫用階段」を作ってあった。ところが今回はよじ登れても腰が弱っていて、または道を忘れて、下りられなくなった。そうしているうちにパニックになり、おそらくは「ストレス解消のため」尾をなめ始めたのだ。そうしていて何時間かすると我に返る。が、なんとか下りられても炎症になった尾はずっと気になる。ついに、齧るようになる。猫にも尾を攻撃する病があるのだそうだ。とても治りにくく、中には診察台の上で自分の尾を食いきる子もいるのだという。尾を切るしかないケースも。最初に、その音をきいた時の恐怖。（がうがうがうがう、がうがうがうがう、がうがうがうがうがう、がうがうがうがうがう）。

空耳なのは判る。当分笙野は脅え続けるだろう。ずっと側についていた時は眠らなかったから家の階段で時に滑ったりもした。その後二週間程は試行錯誤の日々で、一階へ下りるのもゴミを出すのも泣きながらであった。

やがてストレスだけでなくふいに歩行等が判らなくなるのだと納得した。今したい事、自分の来た道、方角、右と左、前と後ろ、いろいろ、消えてしまうらしい。例えば道が判らない事がストレスになるのだ。つまり判らない状況に追い込んではいけないのだ。能力のおとろえに気付かせぬよう、工夫するのである。そこを納得してから人間の認知症の対処法を見たら同じような事が書いてあった。

笙野のタータンチェックのホームドレスのポケットの中にはちょっと前まで、キャンディー型に包装した猫用のチーズがいくつも入れてあった（がうがうがうがう）。最初の時期、枕元でがうがうがうがうがうになった時はまずチーズからだった。ほら、ドラ、ほら、ドラ。がうがうがうがう、トイレ側でドラが、がうがうがうがう、になる。ほら、ドラ、ほら、ドラ、砂の中からとっさに丸いものをすくい上げて投げる、ほら、ドラ、ほら、ドラ、——。

ペントナイトの砂で固まったころころの猫糞を見せる。或いは目の前でかさかさ音を立ててドラの視線をそらさせる。それで猫は尻尾噛みをちょっとだけ止める。体はまだ健康だし。QOLはいい。がうがうがうがうさえなければ幸福なのだ。

しかし少しでも安心して目を離すと獣は思い出してしまうのである。まずは毛繕いをちょっと。でもすぐ尻尾に来る、止まらなくなる、やがてそれは敵に見えてくる。炎症が出来ると猫はそこを虫が噛んでいると思うだけだ。あるいは剝き出しになった尾の先が敵に見える。やがて尾を攻撃する事に理由がなくなる。我を忘れて齧る。というか自分が何をしてるのかも判らなくなる。がうがうがうがう、ほら、ドラ、ほら、ドラ、チーズ、うんこ、チーズ、うんこ、「だまされないぞっ」とついにドラは言ってくる。窓を二十回開けさせる。猫缶を十種開けさせる。全部をすっとまたぐ。苛立って鳴き、吐く、衣類に登る。貴重品を蹴散らす。笙野の手を噛み、引っかくと血が出る。しかしそれで我に返ってくれる。出した食事がヒットすれば良い。早朝から何も食べなくても夜は食べるのだ。それでも毎日心配で発狂しそうだった。年寄り猫なのに起きてばかりいるし。

検索するとかなり難しい病気で雄に多いらしいと見当が付く、やがて、癲癇の治療に使っているのと同じ薬で治ったケースを一件見つける。九月の激痩せから少し止めていたら発作が一度起こった。が、悪化して来ないので食欲を重視して薬を切っていた。でもここで医師と量を相談し薬を再開した。尻尾を見えないようにすると一時やめる子もいるというのと昼間日光浴をさせると落ちつくという記事も見たので、両方試みる。ペットシーツを二つに折ったもので尾の先をすっと隠すようにする。つまりずっと猫を見ていて絶えずそうするのだ。むろん時に逃げ回るし、シーツもすぐ外してくる。根気だけである。しかしともかく、「見えなければ敵はいない」のである。寝ている時も毛が生えてくるまでは尾が座布団等の陰になるようにして出来るだけ工夫していた。

がうがうがうが聞こえると隣の部屋から走っていく。浅く短く眠って見張りをする。すると食欲が落ちたのを防ぐ方法があった。ステロイドではなく胃壁を保護する薬を癲癇薬と一緒に、飲ませるのだ。薬が嫌で胃が荒れていたドラは食べはじめた。

その頃から私がドラの脳になればいいと笙野は思った。人間の看病なら葛藤もあるだろうが猫には今しかない。しかもその今とは長年知っている笙野への信頼の上に刻々と発生しているものなのだから。

机から笙野は自分のワープロを降ろす、床から机まで、スロープは無理でも出来るだけ段差の少ない猫用階段を今から積み上げる。ずっと観察していて判ったのだ。この観察は医師ではなく飼い主のする事だ。ドラを机に登らせて下りるのを助け様子を見る。

もともと、登って下りられなくなる事を猫は覚えていられない。或いは覚えていても、欲望に負ける。

ドラが窓に上がり景色を見ようとする。衰えた足腰で椅子のクッションに爪を引っかけて登る。その後同じ道を戻れないと笙野は見てとる。下りが怖いのかもと階段を加減し、昇降別コースを設置してみる。すると今度は選択を要するため道に迷うケースが出て来るのだ。そこで行く先をしめし、声をかけてみる。さらに違う道をボードで遮るとスムーズになる。やはり下りる時の方が腰もきつそうだ。それは苛立ちだけではなく、不安もあるのかも。だって下りられないとなんでもなかったふりで猫はまた景色を見始めるから。そして毛繕いが……但し今は、「ドラ、だめ」。これで我に返るようにもうなっていた。こうなるまでは何度も絶望したものだ。猫は、結局窓から下りると方向が判らなくなるようであった。故に、当分、窓を隠すしかない。老化が進んでしまったドラの足腰のため、猫用階段も部屋の床を横断させるしかない。そうすれば窓は禁止でも机の上でドラはまだ寝られるのだ。ただ、ワープロに登れば足を滑らせてパニックになる。また机のどこから下りるかを選ばせてもパニックになる。今のドラは選択出来なくてそれがストレスになる猫なのである。

私はこうして、机上に物を並べ、ドラがひとつのコースしか歩けないようにした。そしてワープロのあった場所に好きな猫ハウスをおき、そこが目的地であると思い込ませた。猫は一本道を行って戻るだけ。書斎は全部その事のために使う。

猫と自分これでもうお別れかと思う日が無事にすんで、少しずつ覚悟が固まっているように思えていた。けれどそれはただ悲しむのを止めているだけだ。とはいえ、なんといってもまだ元気で生きているのである。多分、無事に十六になってくれるだろう。猫のものを買いに外に出ると「上のが十六歳なので」とすでにもう笙野は言ってしまっていた。それ以外に外に出る用はなかった。

この部屋で、ガラス越しに外を眺められる時はいつも、ずっと窓辺にはドラがいたのだった。笙野は窓の景色を見ないでドラを見ていたのだ。自分の猫の、むっちりした首や雀の子のような頭悪そうな後頭部を。また彼女の性格そのまま、激烈に鋭敏に「外」に反応してぴりぴり動く尾を。猫の尾のように笙野は考えたかった。故にこの窓を今後閉じる。ドラの欲望が動かぬよう。そしてわたくしは熟睡と泥酔をしない世界に入る。ああ、

目が舞う程、幸福、ざまーみろ、幸福だ。

微妙な気温で厄介な階段作りに笙野は、ホームドレスを脱ぐ。窓はまだ開けている。全部出来たら閉めよう、だって沼見えるし、ドラは寝ているし、と、ふいに、さっ、とカーテンが動く、あっ。

がうがうがうがう、ではなかったけど。なんという嫌な音。不幸とか祟りとか一杯来そうな。なんか濁ってるくせにスキップしてるような。行進してる割りに苦悩感があるし。でも共感してしまう……。

ぎんからがっちゃきんちゃばっちゃ、でっだらぼっちゃ、じっちゃばっちゃ、ぱんだるぜっちゃ、でっちゃりっちゃ、だっどぅるずっちゃ、がったかりっちゃ

目が回ってきた。キケン、笙野は作りかけの階段で足をうち、机越しにカーテンに手をのばした。疲れと角膜の傷と微妙な光線、沼際を自動車でない何か変な、ぴっからどんちゃ、ずんがらずんばっ、なモノがああ、通って行く。すると自然に目が閉じる。書斎の神棚には今、酒列磯前の御札しか入ってない。そこからオタクっぽいパソ好きの子供の声で（そうこれが今の笙野んちの、当面の駐在神なのだ）、忠告してくる。

——凶神だっ！　かかわるなっ！　ブラクラだぞ！　だって、だって、だってらいっちゃ、ぼっきゃぶっちゃ、ほーら感染した！

笙野の家って感じ悪いガキがいますね！　とばらきは言った。でも棚は荒神棚である捨てがたいぞよ、とあおりが言った。いやー同居出来ない、あれ、維新後の神あーん、とかづきもやっぱり激烈であった。

最後の巡行とは言ったものの、なんとか居場所を探そうと御三神は町をさ迷った。ドラの書斎をとおり過ぎてから一週間ばかり、ネカフェで世相を勉強してから問題点を、神は整理してみて。

――どこにも神の見える人間はいないようです。まさに応神八幡の世だ。

御三神がネットの中に入る事を考えたのはそこに神の見えそうな人が多いからだった。そして動画や写真にはなくても文字の中に神の座は存在した。とはいえ、宗教サイトの中に、妄想サイトの中にはむしろなかったのだ。だけどなんとなく、その他の文の中には居場所があった。文の居場所は人間の夢の中と近いものがあり、しかしその一方ネカフェにある新聞には神を見たという、ひとはいなかった。あおりが判断した。

――神社をなくした時、わらわたちはどうも文字に近い存在のようである。かといってデータを固めた、というか紙の本の世界に直に入るわけにはいかないようでもある。そこには隙間がないのだ。でも定まらざる文の中にならば入れるばかりか飛ぶ事も出来る。つまりネットは良さそうである。

ばらきは不安がった。

――でも旦那様、あの世界にどうやって入るのですか。そもそもネット巡行とはどのようにして。

――判らぬ。しかしまずは機械の中にある書きかけの文に入ってみよう。執筆中のパソに忍び込むのじゃ。巡行先はほぼ決めてあるのだから、機械を乗っ取って勝手に使えばいい。パソの持ち主の体も乗っ取り、そこから「道」に出よう。その上でサイトにとりついて神業を見せるのじゃ。そして「道」の守りになり、「海」を渡るのじゃ。

むろん他の方法を取る事も考えてみた。外に出てみると昔気まずくなって飛び出した土俗神のところも事情が変わっていたから。しかし結局彼らは祟り神らしい潔癖さで戻らなかった。ただ彼らはS倉まで来て四つ辻に二軒あるカラオケ店の前に立った。すると大きい方の店から作業服の男がつまみ出され、怒って店に石を投げていた。小さい店に彼らは入って行った。曲は子供向けが充実していた。あおりは妖怪人間べムを歌ってみた。

――「やみにかーくれていきる、おれたちゃよーかーいにんげんなのさー」

――失礼な歌ですね、おおきみさま。

――「はやくにんげんになりたい」

――大きなお世話ですこと旦那様、人の道を行くのは神の仕事です。

しかしそんなばらきもつい銀河少年ロップを歌ってしまった。

――「銀河は星の海」

――「星の中から生まれ出た」

――「ぼくらはー、空の子ー、」

――あー天孫の歌でい、お兄ちゃんのばか。

あおりは立ち上がった。

――わらわは、落ちつきたい。真の神は文の中に住むしかないようじゃ、しかもこれから書き換える事の出来る文の中にな。ならばあの荒神棚のある家の巫女に書かせよう。そこに住もう、要するに「誘惑」すればいいだけの事じゃ。こわもてはいけないぞ。ヒメよヒコよ。ばらきが化粧を始め、あおりは裳裾からカンカラを外し銅鐸に付け替えた。そして――、とっても素敵な福神に「化けたら」音楽も変わった。

げげげげごごごん、げうげうごごごー
げげげげごんごんごん、げんげんげげげい

一方、その一週間の間に、――。
笙野の家はまたひどい事になっていた。と言っても叔父が死んだ後の遺産相続は何の争いもなかったのだ。弟が財産の九割以上を継ぐ。家土地主要な株その他の地所、そして家の中のもの全部もである。笙野には現金の半分をという公証人の遺言があった。何の争いもない。笙野は納得だった。そして安心と同時に、ムナシー、が来た。というのも昔から、笙野の母はこの叔父と叔母に笙野を養女にやろうとしていたから。というか配給しようとし、でも叔母は弟が欲しかったのだ。笙野だけがその事を知り切っていた。しかし母は弟が惜しかったので現実から目を反けた。結果その歪みが笙野に来た。将来を邪魔しにくる様々なもの、嫌な感じ。家の外に出さない、小説を書かせない、ピンクの服を着せて甲高い声でゆっくりゆっくりしゃべるように調教する、それは養女になるための準備なのだった。笙野は、母にさからった。でも、七人の介護をさせ、財産は相続させず、ただ戸籍を養女にすると母は決めていた。養子を取れ、墓も叔母の方に納骨すると。

積年、「叔母ちゃんは私がいらないの」と笙野が何回説明しても父親からは被害妄想と言われ、母親からは笑い飛ばされてきた。「いいかお前はあの家の担当だ」と。

こうして、叔母が急死した後、叔父は弟に「全部お前が継げ」と当然言った。やがて、叔父も急死した。そこは別に資産家でもなんでもない。祖父の財産は笙野を養女にと言い続けた祖母が使い切っていた。養子である叔父方の家の人はやはり、無欲で、古風な人々であった。叔父が叔父方の子供を貰う可能性を生前の、祖母や母は言い立てていちいち騒ぎ立てた。でも、「子供は養子に出せません、今時は二人、三人しかおりませんのに、その少ない子供を養子にはやれない」と彼らは葬式の日もあっさりしたものだった。じゃあなんで私だけ行く事になってたの。う、ち、も、ふ、た、り、じゃーんと五十越えた笙野が言うはずはなかったが……。

遺言の執行手続きを叔父は父ではなく大銀行に依頼して逝った。親戚関係を考えると父に事後処理全部を任せていきそうなものだが。でも父は叔父の死亡告知人になっていたので葬儀その他を行い、死後すぐに銀行にそれを通知した。ひとり住まいで脳梗塞にもなっていたので、騙されて連帯保証でもしてないか心配だと父は言った。不安材料がいろいろあった。そして相続人は借金も相続するというのが日本の法律だ。但しこういう時、相続放棄ではなく限定承認という手続きを取る事が出来る。家庭裁判所に申し立てて、相続財産以上の借金は払わないと宣言するのである。官報に二ヵ月告知を出し、その間に申立のなかった借金はそれでなしになる。しかし死後三ヵ月放置しておくとそれも出来なくなる。また全部の相続人が一斉にするものなのだが、叔父は兄弟が多く子供がいないのだから相続人は八人、判を貰うのも大変である。しかも遺言があるため叔父方の相続人は財産を受け取れない。万が一の場合に、ただ借金だけかぶる事になってしまう。一方家庭裁判所には財産目録の提出が必要で時間も手間もかかる。死後直ちに着手しないと大変な事になる。

父が銀行に死亡を知らせた時、限定承認の事を笙野は言いだしてみた。「全部銀行がするさ、四十万も払ってあるらしいから」と父は言った。しかし笙野が電話で確認をする事を父は喜ばない。自分でかけるからというと任せろと言う。でも聞くたびに銀行の言う事は違うのである。そもそも父の言っている事が要領を得ない。銀行に相手にされていない。父は、叔父が笙野とその弟に残した少額の保険の書類があるから実印と印鑑証明を送れなどとも言ってくるが、その書類の話も要領を得ない。判を押す書類をみると保険金を受け取るものなのだが、笙野が連帯保証人になると書いてあるものだ。所属団体の弁護士に聞くと、笙野のケースは大丈夫だが、そのまま押せば関係ない借金を清算させられたりするケースも出て来るという（保険金は葬式代と弁護士費用で足が出る額であるとその時は思い込んでいた）。

昔、筆で食べられるようになる一瞬前、住んでいる部屋から出てくれと言われ、バブルのさなか部屋探しに苦心した事を笙野は思い出していた。当時、不動産屋は独身「無職」の人物に部屋を貸さず、保証人の印鑑証明だけを先によこせと言ってきた。父はそれをおかしいと言い笙野が「いいかげんなことを言うのだろう」と出すのを何度も断った。すると不動産屋は「父親なんかいないのだろう」と言ったり、「父親にも信用されてないものに部屋は貸せない」と言った。それ故難儀しているうちに騒音でガラスにひびが入るような街道沿いの部屋に住む事になった。しかし笙野は父親の言う事を絶対に正しいと信じていて、親子であっても印鑑証明だけを出させるのはおかしいと思っていたのだった。実際安易に出すとそこから判子を作ったり悪い事は出来るのだ。ところが今の父は「そちらに書類を送るよりはお前の実印を送ってきなさい」と平気で言う。実印は笙野本人の仕事にも必要だから渡せないと言っているだけで悲しくなってきた。弟は通帳もお金も全部父に渡し、カードだけ持って生活している。またどういうわけか笙野が実印を押して送った書類を父はなかなか提出しない。会社の契約等の、書類回りを、やめた番頭さんが全部やっていたのかもと笙野は思った。そしてこのような時、昔から笙野の言う事は父に信用されなかったと。今笙野の父親は銀行側だけを信用してまた笙野を疑い続けている。銀行に対して被害妄想だというのである。

叔父の死後二ヵ月を越えついに笙野が自分で銀行に電話をして判ったのはこの銀行側が何をいっても「今御用意しています」というだけで一切を放置していたという事だけだった。銀行側はすぐ就任すべき遺言執行人にもつかず、財産目録も作成していない。ついに父が彼らから遺言書すら貰っていなくて笙野には違う書類を見せていたという事も判ってきた。所属団体の法律相談弁護士に笙野がファックスしたのは、父に渡されたその関係ない書類である。別に顔見知りでもないその弁護士さんから、これじゃ答えようもないと言われて笙野はパニックになっていたというのに。

結局笙野がこの件をやる事になった。普段は連絡してない東大の法科を出た従兄が弁護士なので、銀行に質問というか催告をだして貰うことにした。そして従兄が言うには、この銀行の直接の担当者は遺産相続の基本用語も知らないのだ。その後も笙野は何度か相手方にうるさく連絡した。係の者は「こちらにも言葉足らずがあり、御不安になられた事と思います」と法的に付け込まれないようにきちんと言葉を選びながら防御しているだけだ。そして一切の法的手続きをこちらがやる事になると判った。父は叔父のヘルパーさんを頼んだり、死後も家の中の書類を探したりしてくれたりした。なのに猫の看病で娘は現場にも行かないのだから頼りないと思うかもしれない。でもなぜいつも笙野の反対側にいる人間を信用するのだろう、どんな時も、と。笙野は言葉をつい頭の中で回してしまい極端な考えに囚われていった。その後も父は銀行に電話したがり、「全部やってくれる」と邪魔を始めた。「違う、銀行に四十万払ったからこそ銀行は何もしなくていいと思ってるんだ。銀行とは四十万取って何もしないために作ってある機関。お父さんは私に印鑑証明をやたら出すなと教えたのに。銀行とはけんかしろと教えたのに」とはきはき言ってしまった。

期限は迫っていた。限定承認の前に相続開始までの期間延長をする手続きが必要な程、ぎりぎりまで来てしまった。弟は手術で忙しく奥さんも勤務医だ。本来の相続人が動けないまま、万が一借金がくれば甥や姪にも、影響が出る。銀行の頭取相手に念のため提訴予告を送る文面をチェックし、他に銀行を遺言執行人から解任するという手続きをした。その前に電話で一応相手に通達するとついにそんな「問題のある」家の相続なら普通うちは断りますよ、と開きなおってきた。しかし、銀行は受けたのだ。受けて何も教えず放置したのである。その後父が銀行から電話がかかってきたと言うがまた要領を得ない。頭にきて連絡は私にと笙野が相手方に電話して言うと、かけておりませんとまあ無理もない切り口上で言う。着信に入っていたというのも父の思い違いだ。銀行員を父はなぜかひどく気に入って信じている。

従兄弟に送る委任状を弟にも出して貰うので連絡する。係の人は弟のところにだけ死亡後二ヵ月近く経ってから書類を少し置いていっただけだった。理系の弟は何も説明されぬまま何も知らなかった。

猫は小康でも締切りは迫っていた。年末に出す本の書きたし分、初校と短篇ひとつ。ワープロを机から「はがして」一週間、場所を変えたらたちまち進まなくなった。その日も弁護士からチェックする書類が回ってきた。書斎にワープロを運びドアを閉めて猫ベッドを床においた。だって、がうがうがう、になる可能性はもう、ほぼないから。いつも、猫が入れるようこのドアは開けていた。故に、集中するために閉めると今度は、息が詰まりそうだ。短篇は直せばいいだけだけれど、論争関連のものなので開けるだけで胃が痛いし。

締切りにしていた窓を笙野はふと開けてしまった。さーっと最近見た夢を思い出した。いやーな予感がした。

○七年のほぼ、同じ頃に、伊勢神宮の御札が書斎の天井に貼ってある夢を笙野は見た。お伊勢の天井だ、その夢は不運続きの一年、をもたらしたものだ。もともと宗教史を知ってからというか闘争的になってから笙野の場合、天孫系の神の夢は不幸の来る予感である。そしてこの○八年は玄関の中に鳥居があって鳥居が外にむいている夢であった。つまり、家が、神社になっていた。明神鳥居だが稲荷だったら税金関連の嫌な事に違いない、稼いでもないのに。だけれどもそれはどうやら稲荷ではなかった。ただ、鳥居の上に後ろ向きの七福神が載っていた。夜明けらしい空気の中、背中の丸いきぐるみみたいなのが。さて……これは仏教系ではあるけれども。

音がせぬようラップトップワープロの蓋を開けた。猫が起きぬようフロッピーを入れた。そうそう、この一回で完成させないとね。しかし、七福神ってそういえば、えびす大黒、あれ、なんか、今思い出したら、数が減っているよ……あれれ、ところでこの、拍子は何、ふと、耳に感じいいね、だけどはたしてこれ音楽なの、これ……ふう、そして、短、編、完、成。

げげげげげうげうごんごんげげげーい

直後、笙野のワープロのフロッピーは急に奇妙な音を発するようになった。しかし今はそれどころではない。

かまわずワープロにＤＯＳのフロッピーを入れた。文をワープロからパソコンに読み込んでメールに添付する。――送信

ほっ。ああそうだそうそう。

パソついでに須礼戸美春にも返事をだしておこうと笙野は思い出した。趣味の翻訳と言ってたけど、なんにしろ英訳をしてくれるのだからありがたい事だ。そこで質問の答を書き。笙野も送信。すると神はこちらの方をお気に召して、

クリック！　さあ巡行じゃ。

――6　いろはに巡行記

　女性研究者、須礼戸美春の一日は笙野研究で始まる。というと、とても笙野が好きそうだが別に、そんなことはない、低血圧で立ち上がりが悪いので軽く嫌なものから始めるのである。そもそも笙野の文章はよく判らない事もあるので寝ぼけている時に頭にたたき込んでおくほうが後からふっと理解出来るのである。というか意味が判らないという以前に美春には笙野の状況が判らない事も多いのである。例えば家族となぜあんなに離れているのだろうと美春はつい考える。また猫の世話がというけど結婚すればいいのにとも。と思う一方、須礼戸本人は今、家族と仲が良過ぎる独身である。三姉妹の次女で姉は研究者と結婚した。最近では夫が教授になり、妹は留学中、姉妹の全員が院卒であった。

　須礼戸は高校の教師である。出身大学の雑誌に論文を寄稿している。子供の頃に日曜学校だけ行っていた今は無宗教の先生。好きな作家は尾崎翠、森茉莉、そして、金井美恵子、多和田葉子、田村俊子、高橋たか子、倉橋由美子、修論は尾崎翠であるがそこにはサブカルチャーという言葉も七回使ってある。つまり笙野は読まなきゃ仕方ない作家という範囲なのだ。要はワンオブゼムの中の軽いのだがそれでも几帳面な性格なので、真面目に読み込んでいる。実はそんなスタンスとなる理由も複数あったのだ。いろいろと気に入らない事が笙野にはある。ひとつは最近の笙野の作品の仕上がりが粗い事、他には指導教官が笙野を嫌いな事。その上に笙野が下品なことばを使うので自分も使ってみようとするが、なかなか出来ないのでどんどんさめてくる。ところが趣味で英訳をするためにメールであちこちの作家に問い合わせをしてみると、相手してくれたのがトラブル続きの割りにあまりに人好しのこの笙野だけであった。この前も須礼戸のシンプルな質問にうざ親切くど律儀なありがたすぎ長メールの返答をくれた。ところがそのメールを受けてから変な事ばかり起こる。まず夜中にいきなりパソコンの電源が入り朝起きると机の上に鮒や蛙がはねている。また「奥様本当に五十代なんですか勇気ありますね」とかいう信じられない程気色悪い電話が携帯に掛かってくる。そして夢を見る。有名な謡曲の中世に初演された舞台の夢、今のものよりずっと大人数で華麗、動きは、もっと、ゆっくりだけど。

で朝起きるとその日も、しばらくぼーっとしている須礼戸の目に笙野のグラフィックなまでに読みにくい文が……ああぼーっとしててもこりゃまるで立体みたいだわちょいうぜーですわ。しっかしこの人なんでこんなに暗くていちいち口が悪いのかしら、ううう、なんかもうあたくしちょいうぜーではすまないのですわ、なんかこうまじ、うぜーざますと申し上げたい程に。で、す、ね、――。

え、？

この後、何分間か美春は、意識がなかった。さて、覚醒すると人格が少し変わっていた。起きるとまず、本を閉じパソを付けた。ノートンが出て来るまで不思議とイライラした。でも美春はパソに凝っていないので今持っているのも古いソフトなのだ。故に遅い、そして機械の動きもぎこちない。但し今まではそれも平気だった。が、今は、おやおや少しでも速い方が嬉しいのだ。その上何か妙な事にひどくパソコンを使いたくなっている。ああぐぐりたい、でも。へ、何を調べようって言うんですかまったくあたくしったら。だって、なんか今、あたくしの打ち込んでいる文字、や、なんか、なんですの、これ。だって、……。

さ、ん、し、まい、変換、え？「三姉妹」ですって？　そんなつまんない語を検索したいなんて、なんという事でしょうか、あたくしったら。つまり、尾崎の「琉璃玉の耳輪」ならともかくですねえ、まさか吉屋信子とか興味あんじゃねえだろーなーおれ、え、おれってだれー、……。

変だった。美春はなんとなく美春ではなくなっていた。そこで、……あはっ、あたくし、おれって言っちゃった。などと本人は笙野の文をまねしたつもりでへたれ優雅にひとりごとして戸惑い、――。

だけどそれがパソコンから本人に感染したウィルスのせいであるとはまったく判ってなくて……ま、無理もないか。

だって普通、ウィルスというと人の道公式サイトでもそうだが、パソコンを付けてあるサイトを踏み、そのサイトにウィルスが着いていると感染するものだ。少なくとも本朝の応神八幡体制下でシマンテックが対策させられているウィルスはそうだ。しかし今、美春にひっついてしまったこの、「御三神ウィルス」は今までのものとその感染の方向が逆なのであった。つまりこれはウィルスの着いている機械を持っている須礼戸美春、この彼女がひとつずつサイトを踏んでいくたび、あたかも足跡が付くようにそのサイトが、ブログが、パスワードなしで勝手に改変出来、元のブログの文章や設定なども変えられるようになるというものであった。また、彼女の機械から感染ブログにコメントをかくとその言葉は様々な呪力を発揮してしまうというものであって要するに、怖い新型だ！　またそれ以上に怖いのは、そのサイトをクリックするだけで、運営の住所氏名が完全にわかり、とどめは、相手の使っているパソコンの液晶の反対側から、相手の生活や実の姿を覗け、ブログでどんな嘘をふかしているかも暴いてしまう事が出来るようになるという点であった。あああ、こりゃあもうっ、犯罪じゃ！　そうそう、そう言えば以前、作者と論敵の妻を混同して笙野にお風呂を覗かれたりエッチな事をされた仕返しに豚にして飼ってやる、とずっと「レトリック」で書きつづけていた方がいたものです（但し罵り方にスキルがなく極端な罵倒語を繰り返しているだけなので別にレトリックにならないけど）。それは岡山の自治体掲示板に連続投稿してあったもので掲示板自体はもう何年も前に書き込みが出来なくなっていた。ただ笙野を誹謗しつつ怯え続ける、そのコメントだけが残っていた。おそらくは女性であろうその方のパソコンの液晶は窓状になっていて、朝起きると笙野と笙野の論敵の妻の二人が彼女の生活を覗いているという、構造だそうだ。まあ今さら笙野が覗いてませんが別に、と言ったたって御本人が書いたこと自体をもう忘れているかもしれないけれど。

でもまあ時代は巡り、とうとう、個人のブログを見る事で個人の生活も見られるウィルスが。

え？

でもそんなのありかいな。これはウィルスというより神通力というようなものかもしれません。そうです。彼らには力がある。国家神道は何もしてくれないけど、この神々はたまーに時々、ごく小さい事を何かしてくれ、なおかついつもなんとか励まそうという程度の事は続けてくれる。でもまあ今後は神自身でも勝手にがんがんなんでもやるって事なのかいなあ。ま、別にパソコンの中からでなくても好きなように出来るだろうさそりゃあ神だから。その上にもうネットしか居場所のない方々だし、ただそれにしてもそれならもっと世間に出てうんと暴れたらどうなのかなあ、だって現状ワープロから出られなくなったりそこからまたパソコンに入るのに延々笙野の原稿がメール送信されるのを待っていたりするのってとろくさすぎるじゃん。――お、そうかそうか、現代の神は文字の中にしかいられないし人の内面にしか住めないって、カラオケ店で御本人達が会議して言っていた。

やがて美春は自分のブログを開けて日記を投稿する、こちらの方はまあ「自由意志」である。ちなみに須礼戸のブログにはまだこの神的ウィルスは着いていない。つまり御三神はいまだにメールの、アウトルックの方に隠れているのだった。但し時には須礼戸本人に憑依している、事もあった。さて、自分のブログのコメント欄から須礼戸はスパムコメントを取る。すると今日も寸志暮夫のコメントを削除したくなる。

この寸志は別に美春のボーイフレンドでもなんでもない。ただの、嫌な粘着である。しかしこの粘着に須礼戸は割りと丁寧に接していた。無論腹の底ではうぜー、ぶへー、てめー、こ の ー、等繰り返してはいた。が、へたれ優雅なので直には言わなかった。あらまあ、と言って放置しておいた。しかしこのような人は実はネットに向いていないのではないかと作者は思う。

こんな時はコメント欄をなくしてもいいのだよ、しかし寸志は嫌な人ではあっても正常の範囲内なので、須礼戸はなかなか踏み切れないでいた。まあでもね、正常人たって、寸志は死ぬ程くだらなく嫌な脳内フェミ叩きをする正常人なのである。また読んでない本の感想を言う正常人だ。そして女性の顔を郵便局の窓口から漬物屋のレジから研究者王妃、女性作家まで全部あげつらう正常人である。その上自分をおひとよしの潔癖な人物と信じている。笙野の読者であるとブログに書くとこういう粘着が現れる事はよくあるのだ。ただ、寸志はきもいだけで法律違反はしない。そして須礼戸がきちんと読んで書いてネットに出している本の感想の事実が間違っているとか細かく言いに来る。むろんそれは寸志の思い違いなのだ。みやこ踊りとあずま踊りを平気で間違える「博識」な寸志の。

さて、朝起きると御三神はそんな須礼戸のパソコンからネットに入る。そしてひとつのサイトを踏む。踏んでから感染したブログのパソの画面からその家に入る。入って実態調査をし、もしブログの自己申告と違っていた場合は本人のパソコンからコメント欄やブログに事実をカキコしたり、神罰を与える。他にも悪人のブログに復讐をする。だいたい天孫の世に日記など書いていられる人間は処罰対象が多い。

さて、そうこうするうち、動きのとろい安いパソをのろのろと使って、須礼戸はアマゾンで、その日まるで中学生が海苔弁当をもとめるように五万円の雅楽の本をふっと買っている。しかしその前日も、国書刊行会の本が段ボールいっぱい届いているはずだった。

普段から本は好きでよく買うけれど、最近の彼女は御三神の命令をじぶんの欲望と勘違いして、そうしているのである。ああ、そして次の論文のテーマは三姉妹だわ、と須礼戸は思う。

そしてメモをとる。考えをまとめるため（そう、左がそのメモなのである）。

検索結果、三姉妹、はまず「欲望の完全制覇」を達成するための幻想として使われていた。また、その一方、仲むつまじい家庭の象徴として使われていた。そして時にはおぞましい事に、「ろ」のサイトなどのように、家庭の和気あいあいと少女を襲いまくる事の両立をも想定され妄想されていた。

三姉妹はまた、飲食物のキャラ化にも使われていた。これも同様に欲望の完全制覇を連想させるためであった。また人間の三姉妹についてのブログは多くのサイトがそのまま本人のプロフィールを載せているとは限らないと判った。フェアでないなりすましも多く見られた。

あーなんだか週刊誌の報告書みたいな書き方になっているわ、とへたれ優雅文しか書けない癖に彼女は思う。

こうして美春は、結局毎日自分のパソコンをメモ代わりにもされ、変な気分で毎日巡行記メールを笙野へ打つはめになった。最初のうちは、え、これ何御三神て、と思いながら。そしてそれはひとのみちサイトにＵＰされた。

ああ！　ウィルスのせいで、文体まで嫌いな笙野に似てしまった美春！　こうして送り続けたメールが、今、ここにさらされている。でもね、これなんかまとめて読むとね笑えますよ

（ま、割りとだけれどもね）。

ほーら、これが一日目。

御報告、笙野様へ、お邪魔いたします。本日はいやんばかん三姉妹のおげれつ旦那自慢、についてレポートいたします。——このブログは結局、離婚後逼塞している三婆が他人の写真を盗用したりしてつくっているセレブごっこの、ブログでした。そこで神は真実がブログに現れるようにして告発し罰しました。つまり部屋に散乱したゴミの日にだすパンツ、カード請求書の封筒がはみ出た郵便受け、本人達のノーブラジャー部屋着写真までアップしたのです。そしてここは人気ブログで、痛いブログを監視する人々が群れていたところです。彼らは三婆の書いた事の日時とか矛盾をちくちく検討し攻撃をかけるために徒党を組んでいて、しかし三姉妹はずっと無視したままで、コメントも削除せず放置していました。御三神は神業でこれを完全に暴き攻撃している人々がさぞ喜ぶだろうと思いました。が、人々はしらけ、一斉に消え、結果三婆は孤独に泣きました。御三神は心から驚いたそうです。彼女らはただ構ってほしくて痛いふりをしていただけだったのです、やがてブログは更新がなくなってしまいました。

そして次の日は、——。

「ろ」、ろりぽっぷ三姉妹のおすすめエロゲ攻略。

御報告いたします。笙野様、——これは姉妹ではなく実際はひとりの男キモヲタが運営していたもので、「い」のブログと同様に神は、告発されました。しかしここは「まことの善人」でこのような嘘にもころりとだまされるものたちが集まっていたため彼らは責めもせず泣きもせずにただ消えて行き、ブログは閉じられました。が、三日後にそっくりのものが出現していました。無論、管理人は同じ人でだまされるものたちも……。

「は」は、花の三姉妹はじらい日記です——、それは無知蒙昧な三姉妹が哲学をしったかするブログでした。そこの長女はフーコーが犯罪を肯定していると思い込んでいて次女はラカンとクリステバが権力を即悪とみなしているのだと信じていました。また三女は華厳が教典であると知らず、ドゥルーズが人名であると知らなかったです、御三神はただ全員の本棚をブログに掲載しただけでした。本棚は空でした。三姉妹はずっと、ネットで検索をかけてただ読みをし、しったか哲学をやっていただけなのがばれてしまいました。

「に」、ニーベルンゲン三姉妹のわてらいい目をみとりますブログ、です——無神経な言葉を使い差別をひけらかすもの。行ってみるとなんと金星人の三姉妹、金髪でした。「にほんじんをけものです」、「おんなとよわいです」、「おんなのせいじかにすかーとはくな」、神は罰は与えずかわりに顔写真をUPしました。過疎ブログであったが木星人が求婚し、更新する暇もないおデートの日々になったそうです。

「ほ」、ほとけごころ三姉妹の骨から禿げたらなむあみだーンプ、です。——なんの事もないカルシウム食品をおすすめする健康ブログでした。神が画面を辿って本人に辿り着くと、せっせと鯛の骨を粉にしている河童が三匹いたそうです。「おやぶん、おひさしいこって」と言われてあおり様は絶句し、その後はへらへらするしかなかったのでした。

「へ」、へっぴり三姉妹の飛ぶ鳥を落とすブログ——動物を愛するかづき様が制裁したブログでした。マンションに近づくとひどい事になっていて、内階段の踊り場のところの窓がへこき窓に改造されておりました。そこからは河童ではないけれど肛門のみっつある男がひとつずつの肛門で交互に屁をひっていたのでした。飛んでいる鳥は苦しんで落ちるが、拾うわけでもない。男は自称ベジタリアンで動物虐待者の口達者でした。「あんたたちは肉を食う、私は食ってないから虐殺するのだよー」かづき様は後ろから近寄って山仕事の草刈り用鎌をかざし唱えごとをすると印を結びました。

がっ。

屁を呪力のある鎌で切ると一生屁が出なくなる、かどうか知らぬがなぜか屁を切られた男は悶絶したそうです。かづき様は言った。

——いらぬ殺生いやみでおなら　おごるへいけは　ひさしからず

ちなみに河童に肛門がみっつあるというのは、水俣市湯出等で聞き取られた事実だそうです（巻末資料）。

「と」、鳥八重子と浜三姉妹——事務所のサイトではなく本当に非公式のものでした。「やはり息の長いひいきがいるのでしょうね」と語りつつサイトを出て御三神は温泉に向かいました。いばらき様は水色とピンクのリボンをかけたリーフパイの大きい袋を買い、神はアクアスパ皆様の友、の入場券を買いお風呂に入ってから浴衣を着ました。そして熱狂ＧＳ演歌を鑑賞したのです。しかしただひとつ悔やむ事があった。ばらき様は舞台の袖に置く一対のリーフパイ大袋を前座の漫才の男が歌った時に渡してしまったのです。「二組買っておけばよかった」と神はぼやきました。

「ち」、ちかん三姉妹は、満員電車で（えっえっえっえっ）、酸素を水素に（えっえっえっえ）置換をしてました。神は全員を処刑されました。また「り」はリケッチア三姉妹、これはばらき様が消去されました。

「ぬ」、はぬれる三姉妹でした、――でぶの長女が鳥を焼いていて手にこぼれたみそだれをぺろぺろ、嘗めていました。次女は気管支炎の猫がはいたげろを踏んでしまいぬれた足でぴょんぴょんとんでいました。三女はなんと本物の大威徳明王で六足尊というお名の通り三面六臂六足黒牛にまたがられて金剛杵、独鈷《とっこ》を手に、泥田をぐんぐんとぬれながら進んでおられました。

「る」、は流浪の三姉妹でした。ひとりはスリ、ひとりは娼婦、後のひとりは調教され……

「尾崎翠のパクリじゃな」とあおり様が指摘するだけで更新が止まりました……。

「を」、をんなの三姉妹のをとめのブログでした。長女はリスカ、次女はスカトロ、三女はえんこうをやっていました。「ぬ」のブログも「を」のブログも神は放置されました。「正直なものじゃ」と。

「わ」、わがままバレンチノのポテト三姉妹日記――それは、居酒屋わがままバレンチノにおける塩ポテトラーメン、味噌ポテトケーキ、しょうゆポテトドリンクの売上を付ける日記でした。かづきが「まずい」と書き込んだけれどそのせいではなく店がつぶれブログは閉じました。

「か」、カーテンの円屋のカーテン三姉妹です――長女ビクトリアン唐草、次女アーリーアメリカンガーデニング、三女キティ注文取り寄せとあって行ってみたらもう閉店していました。「よ」、ようかん三姉妹――あおり様が怒りました。「しろくろまっちゃあがりコーヒーゆずさくらっ、（CM引用）この時点でもう、七姉妹だこの大嘘つきめ」、店では朝起きると神罰ですべての羊羹が混ぜ合わされていて姉妹を別々に売る事が出来なくなりブログを閉じました。「た」、たれつくね三姉妹――「しそゆずにんにくとんこつなっとう、のりあげレバ入りねぎもつごまチー」すでに。無論、つくねも混ぜ合わされてしまいました。「れ」、ればさし三姉妹は、「長女ステロイド牛、次女青酸カリ豚、三女覚醒剤人間」でした。神は通報しました。

「そ」、ソーカル三姉妹はポストモダンが嫌いな三兄弟のブログでした。読まずに批判をくりかえしておりました。

「つ」、漬物三姉妹はポストモダンが大好きな漬物屋三姉妹の宣伝ブログでした。そこでは哲学にちなんだ商品名が用いられておりました。古漬けのきゅうりはルジャンドルでした。辛子ナスはデリダ、野沢菜はフーコー、店は無理してでも来る哲ヲタでにぎわっておりました。しかしこの三姉妹もまたポストモダンを読んでませんでした。

神はお互いを合コンさせました。

「ね」、ネクロフィリア三姉妹――長女首吊り次女水死体三女鉄道全部両親が殺したものでした。グロ画像が張りたいだけの夫婦サイトでした。神はこの男女に自分の死体が見たくなるような呪いをかけました。自殺してみたところで死ねば見られない。これではまるで本物の終身刑みたいですなー、とブログ主はつくづく嘆きブログを閉じました。

「な」、嘆きの三姉妹――神が家に行くとキー・ボードを前日に盗まれたという、五人の娘が、しるこサンドを食べながら白黒テレビを見てしくしく泣いていたそうです。「姉妹はだれかな」と尋ねると三人が手を挙げた。神は「あーらわらわらたちも三姉妹よ」と答えたのち正直のほうびに、川原から拾ってきたカラーテレビだけを与えました。

「ら」、ラブラブ三姉妹は、美人、とつきあいたいブサブサ三兄弟の運営でした。「わらわは神である、のぞみを言うがよい」とあおり様が宣うと、ブサの長男は必死で言いました「ぼ、ぼくはリア・ディゾンさんとつきあいたいです」、次男も負けじと泣き泣き言いました「お、おれは東大院卒で仲間由紀恵と瓜二つ、そ、それでいいです」、三男は自分を謙虚だと思っている人の口調できっぱりと申しました「何も、こだわりませんっ！　ただそろそろ新しい小学生をください！」。御三神は「そうか、のぞみは判った、さいならっ」と言うと、三男のみ通報して姿を消しました。

「む」、昔話三姉妹――絵本の感想が書いてあるブログでした。長女三十二歳ＩＱ１５０、次女三十歳ＩＱ１４０、三女二十八歳ＩＱ１９０です。神を見ていったのは、「ゔーん、おたふく、あーめがね猿、やーん、河童やわー」というようなカマトト語でした。せいいっぱいばかに見えるようなあどけない口調でした。神はこれを哀れんで「カマトトはともかくの、鼻毛くらい切ればどうじゃ」とすすめました。

「う」、うの三姉妹、――宇野姓の男を三姉妹に見立てていました。「いや男を三姉妹に見立てるとは面白い」と共同体好きのばらき様が喜びました。みると長女宇野邦一、次女宇野浩二、三女宇野重吉であった。しかしトップの写真は神田うのなのです。でも神は笑ってこれを許しました。

「い」、いたこ三姉妹――これは娘船頭ではなくて霊のいたこでした。まさに御三神の専門分野です。福を授け千客万来にしたので更新するひまはもうありません。

「の」、のうやく三姉妹――ピレスロイド、スミチオン、メタホドミシス、でした。なんでまた、末っ子がと不審になって御三神は巡行されました「なぜ三女はアレなのじゃ」、「ええみーんな仲良し三姉妹」と答える相手はただ福神のようにへなへな笑っているだけの社長さんであったという事です。

「お」、はおかさんしまい、のブログでした。これはおかという言葉を使って言語実験をする三姉妹のブログでこのブログの存在は私も知ってます。

おかという言葉で三姉妹を作るのです。長女おかもち次女おかめ末の三女はおかとめやすの り等、毎日熱心に更新していました。また、おか、という言葉は時におかあさんの圧縮語として使用されました、その時の三姉妹は長女はおかぎも（母の心境）、次女はおかぼれ（母の恋愛）、末の三女はおっかきみつ（母の秘密）でした。

また当日は長女おかじょうき、次女おかひじき、三女おかやまと記されていました。なぜかあおり様が激怒しました。「三女はっ！　他人であろう！」。そこでおかやま、という語をおかちめんこに変えて立ち去るとブロガーは言論弾圧にへこみ、ブログを閉じました。

「く」、くらはし三姉妹のブログ、は男がひとりでした。倉橋、金井、高橋笙野は入れてやらん、倉橋多和田、高橋笙野は仲間外れ、とひたすら書いていた。そこであおり様が笙野は倉橋を好きでないのだぞそんな事言っても喜ぶだけなのだぞと教えてしまいました。男は、ブログを閉じました。

「や」、やまこ三姉妹、――心霊詐欺、介護詐欺、年金詐欺の三姉妹の犯行自慢でした。いつもは無口なかづき様がミロク菩薩の祈りを三百回祈ってそのまま立ち去りました。「おねがいいたしますどうかこの方達がミロク菩薩によって救ってもらえますように、つまり地獄に落ちてから丁度五十六億七千万年後に」という祈りでした。

「ま」、マニアック三姉妹は使ったお金と買い物の感想が書いてあるだけのブログでした。巡行すると妖怪の三姉妹でした。買い物自慢の日記がそういえば変だった。

うちら、ピーナツなんか慣れてるねん、おどろけへん、などと。

御三神は隠れて買い物を尾行しました。それは川原にある人の道市場、つまり道の神のお供物をくすねて転売するマーケットでした。そこでこの姉妹はおごりたかぶっていた。

このふなもかおか、にらといっしょに。

ひゃあ、四十五円も、そんなんしたら、ふふんふふん、ご近所にねたまれるわあ。

妖怪三姉妹は白目になり唇を引き歪めこれ以上出来ないほど周囲を馬鹿にする思い上がった顔で歩いていたそうです。神は泣きながらこのURLを匿名掲示板に貼りました「痛い妖怪のブログです」と。

「け」、けんこう三姉妹は病気のおばあさんがひとりでやっていたブログでした。神が罰しようとするとお世辞を言いました。「あああ、うれしいいばらき姫せんせいのおめえくやとだんでぃやわー。ふるめえくやと中村福助と間違えるわあ」。ばらきは他の神の背を押してそこを立ち去りました。無表情でした。

「ふ」、ふらだんす三姉妹とは実はかっぽれ三姉妹でした。踊りが素人でどっちでも似たようなものなので許す事にしました。

「こ」、コモドドラゴン三姉妹――長女花小路高見山人間で言うと二十五歳です、次女森山宝塚雪中梅尼、人間で言うと十九歳、三女六本木あすかフロランタン人間で言うと女子高生です。

巡行すると本当にコモドドラゴンがいたそうです。「おおきみさま。どのこも全部かわいいではありませんか」。そう言いながらかづき様は三匹をうさぎ、パンダ、ハムスターに変えてしっかり遊び、元に戻すのを忘れたままで去ってしまいました。

「え」、えびせん三姉妹――お母さんはそのまんま、長女はのりしお次女ちーず、末は激からハラペニョ、巡行すると蔵に試食用えびせんがみちていたとの事。口をうごかしていたばらき様がフッと気付いて、「これ、ペルー工場の生産なんですねー」。

「て」、テレビドラマ三姉妹――それは姉妹ドラマの紹介日記でした。貧乏華族の三姉妹が長女は和裁で家計を助け、次女は家庭教師しつつ英語を学び、三女はカフェで働きマルクスにかぶれる。そしてついに旧家は零落、家屋敷が人手に渡らんとする時、長女が元勲と見合い婚、次女はイギリス人と駆け落ち婚、三女はアナキストと事実婚するが夫は女の作家と不倫している。そして長女の古臭さをせめる三女のセリフです。「あなたは夫が芸者遊び、ふんっ、でもうちは自由恋愛の自由の自由の自由の世界、だっからちっとも嫉妬はしないのよほーほーほーほーほー」

長女を新派の中堅女優、次女はブレイク寸前のアイドル女優、三女は新劇無名女優が演じています。ばらき様だけがブログ主の家まで行きました。血相を変えて。

――ブ、ブロガーさん、ねえ、い、いっやな女ですねーあの三女ってば。

しかしその時ブログ主の家では家族がご飯を食べていましたのでそう言われてもただ「ははははあ」と笑うだけでした。それでもばらき様は熱心に攻撃的にリズムも悪く、さらに質問を続けられました。

あーんな嫌な女、ねえ、もっと小劇団の女優とかいないのかしら。

仕方なくブロガーは食べながら答えました。「あ、それは夫と浮気する小間使いの役で。それとアナキストの三女をかばう長屋のおばちゃんの役で」。こうしてばらき様の質問は和やかな家族の食卓で浮きまくりました。ブログ主は家族がいやがるからという理由で更新を止めました。

「あ」、ありさん姉妹――仲のよい働きありさんの姉妹のブログである、蟻三姉妹ではなくて蟻さん姉妹だった。

「さ」、猿の惑星三姉妹――オランウータンとチンパンジーとニホンザルのブログ。どうみても血のつながっておらぬこの三姉妹はまことにけなげに暮らしていたのでどんぐりとさるせんべい、リンゴなどのおやつをさずけられました。

「き」、きまぐれ三姉妹というスナックのホームページブログ店はヨーロッパグルメ旅行のため休みでした――二度と来るかと神は思われたそうです。

「ゆ」、ゆのとも三姉妹――こんにゃく、柚子味噌、日本酒、とありました。全部それ入りの入浴剤でした。食べられません。

「め」、めざし三姉妹――長女は東大、次女は京大、三女は阪大をめざしているいわしでした。

「不当表示ではないと思います偏差値はともかく」とかばったのはばらき様でした。

「み」、三重県人三姉妹——行くまでもないのです。「人様に読まれていたとは知りませんでしたご迷惑かもしれませんので閉じさせていただきます」と。御三神のところには無地熨斗《のし》で調味料セットが送られてきました。

「し」は島八重子と妻三姉妹の公式ファンサイトでした。神はスルーされた（え、えらんでおいてかよ！）。

「え」、映画三姉妹——長女青山ナオ、次女青山ユミ、三女青山マジのブログでした。「まったく同じ人間のような三姉妹ですねおおきみさま」。巡行してみると甘ったれた中年男がひとりで書いていました。彼は大物文芸評論家笙野頼子の批判をしているのでした（ならばコメントは刊行時の書き足しで）。

「ひ」、ひも三姉妹——本当に紐がいて苦労している三姉妹でした。その紐はひとりだった。よくある実話です。ネタなんかであるものか。

「も」、ももひき三姉妹——短足にももひき姿の三姉妹であった。血はつながってません。でも、「ももひきになる程の三人なら姉妹のちかいを立てるのは無理もないでしょう」と神はこのキャラ姉妹が一生ももひきでいられる福運をさずけました。

「せ」、性典三姉妹——クリックしただけでマウスが動かなくなり「七万円お振り込みしていただきます」という文字が出たので御三神は喜ばれました。人間のサイトは勝手に引き落としが出来ないからいい気味だと思ってね。さらに神はぼったくりの神罰として、ブログ主の家に行くかわりに、ブログ主のカードの残高をマイナスにしました。故に今御三神は買物袋をイパーイおさげになっています。

そして

「す」、のブログについて。

巡行の最初にもう、神は終点を寸志暮夫のところにしようと決めてしまっていた。しかしそろそろもう終わりという頃合いになって世話になったのだからちょっと美春のブログに行ってやればと真面目なかづきが言いだしたのである。が、いろは歌は「ん」でおわっているのだからどうしようもない、また、「ん」だけの三姉妹のブログを探してもない。そこで御三神は大変迷われた。ちなみに寸志暮夫のブログの名は寸志君のおすすめ三姉妹である。美春の方はスレッド三姉妹とへたれ優雅ださ親切に名付けてあるものであった。

少し相談し結局、スルーで、とあおりが遮った。どうせのりうつってずっと一緒にいたのだから別にブログくらいスルーしても、と。

そして御三神は御巡行を再開された。

ぶんがらがっちゃずんちゃちゃへちゃちゃ、ぶっすらばっちゃでんちゃちゃでちゃぱ、てぃんからくっちゃすっちゃびっちゃ、びっちゃらばっちゃぷっちゃめちゃ。

――7　本読みの隣人須礼戸美春の事、「普通」の隣人寸志暮夫の事

一方、須礼戸美春はやはり、——最後は自分のブログに来るだろうと期待していたのだ。というか神は、来てくれると思いたくなっていた。だって今ではもう自分の体にのりうつられている事も御三神とは何かも彼女は完全に理解してしまっていたから。そして元々須礼戸のパソコンに取りついているのだから神は戻って来て今後ここにすんでくれてもいいじゃないかとさえ考え始めていた。しかしそんなふうに思うのもストックホルム症候群みたいなものかもしれなかった。それでも期待感が自分のもののように盛り上がってきたので、やっぱり自分が来て欲しいのだと思う事にした。

だってただ家に匿っているだけでは駄目なんだもの、あたくしのブログにカキコをしてください神様、そうでないとネットの皆様に私が神と交際している事が判らないですし。でもその反面、世間体という事も美春の頭を過った。神との交際ってもしや、スキャンダルかしら、それも、ネットづきあいなんて……。美春は根本的に気の優しい善人である。足るを知るタイプでもある。というか今まで必要な何かが得られなかった事はないし縮毛だってパーマをかけなくて済むという現代では便利でしかも好まれる髪となっている。そんな中で、世間を気にしつつ、でも、ふと気が付くといつしか叫んで歩きたい、気分になっている。そしてああこの欠落感はなんであろう、と。だって神とこれだけお近づきになっているのに、自分からその事を言いだせないなんて、あああああ、つまらん、くだらん、いやん、ばかん。

急に疲れて、おおおおお、と美春は顔を覆い机に伏せた。すると、うわあ、美春は、開きかけになっていた笙野以外の研究対象作家のさる本のページに、誤植がいくつもあるのを発見した。またさらに嫌な予感に囚われてみると、なんと自分がいつも徹底検証する雑誌初出のデータが全部間違っているではないか。でーっ、長編三百枚、後半を単行本からとってしまっていたわい！　わああっ。やがて美春はそらごとを考えはじめた。この世の自分達以外の三姉妹について。殊に、そうよ、あの、浜三姉妹、は本当に本当に三姉妹なのかしら、などと。そしてあのサイトの動画カッコ良かったなあ、と。だって「恋の季節」の後が「網走番外地」。私も彼女らのように旅に出たい、そして浜みちるのように、エレキギターを片手で背に回して、切替えぼっくす型ミニワンピの白ブーツで腰を落とし、巨大イヤリングを微動だにさせず関東無宿な仁義を切ってみたいっ！

反射的に美春は、祖父の胸像のある一族の勉強部屋に走ったそして、

みんなんとこきてよお、どちておれんとこにこないんだあばかーっばかーっばかーっ

と叫んでしまっていたっ！　その上におおお、ついに胸像に一族の位牌をぶちあてて割り始めた。つまりもう美春はへたれ優雅ではない。こんな事するやつは神だ神だ。

それを見てやっと可哀相だなあと御三神は思った。なにしろ寸志暮夫のブログは最低であったしね。だって寸志は卑怯だね。人のところに嫌がらせコメントをして自分のコメント欄を切っておくやつだよ。三姉妹テーマのエントリーも三歳から八十歳までの三姉妹を並べているけれど、その上で自分の専門分野ではとてもしないようなねちねちねちねちねちねちねちヲタク根性

を全部投入した、しつこい容貌比較をやってあるだけだし。尼僧三姉妹も殺人三姉妹も比較は顔だけ。何より正直な悪口ではなく知ったかなのであった。

故に、神の処罰はここに徹底していた。寸志が論敵に出した卑怯な手紙を匿名掲示板に貼り、寸志のコメント欄を絶対閉じられないようにし、寸志が人のコメント欄でした自演や名無しカキコに全部ＩＰと電話番号をつけ、ＢＢＳ等の一人二役を暴いた。そして。

――８　人の道御三神今後のスケジュールについて

年を越えていた。ひとつ片づけるとまた次が来るそんな感じの難儀が続いていた。

限定承認手続きはまず期間の延長から始まった。そんな手続きも地域によって、家裁ごとに、それぞれやり方が違うらしい。弁護士の経費は父親にあずけてある笙野と弟の保険金からはらって貰った。笙野の家から送信するファックスが薄いと言って父親は苛々し続けていた。なんと言っても、笙野の叔父は、結局、笙野の父母の意向に反した遺言を貫徹したのである。しかも笙野はその事を喜んでいる。父は疲れ果てて少し暗くなっていた。笙野はまた何かとうたがわれていた。その日も弁護士事務所の振込支店の名前がおかしい、こんな名前の支店はないと父から言われてあわくって銀行に電話すると自動音声である。しかも銀行は次々統合しているから、支店名はよく変わっている。それはまえの名前です今のは○○ですとガイダンスで言われ、笙野が弁護士事務所に確認するとそんなはずはないと。そこで銀行にかけなおすと、また音声ガイダンスだ。同じ名前を肉声で入力すると今度はそんな支店はない、と同じ銀行同じ番号なのに平気で言っている。人間の窓口についに電話して、私の声はおかしいかと笙野はていねいにきく。愛想の良い声でそんなことはないと言われるが自動音声は笙野の声を聞き取らない。銀行とは何をするところなんですか、と笙野は思う。

その日、笙野は警察へも行っていた。自称読者が他者を無差別に殺すか自殺をするという予告を書いたから、でも読者じゃない。読んでないやつに文句言われてる。

そいつは笙野の三部作のロリコンに殺された少女主人公いぶきが売春を肯定しないから許せないと言う、そして田中和生と笙野が「生計と生涯を共にし病める時も貧しき時も愛し従い合うように」と、口汚く高圧的にネットで命令してくる。相手はいわゆる笙野の言うおんたこである。ラカンについて無知蒙昧なまま、ラカンレトリックの口まねだけする輩で、現実と妄想を混同して笙野に粘着している。何か食い物に出来ると（妄想で）踏んだのだろうか。しかしおそらく、そいつの本棚に笙野の本はない。

読んでないのに作者の名を呼び自殺予告と犯罪宣言、

読まない作品をなぜ論じられるか。いくつかの精読ブログに粘着して嫌がらせをしているからだ。そこからディテールとあらすじ紹介、人物プロフィール等をパクって行く。そして笙野も読んでる人気精読ブロガー怒吐与夢子にさもしったかで自分こそ真の読者と主張し嫌がらせをしコメント欄が機能停止するまで中傷カキコをする。卑猥語を吐く。またあたかも笙野が狂人で売春をしていたかのようにそこら中で書き散らす。そして狂人ではないらしいと判ると今度はサギよばわりだ（つまり読んでないのである）。また他には福祉関連のブログや病に苦しむ人のブログに嫌がらせを書きそこでも時に笙野読者を名乗っている。一方、与夢子はずっとコメント欄を閉じて冷静に精読だけをしていたのだが、最近、夫が亡くなった。しばらくブログを休むという挨拶の記事を書いた後ショックでマウスが動かなくなり、故に、一日コメント欄が閉じられなくなった。するとまたラカヲタの粘着はやって来てそこに祝福の言葉（夫が亡くなった人に）と嫌がらせの書き込みをし笑顔文字を書き、連投した。

何の興味もないそのゴミブログを笙野はすでに親しい弁護士に代わりに読んで貰っている。粘着は獣姦未遂者と意気投合し、子猫投げ殺し作家を褒め上げる死体好きのグロ画像コレクターだ。そして、やつはいぶきを強姦したいのだ。卑劣犯罪を天才芸術家へのパスポートと信じ、損得勘定をしっかりわきまえた（普通の）正常人！　ドゥルーズ研究家を血祭りにと言いつつ、その学者名もろくに知らないまま、エロ語だけたれ流す中流市民なのだ。そいつはいぶきという少女に売春をさせたく、というより世界中の少女主人公が売春を肯定してくれなければ傷付くつもりらしい。またそれがために読みもしない笙野本に嫌がらせをし、精読ブログのコメント欄も読者の交流も次々つぶして行く。しかもつぶれたのは論敵告発まとめ記事のコメント欄からである。与夢子を心配した他のブロガーがさまざまな記事を書くとまた嫌がらせに来る。でもそもそもいぶきというのは、――。

この笙野の難解三部作の第二部の主人公で、六十代の精読ブロガー怒吐与夢子が理解しにくいオタク問題や西哲批判について来られるように、あえて作品の進行を遅らせ、彼女のライバルとして登場させたものだ。同時に時代の推移を描くカメラアイでもある。いくつかの性質はブログ上の与夢子に似てなおかつ逆の面をそなえた存在であり、つまり悪しき近代文学の主人公の愚民性を与えてある。いぶきは火星人で父親から贈与された一生ものの地球スーツを持っているが、この「肉体」故にいぶきは近代愚民にして父の娘でありながらも与夢子のような身体的自覚を持てたのである。与夢子は二十年介護を続け、その中で読む事を生の証にして来た。いぶきは一方、マッチョ娘でもやはりまじめに文字を読む女の子だ。いくら勝手にとはいえ味方の少ない笙野に対し素人伴走してくれるきとくな与夢子を、これで「釣ろう」と笙野は思ったのだった。劣化した形式的な近代文学に対する悪意をこめて、登場人物を、いぶきを、贈ったのだ。そしてそんな典型的な愚民いぶきは天国で典型的に救われるしかないし権力に転がされ死後も肉体を生きるだけなのだ。ところが粘着はこの感情移入しようもない程つくり込んだ人物を自分の利権と思い込み、今は笙野への殺意を書き続けている。この意図的スタンスの悪意どころか笙野の文章それ自体も三ページも読めない無縁の衆生なのに。そいつはただ笙野という人物が虐ヲタ批判をすると知って与夢子のブログに侵入して来ただけで。そんな中、――。

　夢で玄関にいた七福神はやはり天孫系のものなのかなあ、あああ、嫌だ、と笙野は思っていた。二晩徹夜で原稿を書いていた。もう、白眼がたるんでゼリー的になって来た。頭の中でどんどん変な音がしていた。この音がなんの音であるか実は作中の笙野はまだ知らないのであるが（ただ美春から意味不明のメールが来るばかりで）。

ぢんぐるぐっちゃにゃんきゃびゃんきゃ、ばんのろけっっちゃ、ばっやへっちゃ、らっけれ

れっぢょーぜっぱぴっちゃ、

へんだなーへんだなーへんだなーと笙野は思っていた。鼻血も出てきたし夢も見てないのだ。でもその時、あの玄関にいた七福神の弁天が、まるでもう一度夢にぶち込まれたようにまざまざと脳内に再現されていた。起きているままの幻が目にではなく脳から生えてきて、その上でその「美しい」顔がふいに、あ、なんかこの人知ってる、というような

おたふくになった

すると音楽が変わった。

げげげげごごごごげんげんごんごんごーぅ

と。

資料は『神仏習合』（岩波新書／義江彰彦）、『八幡信仰』（塙書房／中野幡能）、『蛇』（講談社現代新書／吉野裕子）、『神道民俗芸能の源流』（国書刊行会／鈴鹿千代乃）をはじめとして、『海底八幡宮』で使ったものの他、『天皇と日本の起源』（講談社現代新書／遠山美津男）、『日本神話の考古学』（朝日文庫／森浩一）、『（1）河童』、『（2）無縁仏』（双書フォークロアの視点／岩崎美術社／大島建彦編／＊柳田批判は鈴木満男氏論文より）、『福神信仰』（民衆宗教叢書／雄山閣／宮本袈裟雄編）、『闇の摩多羅神』（河出書房新社／川村湊）、『菊池山哉考古民俗学傑作選』（河出書房新社／菊池山哉著・前田速夫編）が加わっています。作中の多くの読み筋は資料に反した作者の空想である事が多い事を参考文献著者訳者の方々に感謝しつつ言明しておきます。特に人の道御三神はまったく架空の存在であるため登場神社御祭神の主要なものはわざと字を変えております（故に原始八幡という語は存在するものの、架空の用例になってしまっています）。元の字は応仁が応神、神宮が神功、宗潟が宗像、天川が天河です。実在の神社に対してはあくまでもフィクションである事をお断りしておきます。空視点は論敵等の言動から逆算し、天の香久山の標高が低い事から発想して書いたフィクションです。学問的根拠はなく、特定の資料にはよっておりません。鳥八重子と浜三姉妹非公式ファンサイトの存在は未確認です。マダラ神のオノマトペは文章リズムの関係上微妙に変えました。⑨は、当然刊行時の書き足し予定分です。資料についての質問は受け付けません。

楽しい!? 論争福袋

日々これ論争、ブスの幸福を誰も奪えない

＊取説＝福袋をご存じない皆様のために、題して福袋とは何だろう。

とある日、倹約自慢の主婦が、珍しく、買い物袋を提げてS倉分譲団地の坂道を登って来る。それは彼女が一年にただ一度「好きなだけ」買い物をする事を自分に許した日。つまりお正月。春夏秋冬が巡り、一年が更新される、大歳神が監視する中で、すべてが死に、また蘇る、めでたくも恐ろしい境界の時間。

歳末決死のセールがすみ、全ての買い物が終わったその日町は静かである。但し初売りが二日というのは昔の常識、家電の正月セール、ネットの社員福袋、消費者と営業の静かなる対決は一般参賀の記帳の間にさえも粛々と行われているのである。（これこれ、いっとくけど文学を売上ではかるなよ）。

そんな時間の中、正月らしい身なりでもなく、髪だけきちんとした彼女はちょっと年齢不詳の姿であり、人間にしては歩くのも早過ぎる感じ。でも普通にS倉の奥様です。昨夜締切りを終えたばかりのね、つまり酢レンコン煮しめ主体の野菜お節を完成させたばかりって事です。暖冬なら近所の野菜直販で一個四十円、たまにスーパーの目玉で三十円のキャベツが、いつも彼女のお肌をつるつるつるにしている。

そして正月、別に着物とか着ない彼女。一応美容院は行ったけど。すき焼きは二月よね。ハム、ソーセージは正月明けに値が下がるから、その時に買う習慣。取り合えず新年は根菜でヘルシー。

カットは近所の美容院千五百円でも自作のシャンプーで洗う髪はさらさら、自転車と歩きで鍛えた足腰は健康そのもの、「ユ○クロ遠いでしょう?」と○オンの奥様ジーンズを愛用するけれど足は長くて、スタイルはモデル並。しかしこの成田に近い町に住んで、彼女はスチュワーデスと間違えられた事がない。

夫の残業は不況で激減したけど、どん底以前に買った家のローンは完済直前だ。車も最低限しか使わなかった。今でも坂道を上ったって息も切れないし。え? あたくしの? どこが五十手前? どうみたって三十五だわ。お洒落な女性でもつい見落とす後頭部の毛の薄さを彼女は勇敢にも自覚してちゃんとケアしている。ヘアダイはヘナの自分染めである。

なんかもう何にも欲しくないわよ、この年になると。カタログ見たって別に嬉しくもないもの。でもね、お得があたくしを呼んでいるの。節約はするけれど、節約って言うより、買いたくないだけで。我慢っていうか、何もしないのが好き。ただ時々開放してやらないと我慢の面白さがない。だから一年に一度絶対に安くて得な福袋だけを買うの。え、高級ブランド三万円袋、いらない、そんなの、中の見える福袋? へええ、高級バッグ二個とストールとペンダント、あら、じゃ、ちょっとカタログをチェックしてあげましょうふん。おやおや、このバッグ普段遣いにはちょっとだけ小さいわ。素材はいいのに子供のお稽古バッグのサイズ、そしてこっちはフォーマルには無理ね、大体そっくりのデザインを二個持ってどうするのよ。お財布付きだって、ええと、その市価が一万円だからこれだけでもお得って、……だけど主婦のポケットには入らないサイズだわ、ほら、ちょっとだけ分厚いの。そして、ストール、申し分ないけど、真白じゃすぐ汚れる。え？　他にファー付きのコースもあるって？　でもね、あたくし毛皮似合わないの。いくつになってもジーンズ奥様よっ。とどめのペンダントが、これ結局10金でしょ、ロゴになってるって、企業の宣伝を首から下げるわけ。

四十代からタウン誌の編集で働くようになって、むしろ宣伝というものに懐疑的な彼女。まあそうは言っても本人のマグカップは百円で買った企業ネーム入りのもの、有名デザイナーがやっていてセンスが良かったから。というか三年前、ファンシー福袋から出て来たネズミさんの模様のカップを、割ったたから買ったもの。どうせ戦略の掌の上ではある。

だけど彼女にだって言い分はあるわけで、あたくし福袋大好きだけどゴミ袋は買わないから。故に今年は千円のイタリアン福袋と近所の子供にあげるキョロちゃん袋ですわ。これで「好きなだけ」買って総計千五百円、散財ではあるけどね。こうして、帰宅。

あのね、お母さんね、イタリアン福袋って初めて見たんだよね。正月とて夫は疲労熟眠中、子供は池袋のデパートに勤める長女とまだ学生の長男。そんな家族の前で彼女はその、可愛いうさぎ模様のビニールトートを開ける。でかい。千円の福袋に使える、大きい容器。おそらくこれは本年の彼女のエコバッグとなるはず。さて推定定価の総計です。電卓登場。

「ほら随分重いけど中は半分見えないのよ」。まず現れたのは①デザインはともかく微妙に内容が判らないサイズのパッケージである、え、これ、何？　パスタ？　レトルト？　ふうん、焼きスパのもとって宣伝してたけど、なんか判んないわね、次に、②おやおや、これ新製品かしらグレープシード入り傑作イタリアンソースってまあ効能はともかく、お母さん家に調味料さえあればソースは作っちゃうから。だって、あたくし料理うまいんだもの。でもこれならば、きっと高級よ。使っちゃいましょう。いい刺激だわ。

下宿して高専に通う息子は冬休みとて帰省中である。「いつも調味料同じだから味が一定でつまんないんだよ」、なんて余計な事は言わないの年の割りにおとな。そして高ＩＱ、ブログ持ち、途中でちょっとぐれてた男前プログレ系。故に母親炎上させている暇なんかない。正月も学校図書室で借りてきた本に夢中（ええ皆様これはあくまでもフィクションですが、テーマ構築の必然上、どうしても現実の時系列との間に齟齬が生じております、へっへい——作者注）。そして福袋の「検証」は続き、福は連鎖してもたらされるのである。

あっしまったお母さんこれ使わないわ。薄力粉がいいの、（袋が重かった理由がここで判る③強力粉五百グラム）でも買うとこれだけでも五百グラムだから二百円よ（こんな時だけ定価で計算すな）でもなんか普段なら使わないわよねえ。あらあら④オリーブ油五百ミリ、パスタ五百グラム、ケチャップ五百グラムにミートソース三人前までやっぱり得しちゃった。⑤ふうんスパイシーソルトだっていろんな事に使えそう⑥えっ、カットトマト大缶、微妙だわねえ、賞味期限は？　あ、大丈夫だわ。あらこれここの社員用パッケージなのねじゃあ元々お徳用のものだわ⑦でもやっぱりこのトートよね、水泳教室のバッグにしようかしら。福袋の楽しさって結局使い道を考える事かしらねえ（うーんなんちゅうか家族が一緒に楽しんでくれないわね、ふん）。

いつも鋭い長女は正月も知らんぷり、炬燵で弟の借りてきた本を検分中。彼女Ｓ武の文房具売り場なんだけど娘から去年言われたセリフがふと、繊細な奥様は気になってきました。

そう、文具の福袋って買い損がないのよ、賞味期限なしで、流行も少ないし、と裏技本で見た知識を披露してみた時でした。「でもね、あれ年末に作るのよ売れ残り入れて」と（あっ、孤独だわ畜生）。

すると優しい長男がちょっと気を遣ったつもりでからかってくる。

——ほら、これ、借りられる福袋だよ。この本、小説のおまけが福袋になっているんだな。

無料の福袋っていいんじゃね？


えーっ、福袋、貸出？　福袋？　無料？


その時（ああ、ギョっとしちゃったわ）。

なんと言えばいいのだろうか？　なんか訳の判らぬ、快楽を阻害されたような、覚悟の出家を反対されたような、すっごく不明瞭でぬるぬるしたむかつく不全感が彼女を襲った……。

あああああ、この野郎！ってちゃんと話に入ってくれた我が子に対してお母さんは思った。こいつは私の構築した生と死のバランスを崩しにくるわ、と。こいつは正月という一年の境界の時間を破壊しに来ているのよ、と。大切な息子。彼女が何もほしくないのは実はこの息子が無事でいるからかもと思う程なのに、だけど彼女にとり、別の意味で大切なものを今侵犯されたとついつい感じてそれで、ああ、怒鳴ってしまったわ、えええええ母なのに、母を越えて、母を解体して、母は買いたい（お、そして気がつくと、母は大声で）。

駄目です！　福袋は、買うものよ！　その本、買ってあげるから。

そして不意の出費が彼女の家を襲う。げーっ、単行本だってさ、図書館あるのにさ、でも でも彼女は福袋の中身を「見る」ために定価で買った。電卓を横に、それを通読した。すると精神の満足が、自己言及なき自己への肯定感が彼女を襲うのだ。なぜならその本は幸と不幸の、つまり福と災のバランスに、つまりは精神の、主観のメカニズムに、目いっぱい言及がしてあるものだったから。その上、感想の出にくい実態をうまく、ひとことで要約してくれる、フレーズまで付いていた。で、彼女は言った。そのフレーズを。

——ほーらお得だった。なにしろワンクリック千七百八十円もの内容がたった、……。

謹告——ちなみに雑誌掲載時スパイウェア付き福袋と予告しておりましたら、作者の家のパソコンが本当にスパイウェアにやられてしまいました。そこで福に悪のりは禁物と自戒し、今回は「幸福」入り論争福袋に変更いたしました。

さて、嫌な世の中ですが、せめて、自力で摑める誰も奪えない、文学の幸福だけは沢山お届け出来ますように、せいぜい努力いたしますのでひとつお見捨てなく。（作者）

というわけで只今から論争福袋。まずは目録から、先ほどのイタリアン福袋の商品についている番号となんとなくお引き合わせになればよく判りますかと。

思いつつも、さて、福とは何か、そもそも福袋とは？

①福袋とは何だろう。それは売れ残りを入れるもの。売れなかったというと何ですが、自分

没のエッセイをひとつ放り込んで、さてまず、これがひとつの福、残り福ってやつで。題して、——エッセイで論争、ま普通そうだわな。

②福袋とは何だろう。それは新奇なお試し商品をサンプル的に入れるもの、これがもし鋭いお客様のお気に召せば、きっと長く愛されて残る「発明」となる。

とはいえ、笙野の新奇なんてもうあたしの場合は普通、故にまあことさら小説のあんこがはみ出て飛び散ったような「論争小説」を。題して、——小説で論争、これもありがちだな。

あっ、なんかこれで出尽くしてしまったかもいや、どうかしら? でも出来れば七福と行きたいですなあ。じゃ無理してやってみようっと。

③福袋とは何だろう。お得だけど単品ではちょっと手にとってくれぬような重いものを入れる。するとおおおお、不思議奇妙な新鮮さ。ではこう来てみましょう。——引用だけで論争

(重い議論等の引用です)

④福袋とは何だろう、やっぱり日々の平凡なものひとつひとつと入ってお得な感じ。日々の平凡だったら——うん、日記で論争

つまりね、論争文そのままだったら大きいメディアは乗りませんから。サービスの中に忍ばせる。これが日記の袋に隠した論争の福というものである。

いやーしかし、ここまででもうきついですなあ。そしてなんか昔の漫才みたいなこじつけ的祝福感て今の若い方達にはどうなんでしょうか。

⑤そうそう、福袋とは何だろう、関連商品というのかな、小さくてシンプルで、それだけではやはり独立し得ないというか。——検索で論争

⑥お店で普段まかないにしているような内輪のものも入れているそれも福袋。――打ち明け話で論争

⑦まとめ的です。これら①から⑥の福というもの、より楽しく使うためのマニュアル福。ツイッターで論争

お、七種類揃いました。それではスタート。う～ん、でもさすがに残り福、けして一筋縄では行かぬブスの福（ま、①自分没の理由は後で）ばっかりです。残り物が幸福で、ありものが幸福で、日常が幸福でお試しが幸福。なんだって幸福にしてしまえるこの世界、それは不幸が大前提のままならぬところだから。でもその中でブスは戦って福を身につけるかすかな福を。だってブスって相対的ではあるけれど世の中美人の比較には熱心でも、ブスをいちいち比較する人ってあんまりいない。ブスはほっといてもらい好きなようにしてミスコンのテレビとかもあまり気にしないで、うまく手に入れたものを勝手に楽しみ、独自に単品の幸福を、育てて生きてゆく。自分に満足し学歴差別もスルーして生きていける。たまたま我が手に摑んだ一個の石ころも祈りの道具、日常が幸福、無事が幸福、「もっと、もっと」がない。例えば理不尽な抑圧と戦ってやっと手に入れた一日の復元こそ真の所有なのだ。

え、そんなの幸福か?って、うん、安らかで悩みはない。持っているものは愛する、楽しいもの、人の視線ではくさし得ないもの。これって案外、「幸福」かも。

さいの河原のような論争の中で一個の石の、福をにぎってブスは眠ります。永遠のイワナガヒメは。

①エッセイで論争題して、

「地獄で裁判、鰓井博士将軍の華麗な請求」——笙野頼子

生きていれば人は、ふっと不快な目に遭う。道で出くわす妖怪みたいに、ある日、どんなに真面目にやっていても、それと出くわしてしまうのだ。もし見ずにすませれば、と思いはしても、つるんと目の隅に入り込み、すると災難である。だったら見ずにすませれば？　人は幸福になる？　いやーそうとも限らない。だって一時否認したばっかりに、一生の不覚という事になるかもしれないんだもの。というか一生、だけですめば結構なものだが、なんちゅうか、そうですとも、私は文士、私には死後の名前がある。作品が残る。そうそう、例えば自分のずっと手掛けてきた「仕事」が葬られてしまうのである。うんだから物書きは論争をしたり、損な裁判だってやる人がいるのだよね。しかしそうして裁判で運動でかち得た成果も死後にまた嘘つきの書いた炎上本でひっくり返されたりするし、きちんとしておいた弁明さえお調子者や飢えた出版社にぐーっと押し退けられ、そして気がつくと煽り商法の種になっている。それは誰の身にも起こる事なのだ物書きなら。井伏鱒二にも小熊秀雄にも。遺族は泣いて抗議しようとする、とおためごかしに止める連中は必ず「あんな風評、なんざんすか、おほほほほ先生はもっと大きな方ですよ、ね、黙殺なさいませ」。それで相手が自滅すりゃ、ま、いいんですけれど。時には炎上したまま焼け野原となる。

ああ、作家それは魂のイワナガヒメ、人は死ぬけれど石は死なない、死して作家は自作の中

に転生する。だけどその転生した環境が例の焼け野原や砂漠になっていたらどうするのよ。誰も来ない、作品に罪はないのに、中傷され誹謗され忘れられるなんて。そうそう、作家が生きている間にやっておく事、それは死後に作品を読まれなくするような大声と戦っておく事だよ。それでも死後にまたやって来るけどね。商売商売、煽り煽りの嘘八百の百円ライターが。「あ、知ってる、知ってる、笙野頼子って、あれ、ほらてくの書房の立派なシリーズで読みました作家のスキャンダルって本当に面白いわね、ホラーなヒステリ女で発狂してるでしょ、論争？　美人への嫉妬を隠すためだったってね、え、その不細工女の本図書館にあるって？　ふーん、どうせ、わけのわかんない変な人なのよね、うん、読まない、だってもう要約読んで、判ったから」

　ああああふざけんじゃねえよ、って言うまえにね、お前なんか読者でもねえのに、とっとと消えろってそれだけですわ。そうそう、清水良典さんが書いておられました。バカの壁という　より読者の壁って、それは、文学気取りの判りたがり、偽物インテーリーと、文学を読みながら文学を生きて、いつしかこの世の出来事をも、フィクションの中に読み取る実在読者との、どうしようもないあの、越えられない壁。

　買って十年、少しずつ崩壊に向かっているパソコンの中、ああ今日も一匹釣れている。早稲田がどうとか言っている若き学徒の手柄顔。「いやー判った、判った、これで何もかもが、つまり笙野頼子の難しい金毘羅や、錯綜している論争の中身なんて、根本は美人への僻み、男へのやつあたり、ほほーよく纏めているなあ」。へえ、でもその本二十一ページに間違いが百以上あるんですけど。時系列、人物、資料、事実、そのどれも書いたやつの頭同様ズレまくりで。

ていうか赤新聞でももう少し取材すると思う。私の本のストーリーまで間違っているわい。つまりね、いっそ判らない方がいいのですそんなもの、君には無理ですから。わけわかんなくても人を酔わせる文はえええええ「天地をも揺り動かす」だけど、ああわーったわーったで人の「覚醒」をうながす本は、たかが井戸端会議の種、二項対立マスコミおとぎ話。

と、ここで歳月はいきなり飛びます。

論争を初めて十数年目の事、それは次第に言い合いに白黒が付きはじめて二冊目の纏め本を出そうかというあたり、なぜか、ふと目についた記事があった。それは新潮38つまり大部数の論壇誌である。そこに、笙野の論争は何の理由もないおかしなものだ、そして津島◯子を批判出来ないのがおかしい証拠の典型的一例であると、ありましたが一方。

実は私には津島◯子様と題した批判の文があった。罵倒文ではないが声は上げている。そもそものエッセイの題名自体、津島◯子様という呼びかけで始まっている。津島さんはそれにきちんとした感想をくれた。ええ、だからあるのです津島批判。なのに、ないって言っている。誰？　この不勉強の評論家は？　反論書かせてくださいと新潮38に言った。断られた。早稲田文学に書いた。丁度纏め本の出る時だったからそこにその書いたエッセイを、入れた。

あのうさあ、これって私がこいつを論破したっていうことではないの？　だって相手がないって言ったものが私にはあったわけだからして。

「ああ、あんた財布ないよあんた盗ったでしょう」、「いいえ、ほら財布ならあなたの座布団の下に」。まあでもこういう人って謝らないからね。さあ、ここから始まった。論破したものだから私は恨まれたわけで、仕返しの場所はもうネットになっていた。別の意味で、そこは大変有名なブログでした。

仮にまあその方を鰓井《えらい》博士陛下とお呼びいたしましょう。最初はまあ斜め三十度位からそろそろいちゃもんを付けていましたね、例えば新潮38が私に反論させなかった事、その正当化ですな。笙野頼子は狂人だ狂った反論文を持ち込んで来た発狂しているから反論させなかっただけだ新潮38はそう言っていた、と。でもそんな丁寧な応対私はされていない。いわゆる、門前払いでした。故に、そんな検討済の没原稿がそこにあるのなら、お見せくださいと新潮38に問い合わせました。するとブログはなぜか訂正をしたけど、なんか、博士は今度は裁判にするぞって紛らわしい書類をネットに出しました。それからもう四年以上、その、訴状草案とか言うものがネットに出ています。謝罪しろ、慰謝料三百万と書いてあってそのまんま。季節は巡る。

売った喧嘩に負けたら提訴。侮辱しといて金寄越せ。毎日言ってる何年も。

そして本当に家に提訴予告が来た。弁護士さんにお願いして書類を書いて貰った。既に判例の確立したケースであり、謝罪する必要がないというお答えである。ですので訴状も削除してね、と一応請求した。でもそれからも記事は公開されている。鰓井博士はずっと三百万円と謝罪が欲しいのである。

ん？　それで？　その請求書の横でいったい私への中傷をいつまでなさるんですか博士陛下。民事訴訟の提訴期間はもう過ぎている。つまり訴訟出来なくなっているのにまだ言われている、金寄越せ三百万。

げえ、私が処女かどうか知りたい……しつこくすれば音を上げて、三百万くれる、と思っているのでしょうか。他にもその内容は私の出身大学が程度低い、私が狂人である、こずるいせこい汚い人間であるというもの、また私の論争を評価してくれた大西巨人氏に抗議しましたというもの。私にインタビューした記者の実名を晒して批判するもの。無論論争への批判パターンはいつものやつ。笙野は○○を批判していない、でも私はその○○に入るものを批判している。「眼鏡、ない？　盗んだ？　あんた？　カード、どこ？　盗んだ？　あんた？」。だーらあるってば。博士は謝らない。

まあそれやこれやで鰓井博士陛下は今度私に関する一章が入った文学の本をお出しになりました。昔と変わらない、ええ、それが先の間違い探し本です。百の疑問のうち二十ばかりをお出ししたところ、明らかに事実と違うものいくつかを会社側の仲介者は認めたものの、博士はこれ以上の訂正は編集を介さずに直接やりたいとおっしゃいまして。

その上で間に人が入るのならばと、すりあわせ自体を拒否して来られました。しかし一体どうして私ごときがこの博士に直接接触出来ましょうか。例えば直接メールのやりとりをしたばっかりにある女性はこの鰓井博士を刑事告訴する羽目になったのですよ。ええ、筆の喧嘩は私強い方ですけど世間には疎い方ですのでねえ。その上鰓井博士、K都府警に調べられたとブログに刑事さんの実名まで書いて「反権力」な罵倒をしておられますし。まあ公安系なら一種名誉かもしれないですけど、一般市民を脅しておいてって、やれやれこんなものと接触しなきゃ訂正も出ないのかね。そして会ったらやっぱり博士は金寄越せと言うのかしら私は困惑だわ。まさか本全部買い取れとか言われるんじゃないでしょうね。でも版元はそういう会社ではないのよね。危機に際しては作家が街頭でサイン会をして助けようとしたという伝説の会社、ま、その時街頭に立った作家の方のひとりにもこの鰓井博士陛下は中傷をしています。え、女の批判をやってないって？　ぱっと開けただけで三箇所ありましたよ。そんなこんなで鰓井博士陛下とは自分が捜し出せないものを全部ないと言ってしまう裁判や論争で勝った女作者のところに化けて出る妖怪です。故に当の版元がもし百周年を迎えてもこの民事で立派にいけそうな名誉棄損本には事実誤認の訂正さえ出ないかもしれません。ああああ。

　売った喧嘩で負けたら提訴、侮辱しといて金払え。

　こんな博士にどうして対抗？　幻であれ現であれ、筆は真を書くものなのに。

　勝った喧嘩で脅迫受けて、……え？　さてでも弁護士さんはこう言った。「これ強要罪なら成立する、刑事告訴状はすぐに書けるがただね、物書き同士の争いぎりぎりまで筆でやりなさい」。（ちっ、あんなヘボでも物書きかよ、時効は三年か……）

　え？　このエッセイ面白い？　うん、ありがとでもネタは使ってあるやつでしょ、ただ後日談ではあるからね。そこは新しい。どっちにしろ結局は自分没にいたしました、エッセイです。さる渋い純文学専門誌のために書いたものです。地方の小さいけれど一流の版元さんに、見せもしないで袋に入れたの。どうしてかって、枚数も合わないけどそれ以上にね、博士がすぐに訴訟するぞと言ってくるから、どんな一流でも人手の無いところに迷惑をかけられない、顧問弁護士がいる会社としか私はもう仕事出来ないの。それで没、お店に出す前に袋に入れて。

　で、これが論争セット福袋一の福です。こうして、没も拾われる。あ？　作家志望の君？　没も特にいいのはとっておこうね、だって例えば作家の修行時代の没原稿、実は全集に入れれば「資料の目玉」となる。そして生家から出て来れば新聞の特ダネになって掲載誌の喜びになる、そういうタイプの福。

えええええ、文学の福ですからどのような福だってひねくれ福なのだ。

じゃ②小説で論争、短いけど。

夢小説「本当に圧縮な鰓井博士陛下」

初夢がひどいのは昔からだ。悪夢というよりは不毛な夢ばっかりでそれが未来を表す事などけしてありえない。一年を占う夢は年末に見る。疲れ果てて一番困っている時に、それも七福神が後ろ向いている夢とかのネガティブなやつ。心理というより体がくたびれてきたのではないだろうか。年取るのって福？　かもしれない。うん、五十越えて気付いた。しんどい宿題が終わって好きな装幀の本がどんどん溜まっていくってね。絶版になっている昔のを今の若い子が、どっかから持ってきてネットで読んでいる。

しかし今年の初夢はずばりそのまんまだったね。福袋がゴミ袋になってしまう夢（あくまで小説です本当に見た夢は内緒である）。仕分けている、仕分けている、十年も前の資料が書斎中に散乱して、その中からまた論敵のゴミ言説をひっくり返していると汚い下手な言葉に染まって自分の輪郭がむしろはっきりして来る。でも気分は悪いね。ああ、人が？　間違ってそのまま書いた、私の論争について？　「ココ違います」って言ったら「証拠出せ」ってそうそう人のこと間違えた間違い野郎が、悪い頭振りたてて威張りくさって来るから、おともの金魚やイトミミズまで物知らなくて意味不明とか言うから、その説明をして、十年前の雑誌、自作の引用、全部引っ張り出して、人の事勝手に間違えて書いた名誉棄損の本に許可願って無料で、ひどい目に遭いながら訂正して正しくしてあげようとしているの。するとそれでバカにされて八方ふさがりにされて秋から正月まで目茶苦茶に営業妨害で、家事も出来ないし、でももし裁判にすれば「表現の自由が」って言われるかもしれないから、仕方なく穏便に訂正をお願い。嘘書いて中傷して、人に損害与えた煽り野郎の炎上商売に、訂正のお願い。

しかしなんか直接交渉じゃないと駄目って言って来たよ。つまりはメアド寄越せもっと嫌がらせしてやるぞってか？　お、ツイッターでプライバシーありの私の訂正事項に、中傷を加えて、バラまいていやがる。

うわっ、ご飯に砂が入っている。洗濯物にドブ水が。空からしっこが落ちてくる。なんだろう、あっ鰓井博士がぶんぶん空を飛んでいる。ぞろぞろ地面を這っている。鰓もだけど鼻の穴もふーん、ふーんて言っている。お脳の中がイトミミズ。口から金魚を零している。白ジーンズで腰を引いてる。パッパとジルバを踊っている。博士は東工大のパソコン壊した。東大のやつは壊せなかった。東大の人はメール見なかったの。どんなに不細工な女の人でも博士に「美人」って言われると気色悪がってぎゃーって逃げる。

これでもしあっしが裁判してそれで相手の会社が困ったりしたら、それは絶対博士のせいなのにね。だけどきっとみんながあっしが悪いって言うに違いないね。

そういうちゃもんの事を多分機会主義って言うんだ。だって池田雄一さんがそう言ってたから笙野頼子は機会主義と戦っているって。

あっ、鰓井博士がツイッターでまたまたまたまた嘘いってる。タイムラインに並んだ実名、なのに中身は2ちゃんより嘘。

③引用で論争。
まず材料です（キリッ）。

Ⓧ『海底八幡宮』後書き、「捕獲装置とは何か、」P224からP226あたりまで。

これがまあ、ケーキの型とかキャセロールの器とか思ってください。

Ⓨ『群像』創作合評（知る人ぞ知る）、2007年10月号。

ギリシャの家庭料理ならムサカのお茄子とかそんな感じ。結構沢山使います。仕上がりはお熱いので火傷に御注意。

Ⓩ『すばる』2009年3月号の短篇「元競馬場」。ええ、ムサカのミンチでございます。

もしあぶらっこくても歯切れ悪くても、生煮えでもここに挟まないと仕上がりません（おなかイパーイ）。

@引用だけで座りが悪けりゃ繋ぎの粉とかチーズを入れて、ま、地の文です。

さてこの「コメント」、本文中で予告しちゃったんで一応やりますが、なんだかその後消息不明になってしまった言い争い（?）です。今では論争小説だったのかどうかも実は判らない。でももしかしたら私が知らないだけなのかもね、検索もいろいろやってみたのだけどうまく探せなくて。取り合えず、Ⓧにおいて、私はこう書きました（と器を取り出す）。ていうかま、これが前回までの「ストーリー」で。

【引用Ⓧ】　青山真治さんという人がまあ映画監督なんだけど小説も書いている。二年前の夏の、創作合評において、彼の作品を三人で批判した。ところがそこから一年以上も経ってから、小説の中に、ちょっと状況が似てるかなーという場面が出てきたのさ。ただなあ、小説と言ったってじゃあこれは論争小説か？

＠すでに論争でもないと思うけど。でも感想は言っておく、この部分について。

さてまた。Ⓧです。Ⓨの設定に言及。

【引用Ⓧ】（略）連作で実名ではないものの実在の編集者がモデルで出てきたり（略）でも活字になっているうちらの創作合評となんだか随分違う（略）

合評の時、うちらは三人で全体を批判した。でもそこはスルーされている。そして短編という事もあるけれど、その批判はこんなふうに単純化されて、受け止められている。

Ⓐ映画の世界から来た新人作家（主人公）に映画に無知な人たち三人がその映画関係の文章、用語を指して、彼の熱い思いを揶揄するような無理解な批判をした。

Ⓑこれは文壇における他ジャンル出身作家への排他性を示す。

Ⓒ中でも意地悪の大家は古い方法論をたてに彼に対し無理な要求を出した。

Ⓓそこへまた映画の事を知りもしない女性作家が付和雷同した。

ところが、証拠があるのだけど、合評はこうなんだよ。

つまり参加メンバーは笙野頼子、中島たい子氏、っていうのは、脚本で城戸賞とってからこっちに来た女の新人作家、そして伊藤氏貴氏彼が評論家、ほーら。でもなぜか小説では笙野、大物評論家（Ⓒ参照）、中島たい子、これが映画を知らない女性作家（Ⓓ参照）ってことにされている。まあこれじゃⒶとⒷの比較も必要ないわな。Ⓒはまた本人の駄目さを一般論にすりかえた言い逃れだし。

でもまあ小説なのでね。ほんとうはもう少しきっちり引用もして検証したい。

ちなみにⒶのところに書いた新人作家という言葉は確信犯ですので、あんただろあんたという意味になっております。

さあさあ、それではこうしてセットしたⓍの器に、ⓎとⓏを重ねて敷き詰めます。ではⒶ、Ⓑ、Ⓒ、Ⓓ、の順に詰め物を。でもⓎとⓏの順番は？　ミンチが先の方がいい？

まずⒶに関するⓏの引用、笙野が言ったとされる言葉ですね。

【Ⓐ×Ⓩ】《この「キャ」というのはなんだろうね。「カメラ」でしょう、日本語では。それにそのあとの「目線」という単語。これ、日本語じゃないよね？　そんなへんな言葉、日本語にはありませんよ》

@へえ、まあ私ってそういう正しい日本語を守る臣民なわけかよ。でも実際は目線どころか上から目線などと言う、悪名高き言葉まで、私は平気で使っている、「悪い言葉」を確信犯でね。そもそも私「2ちゃん語ぺらぺら」婆リンガル。日本語、日本語、美しい日本語、レストレスドリームの頃から一体どれだけ破壊して来たか、戦ってきたか。そういう私は本当はこう言った。

【Ⓐ×Ⓨ】　それから私は、この「ヴィデオキャメラ」という言葉が妙に癇にさわります。

@ただし使われていたのはこういう場面ね（笠野の発言です）。

【Ⓐ×Ⓨ】（略）実は彼はいつか年とともに不能になるという恐怖に駆られていて、ヴィデオキャメラを買います。

映画学の先生ですので、映像とは何かを知った上で妻との性交を撮影します。中上健次さんを想起させるような文章もところどころにあるんですけれども、性描写においては、鮮明さとグルーヴを欠いた自意識のない文章が続きます。

@ほら、こういう場面のこういう書き方、出て来る単語に思い入れ？　で、答えた中島たい子さんは脚本家です映像の方、プロの賞を取っている。

【Ⓐ×Ⓨ】中島　映画業界の人はいいますね、「キャメラ」って（笑）。年代が上の人は特に。何かそこには無意識の思い入れがあるんだと思います。

@そうそう専門の方がそこにいたからこそ私は安心して問いかけた。そして単館系という言葉もこの日習いました。つまりね、どんな言葉も使いよう。

【Ⓐ×Ⓨ】笠野　映画の言葉も使い方ですごくおもしろいときがあるんですよ。でも、青山さんは配置が良くない。こんなに改行の少ない、男女の肉体のグルーヴを追う場面で、何がキャメラかと思ってしまった。

あと第二章に「いやだ、恥ずかしい」「ダメェ」とか「股間を覆う矮小な布切れ」とか書いてあって、ギャグではないのよ。

@さあ監督、どうなさいますか。「この大根め」って怒鳴ったら「言論弾圧」って言われた気分だよもれ。

【Ⓐ×Ⓩ】　だが、その「キャメラ目線」という業界用語を、映画をつくるスタッフたちが当たり前に使う言葉として、零児はそれより他にかれらの肉体性を捉える言葉はないと踏んで書きつけた。

@だーらその「当たり前」とやらが滑ってはだめ。すべての光に身を晒し「まことの嘘」を作るから小説なのであって。

【Ⓐ×Ⓩ】業界用語なのだから、へんな日本語で当然だろう（略）

@当然って何ですか監督が当然って怒鳴れば脚本家が黙るからか。

【Ⓐ×Ⓩ】　――文芸の世界だからこそあらゆる言葉を平等に受け容れるのかと思っていた。

@文芸って何ですか。文学の事ですかね。きっと文学って言い方が「妙に癇にさわ」るんだろねえ。そして「あらゆる言葉を平等」にするのは可能だとしても、レベル以下の操作しか出来ずに舞台から転落してしまった言葉は「平等」に失格です。

【Ⓐ×Ⓩ】　さらに、仮説を元に存在しない映画を仮構した箇所で大物批評家が新進女性小説家に、

《で、この映画は面白いわけ？》

と問うと、新進女性小説家はあっさり、

《つまらないですね》

と答えた。存在しもしないものについてどうしてこうもあっさりと断定できるのか（略）

@それはその「新進女性小説家」が映像の専門家だからではないのですか。あるいは作中監

督がそのように指定したからではないのですか。
【Ⓐ×Ⓨ】中島　映画では、脚本を書く前にプロットというものを書きます。細かい粗筋みたいなものです。この作品（青山氏の合評で取り上げた作品合評文にはないけど今入れた、笙野注）には非常に丁寧で、完成された形のプロットが入っています。これを読んで映画を想像しろということなんでしょう。笙野さんも先ほどおっしゃっていましたけれども、シーンという言葉になじみがない小説の読者に、話が八割くらい進んだところで映画のプロットをポーンと投げてくるのは、単純に脚本を書いてきた人間としてびっくりしました。
（略）
笙野　もし映画関係の方々がこのプロットを追われたら、どんな映像になるのかをたちまち、想像できるのでしょうか。
中島　スタッフ次第だと思いますが。脚本家がプロットを書く場合は図面の段階なので、監督を含め多数の人にわかるよう明快に書くことに徹しますが、監督がプロットを書く場合は、すでに自分の頭の中に完成映像はできているので、こんな感じに撮りたい、と特に演出部分に思い入れて細かく書く傾向はありますね。作中の映画もそのように書かれているように思います。
@さあここで評論家伊藤氏貴氏の登場です。この方、文芸評論家ですが映画には詳しいです。だってもともとの専門が美学、芸術学。しかも作中映画のつまらなさをも好意的に解釈してたのに。

伊藤　いくつかせりふまで入っています。でもこの映画は圧倒的につまらないですね。もし実際につくられても、絶対に見に行かないだろうというような。夫が映画学者だということで、あえてこうしたつまらないものを彼に見せているのか。

中島　それが問題なんですよね。青山さんは、何でこういう映画を小説の中に入れたのでしょう。

@これ別に文学が映画を排除したのじゃない、映画が文学にその意図を問うている。さあ餅は餅屋って事で私は評論家伊藤氏貴氏にお尋ねしました。

筆野　（略）伊藤さん、これはとても批評的なところがあるにはあるのです。しかし、……評論家として、この作品をどう思われましたか？

伊藤　（略）すごく頭でっかちな小説なので、論じどころは多いと思います。そういう意味では擁護したい。

@と、庇った後、視線やタブー、文明、刺激等の問題を彼は解説した。さらに視線における支配と被支配の関係に関し、この作品に対する疑問を伊藤氏は述べました。

伊藤　（略）見る／見られるということで支配／被支配が始まる。これは本当に使い古された図式ですけれども、主人公は一応映画学者のはずなので、そういうことを全然意識しないで自分で撮るのはどうかと。（略）

伊藤　（略）視線をずっとテーマにはしているのだろうとは思うんですけれども、主人公の視点も映像の撮り方も全部ひとりよがり。（略）

中島　例えば青空を映した場合、それを誰が見ているのかは、映像の場合は曖昧にすることができます。文章の場合は、それをやってしまうと読者はついていけなくなりますが（@確信犯で最近私は平家物語あるじゃんとか言いながらやっていますけど中島さんの意見はスタンダード注）、映像は見れてしまう。だから映画を撮っていると、これは何の、だれの視点なのかと非常に混乱してくるところがあると、友達の映画監督がいうんですね。（略）

@やれやれこのまま続くわけですがそろそろじゃあⒷに行きましょう。文壇のジャンル排他性、しかしここまでの議論は「笙野にも判る映画講座」って感じだけど。

さあ監督の出番です。切り返しショットなんて言葉まで私は二人から習いましたが。

【Ⓑ×Ⓩ】　もしかするとそこには、映画について書かれたものが文芸誌に掲載されることじたいへのひそかな牽制があるのだろうか、（略）もしそんな、ありもしない正統や純血の押し売りのような牽制があるとしたらそのことじたいひどく不気味（略）さっさと逃げだすほうが賢明だと、（略）

@あらあらそしたらもう、監督はどっか行っちゃったのかもしれませんね。まったく腫れ物にさわるようにしておりましたのに。あたしったら映画映画映画映画ってなんぼ程気遣っていた事か。しかしⒶの記述でⒷは既に説明出来ましたよね？　Ⓓはなおさらね。だって中島さんたら習慣もともかく映像の人で、群像では誰かを先生と呼んだりする事はないのだけど、あちらでは○○先生というらしい。ていうか文藝でも群像でもまず目上を「先生」と言わない事を、新人に教える人が今もいたり。じゃあお茄子とチーズとミンチを相当詰めましたので残ったⓍを蓋にしまして。

【引用Ⓧ】　ことに中島さんは脚本家なので映画界では監督より地位が下だ。プロデューサーに怒鳴られたり辛い事が多い。その人が頑張ってやっている事を（略）

@ああそうそう、確かⒸがまだひとつ残っております。私の押しつけた無理な方法論について、でしたかしら。まったく生のミンチが多すぎるわお茄子を足してと。これ全部器に入るかしらああやれやれ。

【Ⓒ×Ⓨ】笙野　（略）青山さんは、まだ書くことに対して立ち位置がぐらぐらしているような感じがします。映画のことは知りすぎているから説明不足になっている。（略）
中島　青山さんはもともと文学の方がお好きで、中上健次さんの作品を読んで、自分は映画監督になろうと思ったという方なんですよね。（略）
笙野　でもそれでせっかく小説書いたら、「シーン」なんだから。（略）

【Ⓒ×Ⓩ】（略）大物批評家の弟子的位置にある若手が、
《このひと（零児のことだ）は、××の影響下にあると公言しているひとです》
と、さる映画批評の重鎮の名を告げ口のように挙げると、それに対して大物批評家は、
《しかし批評はひとりで書くもんでしょう》

@監督、批評は対象作品と同行二人かもしれませんねえ、そして笙野は一次生産者、まあ自作と自己批判の二人連れという意味では批評性作家ではありますけれど。

【Ⓒ×Ⓨ】笙野　（略）文体見ていると、中上を越えようという意識よりも、中上が好きだからそこにいようという感じなんじゃないかと思えてくる。気持ちとしてはすごく純

情だし、とてもいいと思うんだけれども、自分の名で文章を書くとしたら、全部自分ひとりで引き受けなきゃいけない。自分は中上と違うけれど平等だ、独自なんだと思いながらやるしかないと思います。構成に目配りは効いているんだけど、覚悟も何も全然足りないと思う。

【Ⓒ×Ⓩ】（略）ゴトーメイセイさんも亡くなった甲斐がない（略）

＠そりゃ草葉の陰で泣くわこんなひどいところで名前を呼ばれたらば。

【Ⓒ×Ⓩ】（略）いったい「ひとりで書く」という幻想が（略）

＠幻想の何が悪い幻想で人は死ぬ人は言葉を生きて言葉に死に、死して我が言葉の中に転生するものだ。おお。

ひとりとは何だろう。ひとりとは俺の事、ひとりとは私の事、笙野頼子のヨリはヨリマシのよりなれど、心に千人の他者を宿しその声に耳を傾け千五百年の呪いを今描くけれど、またその時に心は古代の巫女のように、聞き取りは今のフィールドワークのように、ぶち割れるけれどそれでも自己はある。どこにある。

心に千人の他者を宿して、それでも自己はある。罪に問われる時、我が身の消え行く時、観音や大師様がもし側にいてくれても、身体はひとり、ひとつ。

人身受けがたく、今既に受く（誤引用かもね）。

ひとりとはなんだろう俺の事だ、俺は千人の他者の監督だ俺が動かねばひとりで決めなければ世界は生まれない文学は生まれない。

あ、なんか一個残ってる。

【Ⓒ×Ⓩ】（略）文芸を専門にしているがゆえに映画について理解が浅いことはさして不思議ではない。

＠ふーんわしの事かよ。だがな、蓮◯氏はわしの二百回忌に出て来る赤を面白がって映画を作りたいと計画してくれただよ。たまたまそのあたりで映画のお話が来ただお金がなくってなしになっただよ。関係あるかどうか知らんがのう。

角膜に沢山の傷があってわしの目は映画をあまり見る事が出来ん。だがな、その目の中に隠された色がわしの文字の中の色彩を生んでいるのかもな。映画の知識があろうがなかろうが映像家を刺激する文をわしは書いているし。またわしよりお文学に詳しい監督が……あああ、もう虚しいよ、寒けがする程、虚しいわい。

あっとオーブンすげー高温になっちゃった地獄みたいな火力。

ぶちこんじゃお、もう。レンジて簡単に重ね蒸しにする予定が（むーん、脂ばっかりだれだれ垂れてくる、なんか、ひでえ、虚しい……）。

④日記で論争——日々の幸福ですね。
■2月21日（火）徹夜明け、猫トイレ五個を掃除しゴミを出す。猫の朝食。モイラのお供えを取り替え、ドーラに肝臓の薬、ギドウに痒《かゆ》み止めと目薬、その他のケア。ルウルウは歯が悪い、猫用カーペットに落ちた涎《よだれ》をペットティッシュで拭《ふ》く。猫は全員元野良、避

妊手術済だ。外には出さない。庭のフェンスの中で遊ばせる。自分の朝食は月一頒布会の手打ち蕎麦《そば》。雄が遊んでくれとうるさいので紐《ひも》で遊ぶ。／正午過ぎ就寝、夕方電話で起こされバイク便を待つ。夜十時半、すばるに発表する中編「羽田発小樽着、苦の内の自由」の再校ゲラ届く。次の取材の資料が同封してある。「千葉の廃墟で行われるロックコンサート」。誘われた時は若者だけの会場に紛れようと合皮のジャンパーも買ってみたが……。ゲラを返すのは明日昼過ぎ。困難な直し。三年前、成田空港の中にある、反対派農家の取材に行き、幻想的中編「成田参拝」を書いた。その連作完結編だ。自分の身に起こった「事件」が素材の大半。

■2月22日（水）　午前、宅配便。「壊死する風景　三里塚農民の生とことば」創土社刊を入手。七十六年に出版された貴重な記録に解説を加えて昨年秋復刻したそう。正午過ぎゲラをファックスで延々と返していると全部の猫が心配して鳴き続ける。薬で眠る体質なので著者校の間は鼻炎の薬等を飲めず、きつい。終わると四月に出す本の初校。書き足し分で群像二月号の合評を笑う、というか分析。

■2月26日（日）　その本、「絶叫師タコグルメと百人の『普通』の男」河出書房新社のゲラを夕方の駅前で受渡す。やっと鼻炎薬が飲めたので体が少し楽に。熱は計らない。計って締切りが延びるなら計るが。夜、カレイと猫缶とギドウの綿棒を買って帰ると、ドーラがオーティス・レディングのエーメンの節で「えーえぇぇあんっ！」と鳴く。不満なんだよねー。

■2月28日（火）　朝から調理器具の不具合。製造企業に電話。外に出る用はないけどばたばたした日。普段も猫の物を買いに行くか、仕事で編集者に会うだけにしている。うちは猫達の手を借りているわりにいつもせわしない。午後は新人賞三冠の受賞作だけを各文庫から纏《まと》めて文庫にする件で、各々の版元に電話連絡。一社で少し待たされたけれど結局うまく纏まる。文庫化の話自体珍しい程なので、調整も簡単。

■3月1日（水）……と油断していたらもう一冊の、これは単行本から文庫にする話で抗議あり。重版一回のみでほぼ品切れ、刊行後五年という状態からの争奪戦⁉　そう言えば尊敬する作家の生涯を評伝もどきに書いた該当作「幽霊森娘異聞」は、その作家森茉莉の文庫化権トラブルから始まるのである。祟《たた》りじゃっ。他には生協配達員の「担当替え」。話易《やす》く丁寧な人。引き継ぎ少し。単行本の再校ゲラ。九日〆切。

■3月2日（木）調理器具の件で消費者センターに電話。他メーカーの同じ仕様のもので何度も事故が起こっているという情報を得る。調査の結果を企業は公的機関に報告しなければならないのだそう。変形部分の写真をとり、宅配便を出しに行く。恒例、ヌイグルミの雛祭りの準備。

■3月3日（金）雪予報。桃の節句。猫が嫉妬《しっと》するため普段は押入れに閉じ込めてあるかつての「同居者」共を一年に一度出して慰労します。我ながらキモいね。ルウルウの歯が抜ける。涎《よだれ》の量で予測はしてたけど。二駅先の医者に相談。昨年は犬歯が抜けた。本日は柔らかい特別食。お相伴のギドウもご機嫌。雨。

■3月4日（土）ルウルウ普通食に。菱餅を焼いてみた。砂糖醤油かなー、これは。

■3月8日（水）とても延ばしてはくれないだろうと思っていた〆切を一晩延ばして貰《もら》

えたので風邪薬を飲んで寝る。幸福だ。「快楽」だ。湿布薬も塗ってみる。作っておいたカニピラフと白菜シチューを解凍、かけごはんにする。濃厚。でもおいしい。猫は無事だし。

■3月9日（木）　新しい文芸誌の目次だけちょっと見る。吉田知子「野良おばけ」、町田康「宿屋めぐり」楽しみ。遠藤徹「まーやー」ってどんなんや。読むのは後、自分の本の手入れをする。現代の世相の核心にある病的心性を書こうとした作品なので、執筆時の自分の極限状況も素材に使った。雑誌掲載時の「危険な」心理を振り返り、冷静に直そうとしてみるけれど。読んでいるとふと当時に戻る。主人公が私の体を乗っ取りに来てしまいそう。

■3月10日（金）　ゲラ受渡し。その時話に出た、十七歳の時文庫で読んでこりゃ駄目、と思ったある作家（故人）の短編小説を五十目前にふと再読。家にあったのだ。同じ全集に自分が入ってる。「やっぱ、駄目」と電話。金原ひとみ、中村文則、佐藤康智の短文を読む。

■3月11日（土）　朝からギドウが吐き始める。ドーラも不調。敷物の洗濯三回。確定申告の書類を手書き。部屋は荒れはて、料理のストックはゼロ。森茉莉のなんぎなとこだけ集めた生活。文學界の匿名コラム。作家を勝ち組、負け組と勝手に分けた後、責任逃れで次々といい口を変えてゆく。その結果二項対立と右顧左眄《うこさべん》の共存したあさましい文に。いやー、「煽《あお》り手振りのヒョウタンナマズ（自作引用）」だべな。

■3月13日（月）　不具合の調理器具。危険商品を回収していた類似品とは構造が違うそう。「溶接不良品なので交換致します。関連機関にも報告しました」と。
■3月15日（水）　確定申告の書類を出しに行く直前、貼り付け用の糊《のり》が溢《あふ》れ、用紙の上にクラゲの如くてんこ盛りに。タクシーに乗ったので猫砂ン十キロを買う。帰って電話で「ちくま」連載の相談。
■3月16日（木）　五十歳の誕生日、紅白のワイン貰《もら》う。フルーツカレーとフルーツカクテルをふいに作ってしまって、結局いつも通り家で過ごす。先週書いた「楽しみ」の小説を読む。身内は電話で心配してくれる。読者はネットでお祝い。ありがたい作品評のファックス。私ごときがこの年まで来たのは皆様のお陰です。新人賞からほぼ四半世紀。祝砲がわりにドーラが爪とぐ、ばりばりばりばりばりばりばりばっ、感謝っ。
■3月17日（金）　誕生日の続きでプチフール貰う。自分で取り寄せたチョコレートの福袋来る。駅前に出て集英社の人と新刊、次作の相談。ロックコンサートの取材は止《や》めておくと告げると、坊主頭でシャウトする出演者の、映像とライブを薦められる。
■3月18日（土）　ル・クレジオのインタビューの切り抜き。新刊「アフリカのひと――父の肖像」。考え方に少し似ているところがあるが私には差が大事。読んでいて自分を戒める。神話や土俗を目指す時、できるだけ現場の足元を掘る。他文化に解決や幻想を押しつけない。自分の中から響く声に頼る。
■3月19日（日）　いい日ばかりは続かない。あえて嫌な事に言及し厄払いを。新潮四月号で山城むつみが山岡頼弘の批判に答えている。既に双方に私は期待しない。群像合評では仲俣暁生が、はるかに専門知識のある小谷真理に対し、「セカイ系」について強引な自説を披露。その他にもあるがもう省略。／鎮痛剤服用。風邪薬断念。
■3月21日（火）「ご近所」、国立歴史民俗博物館で企画展示「日本の神々と祭り」始まる。行きたいけれども用が終わらない。先月館内の売店で買ったご町内縄文遺跡情報（実際はもっと真面目な書名）をつい読んでしまう。
■3月22日（水）今月はちくまの連載を出来るだけ書き溜《た》めたい。群像新年号に発表した長編の続編締切りが迫っている。時代の醜悪と組織悪の極みを、近未来に移して描く、三部作予定。
■3月23日（木）朝日新聞社刊、「トリッパー」チェック。春号26ページ下段（インタビュー）にこんな質問が。――（引用始）そのように「子供」を尊重する大塚英志と、子供のヌードがグラビアとして出てしまう「漫画ブリッコ」をつくっていた大塚さんとのあいだに、いったいどういう地続きの部分が、また切断面があるのかと（引用終）／さて、――（引用始）説明責任はすでに果たしてきました（引用終）――というこの人物は同じ雑誌の連載の中でこうも書いている。172ページ中段から下段。――（引用始）青山でこっそりと保育士や幼稚園教諭といった、子供と直接関わる人たちを対象に「子供たちにお話を作って聞かせるためのレッスン」を始める（引用終）――と。……。
■3月24日（金）長編用メモ。ある種の人間は醜悪な行為を目にするとなかった事にする。そうして自分を守り、社会を損なう。組織は危機管理を怠り、悪ははびこる。告発する側が消されるのだ。悪から目をそむけぬ事の困難を書くべきだ！／今日はモイラの死んだ日。人間に例えれば三回忌。今までと少し供養の仕方を変える。もしそれで不満だったら夢に出ておいで。元に戻すから。／へったくそなお経を読んだら兄弟猫が一斉に毛繕いを始めた。「猫新聞」一気読み。父に電話。親戚の卒園、入学祝い等相談。

以上、毎日新聞「Weekly日誌」（二〇〇六年二月二一日〜三月二四日）掲載

⑤検索で論争——ぴりっと一口の幸福です。利用法はいろいろ。

■12月3日（木）　えっ！もう年末、の二〇〇九年。で、これは？回顧なの？ただまあ昨年に続き周辺は今年も藤枝静男イヤー、三月までは生誕百年記念@浜松文芸館もやってたし藤枝静男年譜サイトもUPしたし。一方で笙野んち、うーん、これは長編遅延イヤー、昨年子供のない叔父が亡くなり、争いのない良い相続でも手続きが多すぎる。審判五回、弟がその殆どを継ぐ相続財産管理人を未だに私めが。なおかつ、猫は既に要看病二十四時間体制（認知症と癲癇）だったため弁護士との連絡は電話だけ編集との連絡もほぼメールだけ。外出無し疲弊激動の日々は外から見てもさっぱり判らん私的ディテールに追いまくられ、ま、腹括って、世界市場の暴虐の中小さいものに総てを見よう華厳視点イヤー。あ、本年読書？っと、「霊獣」新潮社で安藤さん出家かと（嘘）。「東京」講談社は、佐藤氏今から放浪の旅に出るか？と。新書、「小川国夫を読む」静岡新聞社、山本恵一郎。ずっと「一緒」にいた人の絵画的小川論。春に「宗教批判と身体論」河上睦子著。荒神信仰の資料いろいろ。夏はベランダ徘徊（要誘導）の止まらない猫めに付き合い真夜中おろおろとドゥルーズ本。すばる予定の「猫未来荒神」は遅れたがやる気。関連で「琵琶法師」岩波新書、この琵琶の語りは視点が移動する！

■12月4日（金）　弟に書留郵便。コンビニと図書館、ドラ用新発売猫缶調達、魚屋のチェック。故猫達用の供花に雄猫用カイロも。家の中は時々猫缶売り場のよう。外出は厳守二時間以内。あっ！先月末に出た毎日新聞のネット版を、読者ブログ「ショニ宣」のリンクで知る。「人前に出たの」も一年ぶり。さて今日はもうニュー猫缶に飽きてブリも嫌なドラ（涙）。刺し身用鯵を焼き、炙って砕いた田作りを猫用ムースにくるんでやっと一食分。アマゾンで新作「海底八幡宮」チェック。単行本、笙野は狂人、という意味の星ひとつレビュー（同一人物で二冊分）が消えている。一方、文庫は星五つ絶賛のものが消え……この基準は判らぬまま。夕、旧タイプの猫缶四十個と取り寄せの猫用チーズパウダー五袋下げて山道。夜に宅配便マフラー貰い感謝。久々のグーグル検索「ええ、全面敗訴と、ワイネフ」。

■12月5日（土）　駅前に珍しくヒョーロン本。「関係する女　所有する男」講談社脳関連のと本を告発する啓蒙は立派だが、それで脳より偉い精神分析の構図は半世紀前のスポーツ新聞風。まあ昔は所有する男って言うとすぐ「処女じゃないと」と来た。そこまでは露骨でないのがラカン派って事？本年の哲、「交差的評伝」つぼはアンチ・オイディプス発表前、ラカンがドゥルーズと組みはじめた自分の弟子ガタリを、論壇丸出しで抑圧する場面。えっ、弟の相続する証書がまた出てきた？家裁の申述書お取り寄せ、ちょっと遅いけど新蕎麦粉もお取り寄せ。彼は外科の医者で人命緊急だから私が代わりに。まあ姉が背中にしょってる大宇宙は少しだけ待たせておくよ。ふっ。

■12月6日（日）　ああ私の中にこの言葉の住所はあるでもとっさにどこか判らない（ま

まの回顧に)「激しく、速やかな死」文藝春秋。読んだ若手青木文則金原島本鹿島田墨谷広小路吉原栗田中島他(順序なし思い出した分だけ)。そうそう群像で書いてた人の自費出版静謐に笑いツボの長期点滴小説、「グリーン・カルテ」作品社千六百円さて、今日も山道猫缶道。ギドウ十一歳のため踏み台も持ちかえり。

■12月7日(月) 安達章子先生から激励。感謝。新年号文芸誌二種類着く。初悪夢号かい?物干炉里丈と孤高愚弄之介の対談?・?・?@だいにっほん、ろりりべしんでけ録。ドラはかつおおかかの缶に枯れ節の追い鰹てんこ盛りにて猫的楽勝の日。エッセイのゲラも来て、金毘羅の文庫化じゃ打合せ、電話に二回で全企画、完了五月に発売予定っ!

■12月8日(火) 新潮も届き、悪夢が現実に。アタマヲタ紀談「僕がなぜブログをやっているか」って、そりゃ喪前は私小説を書く能も筆もないから、「欄外」でご愛嬌をやってみせて評論と実践の辻褄あわないとこをキャラクター補塡しているのだろよ。そすて「サイコの書けない大塚某」は「ブログ政談(どうせ陰謀論)の大塚某」に。え「六百万部売れない大塚某(大意)」だってそりゃ売上文学論だ駄目だよう匿掲さん方。

■12月9日(水) 地方税務署に電話質問約一時間弟の分です。毎週更新してくれる精読ブログ、はだいにっほん三部作もラスト近し。――おい笙野東浩紀批判をなぜしないかだって?海八後書きにも理由はあるが、加えてこのだいにっほん三部作にあるおんたことという概念を使ってこういう方々が新規になさるのでね。ほら、笙野頼子ばかりどっと読む。七月二十一日「東浩紀の退行」、Close to the Wall七月十九日「東浩紀氏の印象操作的『批判』について」等、どっかに「東浩紀のつぶやきをメモ」十一月十九日というのもハケーン。何?笙野ファンが徒党を組んで僕を叩く?へん、ほら検索「東浩紀の渦状言論　歴史認識問題についていくつか」@はてなブックマークだい!ここの198ユーザー様、ネガコメの「意地悪」は笙野ファンの十倍以上かも。でもあっしこの人ら知らないもん。え?そんな批判は読んでないって東先生、だったら「なぜぼくはブログをやっている」のかなー(歴史修正主義は論外と思ってるかもなデリダ。卑小な実感を相対化するのが哲学だと思ってた若き日のあっし)。

以上、「新潮」二〇一〇年三月号(「小説家52人の2009年日記リレー」)掲載

---

⑥打ち明け話で論争——いわゆる内福です。こっそり楽しみます。

それでは論争のための証拠保全を、内輪のお話ってもごく普通の事ばかりですが。

Ⓐ大事な会見をした時はテープを取ります。許可は得ています。

Ⓑ返事は出来るだけメールで貰います。ファックスは薄れるのでコピーしましょう。

Ⓒいい口の変わるブログは何度も見て保全します。検索よけがあるので関係ない記事も見ます。日付が後ろになるとこっそり改変するので、何度も見ておきます。

Ⓓ新聞で没にされたと論争文に書く時の証拠保全、新聞だと没でも原稿料はくれるので(他はくれないとこが多いです)その支払書をとっておきます。該当エッセイは掲載されていないので、没と判ります。また送った証拠に相手からファックスを返しておいて貰います。しかしお断りの理由を貰ってそれをそのまま画像で本に載せたりするのは余程切羽詰まった時だけにしましょう。相手の人だって一般市民だから気の毒です。どうしてもそうしてしまったら、そ

の事は必ず一生、自分で覚えておきましょう。

Ⓔアマゾンの荒らしコメント等は消される前に保存しておきましょう。

ご注意。

ブログやツイッターで被害や闘争について述べる時は、所詮自己申告という弱みがあります。嘘付きと疑われる恐れがありますので出来るだけ証拠は保全しておきましょう。

まあ本当に嘘付きの方ならば証拠の保全しようもないわけですが。

それら嘘付きのする事で最近目立つのは時期的な嘘や法的な嘘ですね、あとインチキ文化人が自分に都合のいい事だけ言って相手を狂人呼ばわりするタイプだとか。
⑦ツイッターで遊ぼう。
さて、私はツイッターをやっておりません。笙野の引用と明記して論争文をツイートしてお楽しみになる事は大丈夫ですが。文脈を損なわぬよう御注意ください。またネットにおける私の擁護だけでも提訴の予告をして来る方がいると伺っています。くれぐれもご注意を。その上で、どうかお楽しみください。

え？　なんか今回は書きたしも多いしおまけも随分いろいろあるねって？　ええええ、だってこれ論争仕様だからね。つまりサービスにサービスを付けるこの低姿勢が論争の基本なのよ。

いやー論争原稿って断られるのが大前提なんだもの。

戦って戦って、それでも最後は裁判なのかなあ？

どうぞ文学の福が皆様を幸福にしてくれますように。お祈り致します。

★初出『文藝』二〇〇九年春号／夏号――単行本化にあたり、大幅な加筆修正をいたしました。
「楽しい!? 論争福袋」の取説、①②③⑥⑦は書き下ろしです（④⑤には加筆していません）。

笙野頼子
SHONO YORIKO
★
一九五六年三重県生まれ。立命館大学法学部卒業。八一年「極楽」で群像新人文学賞を受賞しデビュー。九一年『なにもしてない』で野間文芸新人賞、九四年「二百回忌」で三島賞、同年「タイムスリップ・コンビナート」で芥川賞、二〇〇一年『幽界森娘異聞』で泉鏡花文学賞、〇四年『水晶内制度』でセンス・オブ・ジェンダー大賞、〇五年『金毘羅』で伊藤整文学賞、以上の各賞を受賞。
その他著書に、『徹底抗戦！文士の森』『だいにっほん、おんたこめいわく史』『萌神分魂譜』『おはよう水晶――おやすみ、水晶』『海底八幡宮』など多数ある。

人の道御三神といろはにブロガーズ

★

二〇一一年三月二〇日　初版印刷
二〇一一年三月三〇日　初版発行

著者★笙野頼子

発行者★小野寺優
発行所★株式会社河出書房新社
東京都渋谷区千駄ヶ谷二-三二-二
電話★〇三-三四〇四-一二〇一［営業］〇三-三四〇四-八六一一［編集］
http://www.kawade.co.jp/

装幀★ミルキィ・イソベ（ステュディオ・パラボリカ）
本文レイアウト★明光院花音（ステュディオ・パラボリカ）
組版★KAWADE DTP WORKS
印刷★株式会社亨有堂印刷所
製本★小高製本工業株式会社

Printed in Japan
落丁本・乱丁本はお取り替えいたします

ISBN978-4-309-02032-7

河出書房新社
笙野頼子の本
SHONO YORIKO

金毘羅

「森羅万象は金毘羅になるのだ。金毘羅に食われるのだ」——21世紀の世界文学に屹然とそびえ立つ、純文学の極北がここに！　第16回伊藤整文学賞受賞作。(河出文庫)

海底八幡宮

国家神話とは何か——ストーリーで徴税、キャラクターで徴兵をするためのものだ！　白髪の作家が千葉の建売りで見た、真夏のミル・プラトー千五百年史。

河出書房新社
笙野頼子の本
SHONO YORIKO

笙野頼子三冠小説集

野間文芸新人賞受賞「なにもしてない」、三島賞受賞「二百回忌」、芥川賞受賞「タイムスリップ・コンビナート」を収録。限りなく変容する作家の「栄光」の軌跡。(河出文庫)

絶叫師タコグルメと百人の「普通」の男

美少女 vs ロリヲタ最終抗争!?　悪徳栄える乱世の未来に、笙野頼子がついに放つ最狂の超哲学小説。病的心性日本を告発する、新たなる文学の金字塔がここに。

河出書房新社
笙野頼子の本
SHONO YORIKO

徹底抗戦！文士の森

現代文学の最前線を担う作家は、なぜ闘わなければならなかったのか。文学、そして批評とは何か、書くことと読むことの倫理を問いつつ新たな文学をひらく注目の書。

片付けない作家と西の天狗

北総台地、Ｓ倉に猫たちとともに移り住んだ作家に、安らぎの日は来るのか。純文学の最前線で闘いつづける作家の、妖しい魅惑にみちた作品世界。